Rotraud Falke-Held

Die Hexenschülerin
- Die Zeit der Wanderschaft -

Rotraud Falke-Held

Die Hexenschülerin

- Die Zeit der Wanderschaft -

mit einem Titelbild von Janine Münstermann

BoD - Books on demand

2. Auflage
Idee und Text: Rotraud Falke-Held
Titelbild: Janine Münstermann
1. Auflage 2015
Neuauflage 2016
© 2015 und 2016   Rotraud Falke-Held
Herstellung und Verlag: BoD - Books on Demand, Norderstedt

ISBN: 9783734774706

Besucht die Autorin doch mal
im Internet:
www.rotraud-falke-held.de

Liebe Leserinnen und Leser,

ich freue mich, dass ihr Clara weiterhin auf ihrem gefährlichen Lebensweg begleiten wollt.

Das Dorf Dringenberg ist tatsächlich in jener Zeit entstanden.

Die ganze Geschichte ist frei erfunden, aber die geschichtlichen Hintergründe stimmen.

Allerdings sind nicht alle Begebenheiten so passiert, wie sie wahrscheinlich im Mittelalter passiert wären. Was genau das ist, möchte ich an dieser Stelle noch nicht verraten, sonst würde ich ja der Geschichte vorgreifen.

Es gibt aber wie in „Die Zeit des Neubeginns" umfangreiche Angaben zu „Wahrheit oder Erfindung".

Wenn ihr große Fans und Kenner des Mittelalters seid, bitte ich euch im Vorfeld um Nachsicht. Es war keine Nachlässigkeit.

Dieses Buch erhebt keinen Anspruch, ein Wissensbuch zu sein. Es ist eine spannende Geschichte, die im Mittelalter spielt. Wie jeder Schriftsteller habe auch ich mir ein paar künstlerische Freiheiten genommen, weil sie dem Verlauf der Geschichte gut getan haben.

Inhaltsverzeichnis

Personen – Handelnde und nur Erwähnte, die nicht auftreten

Dringenberg, 1985:

Carolin Hardes, 13 Jahre	hat Carlas Schriften gefunden
Nick Hardes, fast 15 Jahre	Carolins Bruder
Deren Eltern	
Bernd, 15 Jahre	Helfer bei der Renovierung d. Burg

Im Mittelalter

Clara, 14 Jahre	hellsichtiges Mädchen
Mathilde	Claras Großmutter
Ludwig	Claras Großvater, verstorben
Dorothea	Claras Mutter
Vinzenz	Claras Vater, ein Schmied
Adrian	Claras Bruder, ein Schmied
Uta	Claras Schwester
Matthias	Claras Bruder
Flocke	Claras kleiner Hund
Cäcilia	die alte Heilerin,
Walburga	Sattlerin, Dorfbewohnerin
Änne	Walburgas kleine Tochter
Beatrix	Claras Freundin in Dringenberg
Fritz	Maurergeselle, Adrians Freund
Friedhelm	Schuhmacher in Dringenberg
Johanna und Hermann	Maurersleute in Dringenberg
Odilia	Heilerin
Reinmar	Odilias Mann
Gabriel	Odilias und Reinmars Sohn
Felix	Odilias und Reinmars Sohn
Selene und Kobold	Odilias Hunde

Händlerfamilie:

Leonard	Kaufmann, Familien-Oberhaupt
Mechthild	Leonards Frau
Elisabeth	Leonards + Mechthilds Tochter
Walter	Leonards + Mechthilds Sohn
Ulrich	Leonards + Mechthilds Sohn
Karl	Leonards Bruder
Norbert	Karls Sohn
Bertram	Leonards Bruder
Roswitha	Bertrams Frau
Susanne	Bertrams Tochter
Theresa	Bertrams neugeborene Tochter

Andere:

Georg von Stenitz	Jugendlicher Rebell in München
Luzius	schließt sich dem Händlerzug an
Gertrud	Bäckerin in Marburg
Lothar	ein fahrender Bader
Gisbert von Grieven	Richter in Ulm
Bernardo	Chef einer Gauklertruppe
Brigitta und Lucianus	Luzius' Eltern
Martin und Jutta	Luzius' Onkel und dessen Frau
Ekkehard von Dornau	reicher Ratsherr von Würzburg
Helene von Dornau	Ekkehards Frau, Französin
Erhard, Clemens, Adelaide	Helenes und Ekkehards Kinder
Endres und Konrad	zwei Würzburger

Grundriss von Dringenberg:

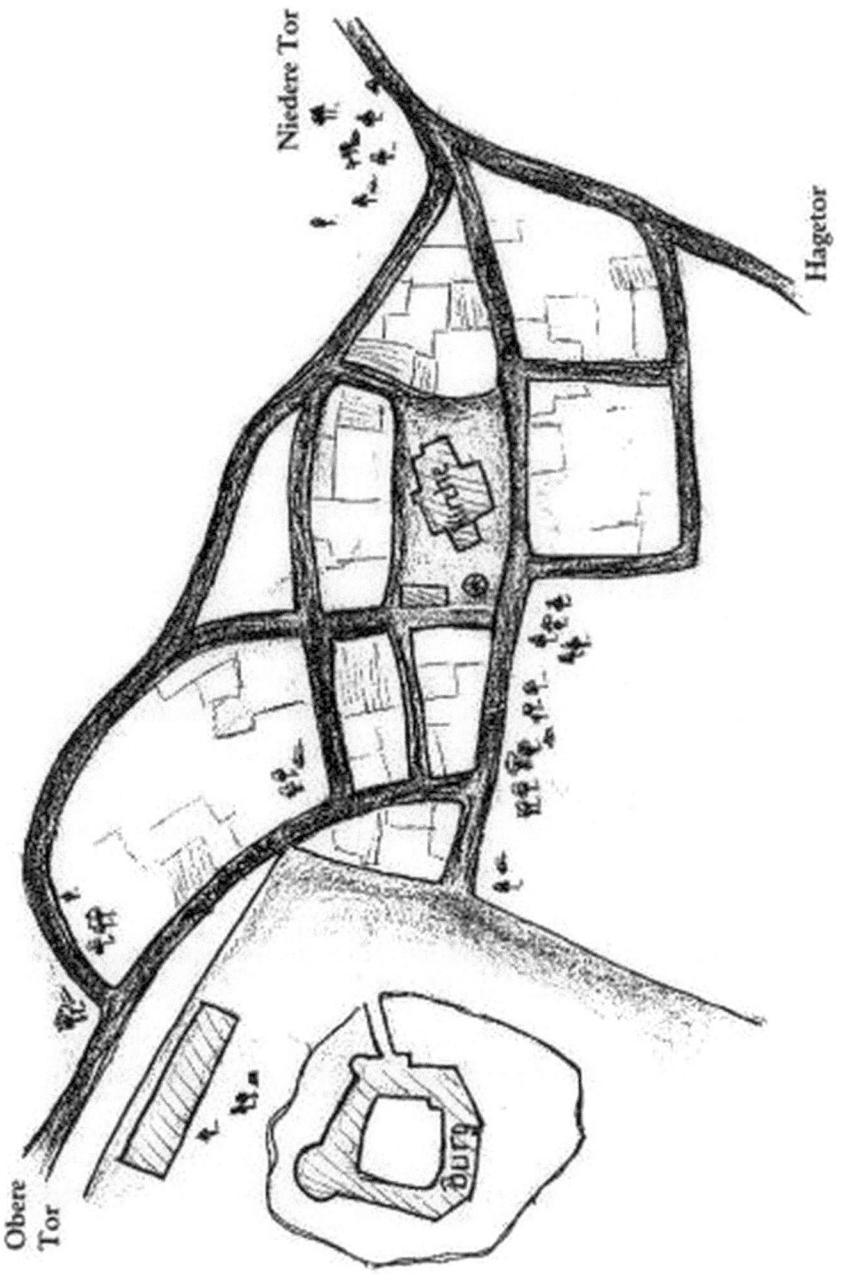

Was bisher geschah...

Im Jahr 1984 fanden Carolin und Nick bei der Renovierung der Burg Dringenberg alte Schriftstücke. Es stellte sich heraus, dass sie zur Zeit der Gründung von dem Mädchen Clara, der Tochter des Schmieds, geschrieben wurden. Und so tauchen Carolin und Nick in eine längst vergangene Welt ein.

Clara und ihre Familie zogen von der kleinen Siedlung Tryngen in das neue Dorf auf dem Berg, das Bischof Bernhard um seine Burg herum errichten ließ. Die Menschen der umliegenden Ortschaften folgten gerne der Aufforderung des Bischofs, in das Dorf umzusiedeln. Hier waren sie vor Angriffen von Räuberbanden sicher.

Doch Clara hütete ein gefährliches Geheimnis. Sie war hellsichtig und erlebte in Träumen oder plötzlichen Bildern die Zukunft. Dadurch konnte sie der geheimnisvollen Odilia und ihrer Familie, die in den Wäldern fast erfroren wären, das Leben retten.

In dem neuen Bergdorf geriet Odilia schnell ins Gerede. Sie hatte auf verschiedenen Reisen viel über Heilkunst gelernt, aber auch über fremde Kulturen und Religionen anderer Länder. Darüber sprach sie sehr offen. Außerdem lebte bei der Familie ein Hund, den Odilia nach der griechischen Mondgöttin Selene genannt hatte. Die Menschen suchten ihre Hilfe, weil sie eine gute Heilerin war, aber sie fürchteten sie auch.

Ausgerechnet zu ihr fühlte sich Clara hingezogen. Odilia unterrichtete Clara und ihren Bruder Adrian sogar im Lesen und Schreiben.

Clara verliebte sich in deren Sohn Gabriel. Doch der Verdacht, dass Odilia eine Hexe war, erhärtete sich immer mehr. Als einer ihrer Patienten starb, wurde sie verhaftet. Man warf ihr vor, den Mann verhext zu haben.

Clara konnte in der Zwischenzeit durch ihre Hellsichtigkeit dem Stadtgründer Bischof Bernhard das Leben retten. Als Dank erfüllte er ihre Bitte und setzte sich für Odilias Freilassung ein. Doch sie musste mit ihrer Familie weiterziehen.

Als der Pöbel, dem sogar Claras Großmutter folgte, Odilia am Fest von Maria Himmelfahrt erneut gefangen nehmen wollte, hatte sie Dringenberg bereits verlassen. Deshalb griffen sich die Fanatiker Clara - die Hexenschülerin - und trieben sie zum Marktplatz, um sie dort an den Pranger zu stellen. Adrian holte den Priester der Burg zu Hilfe, der gerade noch im richtigen Moment eingreifen konnte, um Clara zu retten.

Nach diesem Erlebnis wollte Clara nicht länger im Dorf leben und blieb auf der Burg. Dort begann sie, alle Erlebnisse aufzuschreiben.

Als ein Händlerzug in das Dorf kam, fasste sie den Plan, die Händler bei ihrem nächsten Besuch zu begleiten. Sie wollte Dringenberg verlassen und selbst die Welt kennen lernen. Sie wollte alle Erlebnisse aufschreiben, so wie es auch Odilia getan hatte.

Und sie wollte Gabriel wieder finden.

Für alle,
die Clara weiterhin
auf ihrem Lebensweg begleiten

Dringenberg
Juli 1985

Prolog
Nick und Carolin

Das Telefon läutete.

Herr Hardes hob den Hörer ab.

Nick, Carolin und die Mutter sahen ihm gespannt zu. Es war schon nach den ersten Worten klar, dass etwas Außergewöhnliches geschehen war. Er zog auf diese ganz besondere Art seine Augenbrauen hoch. Und dann seine Stimme. „Was? Das kann doch nicht wahr sein!"

Pause.

„Das ist ja fantastisch. Ja, vielen Dank. Bis morgen."

Er legte auf.

„Was ist passiert?", fragte die Mutter.

„Das glaubt ihr nicht!"

„Nun erzähl schon!", drängte Carolin.

Alle Drei blickten den Vater erwartungsvoll an.

„In dem Geheimgang von Odilia sind noch weitere Schriften gefunden worden. Den hohlen Baum aus den Aufzeichnungen gibt es ja nicht mehr, aber man hat die Stelle gefunden. Und dort sind tatsächlich weitere Papiere vergraben."

„Das ist ja – das ist ja unglaublich!", rief Nick aus.

„Die handeln dann bestimmt von den nächsten Jahren. Ob Clara wohl auf der Burg geblieben ist? Oder ist sie wieder zu ihren Eltern gezogen?", fragte Carolin.

„Oder ist sie wirklich mit dem Händlertross fort gegangen?", überlegte Nick.

„Aber wenn sie fort gegangen wäre, wären doch die Schriftrollen nicht dort", meinte Carolin.

„Wer weiß, welche Wege so etwas geht", erwiderte Nick.

„Nun wartet doch erstmal ab!", lachte die Mutter. „Wir werden es erfahren."

„Oh es ist so aufregend!" Carolin war ganz zappelig. Sie konnte kaum still sitzen. Sie hatte das Gefühl, Clara richtig kennen gelernt zu haben, als sie die ersten Schriften gelesen hatte.

„Wann können wir sie lesen?", fragte sie.

„Langsam, langsam." Vater lachte. „Du weißt, die Papiere sind sehr empfindlich und können leicht zerfallen."

„Ja, ich weiß. Trotzdem."

„Es dauert eine Weile. Du musst Geduld haben."

Carolin seufzte. Geduld gehörte nun wirklich nicht zu ihren Tugenden. Sie war immer schon jemand gewesen, der sich etwas vornahm und auch für das kämpfen konnte, was sie wollte. Aber es musste passieren. Und zwar schnell! Am besten sofort. Warten, einfach nur warten müssen, ohne selbst etwas tun zu können, war gar nichts für sie.

„Komm, wir gehen zur Burg!", schlug Nick vor.

Vor wenigen Tagen hatten dort die Arbeiten am nächsten Bauabschnitt begonnen. Nun wurde das alte Brauhaus ausgeräumt – man könnte auch sagen, vom Schutt befreit – und renoviert. Es gab viel zu tun. Wie damals im Rittersaal mussten sie Schubkarrenweise Schutt und Geröll aus dem Raum schaffen, bevor er wieder hergerichtet wurde. Die Geschwister waren nach wie vor fleißig mit von der Partie.

Als sie dieses Mal den Burginnenhof betraten, füllte er sich vor Carolins geistigem Auge mit Leben. Sie sah ganz deutlich Menschen in mittelalterlichen Gewändern herumlaufen, sah Mägde Hühner rupfen und den Hof fegen, sah Wachen auf dem Wehrgang patrouillieren und Händler ihre Waren anbieten.

„Caro!", rief Nick.

Carolin reagierte nicht.

Das Bild vor ihrem geistigen Auge änderte sich. Sie kam in den Burghof der Gegenwart zurück. Sie sah den fünfzehnjährigen Bernd, der eine Schubkarre Geröll über das Kopfsteinpflaster ruckelte. Er sah sie nicht.

„Carolin!", rief Nick sie noch einmal an. „Träumst du?"

Plötzlich schrie sie auf! „Bernd!"

Der Junge drehte sich um. Er hob eine Hand und winkte ihr zu. „Hallo Caro, was gibt es?"

Da schlug hinter ihm krachend eine Holzlatte vom Turm. Erschrocken drehte er sich um, blickte dann wieder zu Carolin. In seinen Augen las sie Verwirrung.

„Das – das hätte dich fast getroffen!", meinte Nick. „Puh, hast du ein Glück gehabt. Wärst du nur einen Schritt weitergegangen…"

„Ja. Wenn Caro mich nicht gerufen hätte, hätte die Latte mich getroffen." erwiderte Bernd. Dann wandte er sich an Carolin: „Was wolltest du eigentlich?"

Auch Carolin war ganz erschrocken. „Ich weiß es nicht mehr", erwiderte sie.

Das wunderte Bernd überhaupt nicht. Nach einem solchen Schrecken konnte man so etwas schon mal vergessen. „Fällt dir bestimmt bald wieder ein", meinte er und ging wieder an seine Arbeit.

An Nick ging das Erlebte nicht so leicht vorbei. „Caro, das war ja… Das war wie damals, als du meinen Fahrradunfall irgendwie gespürt hast. Weißt du noch? Als ich mit gebrochenem Bein in den Feldern lag. So schnell hätte mich kein Mensch gefunden, wenn du es nicht geahnt hättest."

„Ab und zu passiert mir so was", flüsterte sie.

„Ja, ich weiß."

„Es ist – es ist wie bei Clara."

Er lachte. „Wie bei Clara?"

Sie nickte. „Ja. Ich glaube, ich bin eine Hexe."

Jetzt lachte Nick erst recht.

„Lach nicht!" Carolin wurde sauer. „Ich meine es ernst."

„Tut mir leid. Wer weiß, vielleicht gibt es so etwas ja. Du bist natürlich eine gute Hexe, nicht wahr? Oder muss ich befürchten, dass du mich verzauberst?"

„Ach, du bist blöd!", rief sie und schlug nach ihm.

„Na ja, ich schätze, ich mag den Begriff nicht. Meine Schwester ist doch keine Hexe."

Sie zuckte die Schultern. „Ich muss zumindest nicht befürchten, verbrannt zu werden. Wie gut, dass ich nicht in Claras Zeit lebe. Was sie wohl noch alles erlebt hat?"

„Wir werden es erfahren. Und jetzt komm! Lass uns an die Arbeit gehen. Oder hast du es vergessen? Wir sind hier, um das alte Brauhaus aufzuräumen."

Dringenberg
Oktober 1323

Kapitel 1
Fieberwelle

Clara hetzte durch den Ort. Sie trug ein knöchellanges, braunes Kleid und einen warmen Umhang aus Wolle darüber. Es wurde kalt, immerhin war schon Oktober. Die Vierzehnjährige war nicht sehr groß und zierlich von Gestalt, aber sie verfügte über große Energie. Ihre dicken roten Haare hatte sie zu einem geflochtenen Zopf gebunden, der ihr weit über den Rücken herab fiel.

Ihre Haut war zart und hell, aber über ihre Wangen und Nase verteilten sich sogar jetzt im Herbst noch einige Sommersprossen, die ihrem Gesicht einen fröhlichen Ausdruck verliehen. Ihre grünen Augen blickten wach und lebendig. In ihnen spiegelte sich die Neugier auf die Welt, die Clara so tief in sich spürte.

In der Hand hielt sie ihren Beutel mit Heilkräutern.

Sie war verstimmt. Gerade hatte sie mit der Großmutter im Garten gearbeitet – seit Ostern lebte sie wieder im Haus der Eltern – als ein Junge mit einer Botschaft der alten Heilerin Cäcilia auftauchte.

Clara sollte sofort zur Sattlerin kommen, sie leide unter Kopfschmerzen und Halsbeschwerden und fühle sich einfach nicht wohl. Nichts Ungewöhnliches in dieser nasskalten Jahreszeit. Clara begriff nicht, warum die alte Heilerin sie dazu rief. Doch Cäcilia machte es sich immer mehr zur Gewohnheit, Clara um Hilfe zu bitten.

Cäcilia war alt, älter als die meisten, die Clara kannte. Sie war sogar älter als Großmutter Mathilde und Clara hatte die Befürchtung, die Alte wollte ihre Aufgaben an sie weitergeben.

Clara seufzte. Sie hatte niemals eine Heilerin werden wollen.

Sie hatte bei Odilia lesen und schreiben lernen wollen. Das war ihr Traum gewesen. Nur ganz nebenbei hatte sie einiges über

Heilkunst gelernt und nun sollte ausgerechnet das ihr Lebensinhalt werden?

Aber bald würde sicher der Händlerzug kommen. Im Frühjahr
waren Leonard, Mechthild und ihr Tross hier gewesen. Zu dem
Zeitpunkt hatte Clara sich noch nicht entschließen können, mit
ihnen zu reisen. Aber sie hatten ihr versprochen, im Herbst
wieder zu kommen und sie dann mit zu nehmen. Clara hatte
diesen Plan nicht aufgegeben. Wenn sie im Herbst mitziehen
würde, würde sie nur noch kurze Zeit mit ihnen umherziehen und
Ware verkaufen, denn die Händlerfamilie verbrachte den Winter
immer in Paderborn und sie selbst würde dort bei der Familie
leben. Clara stellte sich das sehr schön vor.

Auf jeden Fall wollte sie fort. Sie wollte die Welt kennen lernen.
Sie wollte reisen und sehen, was es noch gab. Und sie wollte alles
aufschreiben.

Während der Zeit, die sie nach der Hexenjagd in der Burg gelebt
hatte, hatte sie auch geschrieben – über alles, was geschehen war,
seit sie Odilia getroffen hatte. Sie hatte die Schriften säuberlich in
Leinen gewickelt und auf der Burg zurück gelassen. Sie hatte die
wertvollen Papiere nicht mit nach Hause nehmen wollen. Die
Großmutter hatte schon die Schriften von Odilia verbrannt, das
sollte ihr mit ihren eigenen nicht passieren. Der Bischof war ein
aufgeschlossener Mann, auf der Burg waren ihre Aufzeichnungen
sicher. Und ebenso die wenigen Seiten von Odilia, die sie aus
dem Feuer hatte retten können.

Was sie mit ihren Schriften machen wollte, wusste sie selbst noch
nicht. Kaum jemand konnte lesen. Wer also würde sich für ihre
Berichte interessieren? Ab und zu war eine kleine Stimme in ihr,
die ihr sagte, ihre Träume seien sinnlos und überflüssig, ihre
Arbeit unbrauchbar.

Die Zeit, die sie damit verbrachte, unnütz.

Aber vielleicht würde sich eines Tages alles ändern und viel mehr Menschen würden lesen können und sich für ihre Schriftstücke interessieren.

Clara konnte gar nicht anders. Die Stimme, die sie dazu drängte, diese Arbeit weiterzuführen, war stärker als die Zweifel.

Ihr großes Vorbild war Roswitha von Gandersheim, die vor fast dreihundert Jahren gelebt hatte und von Frauen geschrieben hatte, die nicht angepasst und unterwürfig waren, sondern Heldinnen.

Das war äußerst ungewöhnlich. Und es machte Clara Mut. Roswitha hatte sich nicht entmutigen lassen, ebenso wenig wie Odilia.

Clara atmete tief durch und schüttelte die Gedanken ab. Sie wünschte, sie kämen nicht immer wieder. Alles wäre soviel einfacher, wenn sie sich nur in ihre vorbestimmte Rolle fügen könnte. Aber nein, sie musste rebellieren.

Clara war beim Haus der Sattlerin angekommen.

„Clara!", rief die alte Heilerin aus dem Fenster. „Warum stehst du da herum? Komm rein! Walburga geht es gar nicht gut."

Drinnen schlug Clara verbrauchte Luft entgegen und der eigenartige Geruch von Krankheit.

Wir müssen lüften, dachte sie. Hier muss dringend frische Luft herein.

Auf dem Bett lag Walburga und in ihrem Arm lag ein kleines Mädchen.

„Sie ist viel kränker, als ich dachte. Und die kleine Änne ist auch krank", sagte die alte Heilerin.

Clara trat näher. Ich will nicht hier sein, dachte sie dabei. Ich bin nicht dafür geschaffen. Ich will keine Heilerin sein und immerzu Kranke besuchen, die dann vielleicht sterben.

Und mich womöglich anstecken.

Walburga lag ganz ruhig im Bett. Sie glänzte vor Schweiß.

„Sie hat hohes Fieber", sagte Cäcilia.

Clara nickte. Sie zog aus ihrem Beutel ein Leinentuch und band es sich vor Mund und Nase. Ein Zweites reichte sie Cäcilia.

„Du musst das auch tragen."

Die Alte schüttelte den Kopf.

„Es nützt niemandem, wenn wir uns anstecken", beharrte Clara.

„Pah – woher willst du wissen, dass man sich dann nicht ansteckt."

„Es verringert zumindest die Gefahr."

Die Alte nahm zögernd das Tuch entgegen.

Clara nickte und blickte auf die Kranken. Die fünfjährige Änne konnte man kaum sehen, so tief verschwand sie im Arm ihrer Mutter.

„Wo ist ihr Mann?", fragte Clara.

Cäcilia hob die Schultern. „Er arbeitet sicher. Immer gibt es etwas zu tun. Und auch er muss für den Lebensunterhalt arbeiten."

Clara nickte und kramte Kräuter und Pasten aus ihrem Beutel.

„Gut, lass uns beide kalt abwaschen und kalte Wickel machen. Wir müssen unbedingt das Fieber senken!", befahl Cäcilia.

„Du hast recht, aber danach sollten wir sie wieder warm einpacken. Sie müssen schwitzen."

Cäcilia sah Clara durch zusammengekniffene Augen an. „Richtig, die schlechten Säfte müssen aus dem Körper geschwemmt werden. Du kennst dich gut aus. Welche Kräuter verabreichen wir?"

„Mm", Clara überlegte. „Lindenblüten fördern das Schwitzen."

Cäcilia nickte.

„Außerdem Schafgarbe und Majoran", sagte sie weiter.

„Bist du sicher?", hakte Cäcilia nach.

„Ja. Eine andere Möglichkeit ist Holunder. Oder Thymian."

Cäcilia nickte wieder.

Oder Galgant, dachte Clara. Odilia hat es als Zauberkraut benutzt, aber es tat auch gute Wirkung gegen Fieber. Clara hatte etwas von Odilia bekommen, doch inzwischen besaß sie nichts mehr davon. Und sie wusste nicht, wo sie etwas bekommen könnte.

24

Die Alte nickte wieder. „Du kennst dich gut aus. Bereiten wir Ihnen eine Mischung zu. Ich werde morgen wieder nach ihnen sehen. Schade, dass niemand hier ist, dem wir die Pflege zeigen können."

Als sie das Häuschen des Sattlers wieder verließen, atmete Clara tief die kühle Oktoberluft ein. Wie gut es tat, wieder draußen zu stehen. Cäcilia legte ihre alte, fleckige Hand auf Claras Arm. „Kind, ich weiß, dass es nie dein Wunsch war, Heilerin zu werden."

„Ach ja? Bist du eine Seherin, Cäcilia?", fragte Clara.

Die Alte schüttelte den Kopf. „Natürlich nicht. Aber du hast mich niemals aufgesucht und deine Hilfe angeboten, obwohl du bereits viel über Heilkunst wusstest. Du hast diese Aufgabe niemals selbst gesucht, sie ist zu dir gekommen. Es steht dir nicht zu, deine Lebensaufgabe selbst zu wählen. Nimm diese an als dein Schicksal."

Clara seufzte.

Schicksal. Der ihr bestimmte Platz. Früher hatte sie gedacht, das sei, einen Handwerker zu heiraten, Kinder zu bekommen und das Haus zu führen. Jetzt sollte es die Behandlung von Kranken sein. Und beides empfand sie nicht als befriedigend.

Oh, sie war schlecht. Immer war sie unzufrieden mit dem, was das Leben für sie bereithielt. Immer wollte sie etwas anderes. Sie war hochmütig und eitel.

„Ich verstehe schon. Es ist nicht immer leicht", redete Cäcilia weiter. „Immer Krankheit und Elend. Manche Patienten sterben trotz aller Mühe. Und dann die Gefahren - sich anzustecken oder als Hexe angesehen zu werden. Der Medicus blickt schon längst mit missgünstigem Blick auf dich. Ich bin alt. Ich bin keine Gefahr. Aber du… Du hast bei der Fremden gelernt. Bei dieser Heidin."

„Sie war keine Heidin", erwiderte Clara müde. Odilia und ihre Familie waren nun schon seit über einem Jahr fort und noch immer musste sie sie ständig verteidigen.

Cäcilia nickte. „Wie auch immer. Du weißt, wie schnell man in Verruf gerät."

Oh ja, das wusste sie. Es lief ihr eiskalt den Rücken hinunter, als sie an den Tag von Maria Himmelfahrt im letzten Jahr dachte. Die Bäckerstochter Hildegunde hatte die Leute aufgehetzt.

Sie gab Odilia die Schuld am Tod ihres Verlobten. Diese hatte Richard nach seinem Sturz vom Turm gegen Hildegundes Willen behandelt, aber er war gestorben. Hildegunde behauptete daraufhin, Odilia hätte ihren Verlobten nach seinem Unfall falsch behandelt und sogar verhext. Die Bäckerstochter hatte schnell ein paar Anhänger gefunden, allen voran den Medicus. Sogar Claras Großmutter Mathilde war unter ihnen gewesen.

Als Odilia geflohen war, holten sie sich Clara als vermeintliche Hexenschülerin und hetzten sie durch das Dorf, um sie auf dem Marktplatz an den Pranger zu stellen. Nur weil Adrian den Priester der Burg zu Hilfe geholt hatte, war sie gerettet worden. Aber noch heute bekam sie einen eiskalten Schüttelfrost und fühlte wieder die Panik, wenn sie an diese Hexenjagd dachte.

„Ich bin alt. Ich kann diese Aufgabe nicht länger erfüllen. Und niemand im Dorf ist geeigneter als du…", redete Cäcilia weiter auf sie ein.

„Nein! Ich kann das nicht tun!", widersprach Clara.

„Natürlich kannst du."

Clara antwortete nicht. Was hätte sie auch sagen sollen? Sie konnte der Alten nicht von ihren Plänen erzählen, das Dorf zu verlassen und mit dem Händlertross zu reisen. Das hätte Cäcilia nicht verstanden. Noch dazu, weil die reisenden Berufsgruppen nicht sehr angesehen waren. Alle freuten sich, wenn sie kamen, weil sie Waren brachten und Neuigkeiten aus der Welt. Aber niemand achtete sie hoch.

Also nickte Clara nur ergeben und verabschiedete sich von der alten Frau.

Am Marktplatz blieb sie stehen. Wie lange war es her, seit sie hierher geschleppt worden war? Ein Leben lang oder erst vierzehn Monate?

Der Marktplatz war inzwischen der lebhafte Mittelpunkt des Dorfes geworden. Der Brunnen förderte längst Wasser. Weil seine Ketten so sehr rasselten, wurde er von den Bewohnern Rumpelborn genannt.

Seit August besaß der Ort Dringenberg sogar Stadtrechte. Das war schon etwas Besonderes. Sie hatten nun bewachte Stadttore, mussten aber auch höhere Abgaben leisten. Aber was bedeutete das schon gegen soviel Sicherheit. Und das wollte sie aufgeben, um mit einem Händlertross zu ziehen! Das konnte niemand verstehen!

Sie seufzte und streifte weiter.

„Clara!", rief eine Frau.

Sie wandte sich um.

Johanna, die Frau des Maurermeisters Hermann kam auf sie zu. Sie war die Mutter von Richard, der nach einem Sturz vom Turm gestorben war.

Die Bäckersleute waren fortgezogen, aber Richards Familie lebte noch hier. Clara war nicht gut auf sie zu sprechen. Auch sie waren bei der Hexenjagd dabei gewesen.

„Mein Mann ist sehr krank. Er glüht vor Fieber. Kannst du mit-kommen?", fragte die Frau nun leise.

„Ich?", fragte Clara provozierend.

„Ja, du!" In ihrem Blick las Clara große Sorge.

Trotzdem zögerte sie. Ausgerechnet diese Familie. Was, wenn sie nun Richards Vater behandelte und der auch starb? Würde man sie dann beschuldigen, ihn getötet zu haben?

„Komm mit!", flehte die Frau.

„Wäre es nicht besser, den Medicus zu holen?", versuchte Clara sich herauszureden.

Doch Johanna schüttelte heftig den Kopf. „Der liegt selbst krank im Bett", gab sie schließlich zu.

Clara seufzte und nickte dann ergeben.

Was sollte sie schon tun? In einem hatte Cäcilia recht. Sie konnte ihre Hilfe nicht verweigern, wenn sie darum gebeten wurde. Und es brachte nichts, den Menschen die Hexenjagd immer wieder vorzuwerfen. Das war nachtragend und unchristlich. Das stand ihr nicht zu.

Selbst Jesus hatte seinen Henkern am Kreuz noch verziehen.

„Liebe deine Feinde", hieß es in der Bibel. Aber das war so schwer. So schwer.

Sie trotte missmutig der Frau des Maurermeisters hinterher.

Clara wurde an diesem Tag zu zwei weiteren Fällen gerufen.

Ob auch Cäcilia noch andere Krankenbesuche gemacht hatte?

Als sie wieder zu Hause bei der Schmiede ankam, war sie erschöpft.

Sie ließ sich matt auf einen Stuhl fallen. Flocke, das kleine Hündchen, sprang auf ihren Schoß. Der Hund war der Sohn von Odilias Hündin Selene. Clara hatte geholfen, das kleine, weiße Wollknäuel aufzuziehen. Nun reichte Flocke ihr bis zu den Waden und hatte immer noch weißes, wuscheliges Fell. Clara streichelte selbstvergessen das Tier auf ihrem Schoß und Flocke kuschelte sich zufrieden zusammen.

Dorothea betrachtete die kleine Szene. Sie hatte sich inzwischen an den kleinen Hund gewöhnt und an Claras Liebe zu ihm.

„Du warst lange fort", meinte die Mutter.

Clara nickte. „Ja. Als ich gerade von der Sattlerin auf dem Heimweg war, hat mich die Johanna gerufen. Ihr Mann ist sehr krank. Und danach war ich bei zwei Bauernfamilien drunten am Hagetor.“

„Es ist Oktober. Da gibt es doch immer viel Krankheit. Da ist die Luft schlecht“, meinte Dorothea.

„Es ist nicht in der Luft, Mutter. Odilia hat mich gelehrt, dass die Krankheit von Mensch zu Mensch übertragen wird.“

„Ach, so ein Unsinn“, wehrte Dorothea müde ab.

„Ich will nichts mehr von dieser Odilia hören!“, maulte Großmutter Mathilde vom Tisch her.

Clara rieb sich müde über die Stirn. Die Großmutter würde ihre Ansicht wohl niemals ändern. Durfte man denn wirklich keine neuen Erkenntnisse erwerben? Clara verstand das nicht.

„Es ist dieses Mal wirklich schlimm. Alle haben hohes Fieber“, erklärte sie schließlich teilnahmslos.

„Konntest du ihnen helfen?“, fragte Dorothea.

„Das weiß ich noch nicht. Ich habe den gesunden Familienmitgliedern gezeigt, wie man einen Fiebertee aus Lindenblüten, Thymian und Schafgarbe kocht. Und ich habe ihnen geraten, einen Saft aus Heidelbeeren zu nehmen. Ich weiß nicht, wie Heidelbeeren helfen, aber sie tun es.“

Dorothea nickte. Sie war besorgt. Sie wusste nicht, ob es an der Luft lag oder ob diese Odilia doch recht hatte, aber wenn erstmal einer krank wurde, wurden immer mehr Menschen krank. Auch das war eine Tatsache.

„Ich hoffe, du wirst nicht krank“, sagte sie zu Clara.

„Odilia hat mir gezeigt, wie ich mich schützen kann. Ich hoffe, es reicht.“

Die Großmutter brummte irgendetwas Unverständliches.

Weder Dorothea noch Clara fragten nach, was sie gesagt hatte. Manches blieb besser unverstanden.

Kapitel 2

Besuch beim Medicus

Einige Tage später hatte die Fieberkrankheit das Dorf fest im Griff. Clara kam gerade von den Maurersleuten. Richards Vater Hermann war auf dem Wege der Besserung. Er war noch sehr schwach, aber er hatte bereits kein Fieber mehr. Er würde überleben. Seine Frau dankte Clara überschwänglich.

„Ach Clara, du hast uns geholfen und meinen Mann gerettet, obwohl – obwohl wir..."

„Reden wir nicht mehr darüber", antwortete Clara etwas missmutig.

Das war wohl wirklich das Beste. Sie wollte einfach nicht mehr an die Hexenjagd erinnert werden. Sie wollte das Grauen nicht mehr fühlen und auch nicht die Wut. Sie musste die Erinnerung tief in sich verschließen und nicht mehr daran rühren.

Jemandem zu vergeben war christlich, aber viel schwerer, als sie gedacht hatte.

Das Wetter war scheußlich. Der Wind war kalt und ein leichter Nieselregen lag in der Luft. Clara zog sich frierend in ihrem Umhang zusammen. Als sie so die Straße entlang eilte, traf sie die alte Cäcilia.

„Clara, geht es dir noch gut?", fragte die alte Heilerin.

Clara nickte. „Ja, ja. Und dir? Du siehst nicht gut aus."

Die Alte schüttelte den Kopf. „Ich komme gerade vom Medicus. Er ist immer noch krank. Er – er... Ich weiß nicht..."

„Soll ich mal zu ihm gehen!"

„Nein!", rief die Heilerin kräftiger, als Clara es ihr zugetraut hätte. „Nein. Er will dich nicht sehen. Außerdem – er lässt mich den Mundschutz nicht tragen."

„Was?"

„Er sagt, es sei Gotteslästerung. Niemand darf sich anmaßen, Herr über sein Schicksal, über Krankheit und Gesundheit zu sein. Er sagt, alles sei Gottes Wille und wir dürfen nicht mit solchen Methoden versuchen, seinen Willen zu durchkreuzen."

„Aber du hast ihn trotzdem getragen?"

Die Alte antwortete nicht.

„Cäcilia! Du hast ihn doch trotzdem getragen?" Claras Stimme war drängend und voller Sorge.

„Ach Kind!", seufzte Cäcilia.

„Er hat ihn dir nicht herunter gerissen?"

Die Alte nickte. „Doch, das hat er getan, als ich ihm seinen Tee geben wollte. Und ich bin zu alt, um solche Kämpfe zu führen. Nicht, dass er mich noch als Hexe… Aber er wird nicht wieder gesund." Ihre Stimme versagte. Ihre Beine ebenfalls. Sie sackte zusammen wie ein lebloser Sack. Clara stürzte sofort auf die Knie und hockte sich neben sie. Sie legte die Hand auf Cäcilias Stirn, aber sie hatte es schon vorher gewusst. Die alte Heilerin glühte vor Fieber.

Clara ballte ihre Hand zur Faust. Sie spürte schon wieder Wut in sich aufsteigen. Was für eine Ignoranz und Dummheit. Was war das für ein Arzt? Auch er hatte damals zu Odilias Anklägern gehört und damit zu ihren eigenen.

„Geh nicht zu ihm", krächzte Cäcilia. „Geh nicht zu ihm. Schütze dich. Ich bin eine sehr alte Frau. Aber du – du musst dich schützen. Versuch, den Kranken zu helfen. Aber geh nicht zum Medicus. Wenn er eine Gelegenheit erhält, wird er dich erneut anklagen."

Clara zuckte zusammen. Ihr wurde plötzlich noch viel kälter, als es sowieso schon war. Ihr war eiskalt und ihre Kehle war wie zugeschnürt. Sie schluckte schwer. Sie musste sich beruhigen. Ganz ruhig, ganz ruhig, redete sie sich in Gedanken zu.

Sie wurde gebraucht. Sie musste sich um Cäcilia kümmern.

„Ich bringe dich nach Hause!", sagte sie so fest sie konnte. „Kannst du laufen?"

„Wenn du mich stützt, wird es schon gehen."

Clara setzte sich ihren Mundschutz auf und half dann der alten Heilerin auf die Beine. So führte sie die Alte die Straße entlang. Cäcilia war wirklich schon sehr schwach. Wie hatte sie es überhaupt noch geschafft, sich allein durch die Straßen zu schleppen? Clara schleifte sie mehr mit sich, als dass sie selbst lief.

„Brauchst du Hilfe?", fragte plötzlich eine dunkle Stimme.

Clara blickte überrascht auf.

„Adrian, was tust du hier?", rief sie erfreut aus.

Ihr Bruder stand vor ihr. Groß, schlank, muskulös von der schweren Arbeit in der Schmiede, mit dunklen, kurz geschnittenen Haaren und ebensolchen Bartstoppeln im Gesicht. Nächsten Monat würde er sechzehn Jahre alt, er war wirklich kein Junge mehr. „Ich musste etwas mit dem Gürtler besprechen. Was ist nun – du brauchst Hilfe, oder?", fragte er mit seiner tiefen Stimme.

Clara nickte. „Ja. Cäcilia ist auch krank."

„Ich sehe es. Sie kann sich ja kaum auf den Beinen halten."

„Hilf mir, sie nach Hause zu bringen. Aber zuerst setz auch einen Mundschutz auf. Hier in meiner Tasche ist ein Tuch."

Adrian nickte und suchte in Claras Beutel nach dem Tuch.

„Ich finde es nicht!", sagte er.

„Es muss aber da sein."

„Nein, ist es nicht. Es wird schon nicht so schlimm sein. Nur das kurze Stück bis zu ihrem Haus."

Er fasste die alte Frau kurz entschlossen unter dem Arm. Clara blickte ihn skeptisch an. „Dann versuch wenigstens, in die andere Richtung zu blicken, damit du nicht von ihr angeatmet wirst."

So brachten die Geschwister die alte Heilerin in ihr kleines Haus und legten sie auf das Bett.

„Danke", sagte Clara zu Adrian. „Aber du gehst jetzt besser – weil du keinen Mundschutz hast. Nicht, dass du noch krank wirst. Ich werde Cäcilia eine Kräutermixtur zubereiten. Danach komme ich auch nach Hause."

„Clara, sei vorsichtig. Ich habe Angst um dich", erwiderte Adrian. Sie senkte die Augen. Ja, das wusste sie. Und es war auch nicht völlig unbegründet. Sie beruhigte ihn trotzdem. „Ich werde schon nicht krank. Ich schütze mich."

Auf ihrem Bett stöhnte die alte Frau.

„Ich muss ihr Fieber senken", sagte Clara. „Ich werde ihr feuchte Wickel machen. Sie ist wirklich sehr krank. Sie hätte heute nicht mehr rausgehen dürfen."

Adrian nickte und verließ das Häuschen.

Clara blieb allein mit der Kranken zurück.

Sie versank in Grübeleien. Cäcilia krank, der Medicus krank. Ich werde hier bleiben müssen – als Heilerin, dachte sie. Aber ich will keine Heilerin sein. Ich bin keine kräuterkundige Frau, nur weil ich mich ein wenig damit auskenne. Ich bin nicht mit dem Herzen bei dieser Aufgabe. Ich will fortziehen und aufschreiben, was ich erlebe. Ich will über andere Städte und Länder, über Menschen und andere Bräuche schreiben.

Ihr Kopf schwirrte. Sie wusste es ja immer. Sie war egoistisch und gottlos. Sie war schlecht. Die Menschen waren so krank und sie dachte nur an sich. Warum nur konnte sie nicht einfach zufrieden sein mit dem, was das Schicksal für sie bereit hielt? Adrian war auch noch immer Schmied und er klagte nicht, obwohl er viel lieber ein Tischler wäre.

Clara nahm Tücher und kühlte sie in einer Holzschale voll Wasser. Eines legte sie Cäcilia auf die Stirn und zwei andere wickelte sie um ihre Waden. Sie musste unbedingt das Fieber der alten Frau senken.

Jetzt konnte sie ihr noch eine Medizin zubereiten.

Es kam Clara vor, als bewege sie sich in einem fremden Leben.

Cäcilia stöhnte nicht mehr. Sie war in einen tiefen Fieberschlaf gefallen.

Es fiel Clara schwer, Cäcilia allein zu lassen. Die alte Heilerin befand sich in einem Dämmerzustand. Clara flößte ihr die Medizin ein und versprach ihr, am Abend wiederzukommen. Aber sie war sich gar nicht sicher, ob Cäcilia sie überhaupt verstand.

Clara wollte bei ihr übernachten, denn Cäcilia war wirklich ganz allein.

Auch der Medicus ist allein, dachte sie, während sie durch die Straßen streifte.

„Geh nicht zum Medicus", hörte sie Cäcilias Stimme. *„Geh nicht zum Medicus. Wenn er eine Gelegenheit erhält, wird er dich erneut anklagen."*

Das wird er sicher nicht, dachte Clara. Er ist krank und ist bestimmt froh, wenn sich jemand um ihn kümmert.

Aber er hatte Cäcilia den Mundschutz vom Gesicht gerissen.

Nein, wenn Cäcilia nicht wollte, dass sie zu ihm ging, hatte sie sicher gute Gründe. Andererseits hatte die Alte hohes Fieber. Wusste sie überhaupt, was sie redete?

Verdammtes schlechtes Gewissen. Was interessierte sie der Medicus? Er hatte Odilia gehasst und er hasste sie. Er hatte sich nicht nur an der Hexenjagd beteiligt, er hatte die Menschen sogar aufgewiegelt.

Er war schlecht und gemein.

Wenn er eine Gelegenheit erhält, wird er dich erneut anklagen.

Aber sie wäre eine schlechte Heilerin, wenn er ihr gleichgültig wäre.

Ach verflucht, sie war überhaupt keine Heilerin! Sie wollte keine sein.

Sie richtete ihren Blick zum Himmel. „Verzeihung. Ich fluche, das steht mir nicht zu. Ich bin nur so entsetzlich durcheinander. Ich weiß nicht, wo ich hingehöre. Was ist mein Weg? Gib mir doch bitte ein Zeichen!"

Und dann stand sie vor dem Haus des Medicus. Sie war selbst überrascht darüber. Ihr Herz klopfte. Sie war tatsächlich hierher gegangen! Als hätte sie jemand geführt.

Sie klopfte an die schmale Holztür.

Keine Antwort.

Sie klopfte erneut.

Stille.

„Meister Medicus!", rief sie.

Irgendetwas war da im Inneren. Ein Geräusch. Ein Krächzen.

Sie schob an der Tür. Sie ließ sich öffnen.

„Meister Medicus, ich bin es, Clara Schmied. Ich komme, um nach euch zu sehen. Darf ich?"

„Wo ist Cäcilia?", antwortete eine schwache, krächzende Stimme.

„Sie ist ebenfalls krank. Ich komme gerade von ihr."

Sie wartete jetzt nicht mehr auf die Erlaubnis, sie legte ihren Mundschutz an und trat näher.

In seinem Bett fand sie den Arzt.

Der alte Mann wirkte noch dünner, als er sowieso schon war. Sein weißes Haar war strähnig und sein Bart etwas zu lang und struppig.

Der Geruch von Tod hing in der Luft.

Cäcilia hat recht, dachte sie. Hier kann man nicht mehr helfen.

Clara erschauderte.

„Warum kommst du vermummt zu mir?"

Clara tastete instinktiv nach ihrem Mundschutz.

„Es ist ein Schutz gegen die Krankheit!", antwortete sie ruhig.

„Es liegt nicht in deiner Macht, dich vor Krankheit zu schützen. Das ist allein Gottes Recht. Ob du krank wirst oder nicht, ist dein Schicksal. Nimm die Vermummung ab."

Geh nicht zum Medicus.

Claras Herz schlug bis zum Hals. Wie gebieterisch seine Stimme klang, obwohl sie so schwach war. Sie musste allen Mut zusammennehmen, um zu antworten: „Das werde ich nicht."

„Du bist eine gottlose Person."

„Ich kam, um nach euch zu sehen, euch einen Tee zu brauen oder Medizin. Ich kam, um zu helfen. Das ist nicht gottlos."

„Dein Gebräu will ich nicht. Ich traue dir nicht."

Die Heftigkeit, mit der ihre Großmutter die Medizin von Odilia abgelehnt hatte, kam ihr in den Sinn. Obwohl sie zum Teil nicht anders war, als Cäcilias Kräuter. Allerdings benutzte Odilia manches als Hexenkraut. *„Galgant hilft, sich aus Einengungen zu lösen."* Und Alant half angeblich gegen Hexen und Dämonen. Clara schüttelte sich. Daran wollte sie jetzt nicht denken. Manchmal war Odilia sogar ihr unheimlich gewesen.

Jetzt schlug ihr die gleiche Ablehnung entgegen. Warum war sie nur hierher gegangen?

Geh nicht zum Medicus.

„Wenn du nicht unter dem Schutz des Bischofs gestanden hättest, dann…" Der Medicus hielt inne. Er atmete schwer. Aber husten tat er nicht.

Es hustete überhaupt niemand. Diese Krankheit war keine Krankheit der Bronchien oder der Lunge wie bei ihrem Großvater.

„Ich würde dich wieder anklagen. Dich, eine Hexenschülerin."

Wenn er eine Gelegenheit erhält, wird er dich erneut anklagen.

„Odilia ist keine Hexe."

„Nun bist du selbst die Hexe."

„Das bin ich nicht."

„Was ist mit Cäcilia? Warum kommt sie nicht?"

„Ich sagte es schon. Sie ist krank. Sie ist auf der Straße zusammengebrochen. Ich habe sie nach Hause gebracht und ihr
Medizin gegeben."

„W...was?" Der Alte versuchte hektisch, sich im Bett aufzurichten. „Was hast du mit ihr gemacht? Du hast sie verzaubert,
nicht wahr? Du..."

Er fiel entkräftet zurück in die Kissen.

Clara konnte nicht antworten. Sie starrte ihn ein paar Sekunden
lang mit weit aufgerissenen Augen an. Dann drehte sie sich
unvermittelt um und lief aus dem Haus. Im Laufen riss sie ihren
Mundschutz ab.

Sollte er doch ohne Linderung durch einen fiebersenkenden Tee
oder eine Schmerzmedizin in seinem Bett liegen bleiben, bis der
Tod kam. Sollte er doch allein bleiben. Sie würde nicht noch einmal dieses Haus betreten. Warum hatte sie nur nicht auf Cäcilia
gehört! Er wollte ihre Hilfe ja gar nicht.

Sie rannte, bis sie völlig außer Atem war.

Erst da bemerkte sie, dass sie schon vor ihrem Zuhause stand. Sie
lehnte sich gegen die Wand und verschnaufte.

Dorothea kam heraus und entdeckte Clara. Sie zog die Haustür
hinter sich zu und zog ihre Tochter auf die Bank vor dem Haus,
die Adrian gezimmert hatte. Es war eigentlich zu kalt, um hier zu
sitzen. Aber sie glaubte, einen Moment mit Clara allein sein zu
müssen.

„Kind, du bist ja ganz weiß im Gesicht. Ist dir nicht gut? Du wirst
doch nicht krank?"

Clara schüttelte heftig den Kopf.

„Es geht mir gut. Ich - ich - "

„Kind, was ist mit dir?"

Dorothea umarmte ihre Tochter, die sich wie ein kleines Mädchen
an ihre Schulter lehnte. „Ich war beim Medicus. Er ist krank und
ich dachte, er braucht Hilfe."

„Oh Jesus, Clara!"

„Cäcilia hat mich gewarnt, aber ich dachte, ich kann ihn nicht einfach allein liegen lassen. Aber er hat mich als Hexe beschimpft. Er würde mich in der Tat sofort wieder anklagen."

„Du stehst nach wie vor unter dem Schutz des Bischofs."

„Und der Medicus stirbt. Er wird niemanden mehr anklagen. Und Cäcilia stirbt auch. Was soll ich nur tun? Ich kann nicht die Heilerin dieses Dorfes sein. Und als Hebamme verstehe ich mich überhaupt nicht."

Dorothea strich ihrer Tochter über das lange, rote Haar.

„Nein, das ist nicht das Richtige für dich. Du bist jetzt vierzehn Jahre alt. Clara, du musst heiraten und eine Familie gründen."

„Was?" Clara fuhr entsetzt aus den Armen der Mutter zurück.

„Clara!", versuchte Dorothea zu beschwichtigen. Sie ließ eine Strähne ihres Haares durch ihre Hände gleiten, aber Clara entzog es ihr abrupt.

„Kind, du bist vierzehn Jahre alt."

„Du hast erst später geheiratet. Mit sechzehn, oder?"

„Du lebst ein gefährliches, unstetes Leben. Es wird gut sein, es in andere Bahnen zu lenken."

Ja, dachte Clara. In andere Bahnen lenken will ich mein Leben ja auch. Ich will keine Heilerin sein. Ich will aber auch nicht heiraten. Ich will fortgehen und die Welt kennen lernen.

„Dein Vater wird sich nach einem Bräutigam umsehen."

„Mutter, ihr könnt mich doch nicht – irgendjemanden…"

„Irgendjemanden! Davon kann wirklich keine Rede sein. Dein Vater wird sich denjenigen schon genau ansehen. Er soll gut zu dir sein und nicht zu alt. Und…" Sie lachte. „Er muss stark genug sein, deinen Eigensinn zu beugen."

„Meinen Eigensinn?", fragte Clara aufgebracht. Aber ihre Stimme war gedämpft. Sie saßen immer noch auf der Bank vor dem Haus und sie wollte nicht, dass dieses Gespräch andere mitbekamen.

„Das bedeutet doch nichts Anderes, als dass ich keinen eigenen

Willen mehr haben darf, keine eigene Meinung und kein eigenes Ziel."

Dorothea nickte. „So ist das nun einmal."

Clara dachte, sie müsste sich jeden Moment übergeben. Sie wusste, was das bedeutete. Sie sollte gehorsam sein. Heiraten, Kinder bekommen. Nicht mehr lesen, nicht mehr schreiben. Sie würde das Leben ihrer Mutter führen. Davor hatte sie schon so lange Angst. Schon bevor sie Odilia getroffen hatte, wusste sie, dass das nicht ihr Lebensziel sein konnte. Alles in ihr sträubte sich dagegen.

„Ich muss noch einmal zu Cäcilia", sagte sie. „Ich habe ihr versprochen, zurück zu kommen."

„Du musst zuerst etwas essen."

Aber Clara schüttelte den Kopf. Nein, sie konnte nicht ins Haus gehen. Sie konnte es einfach nicht. Es kam ihr vor, als würde dann sie ein Gefängnis betreten. Gegen dieses Gefühl kam sie nicht an.

„Sicher hat Cäcilia etwas im Haus!", erwiderte sie.

Dorothea nickte. Ja, sollte Clara gehen und über alles nachdenken. Sie wusste, dass sie mit dieser Fügung nicht einverstanden war. Aber es war nicht ihre Sache, das zu entscheiden.

Dorothea stand auf, um wieder ins Haus zu gehen. Als sie die Haustür öffnete, sprang Flocke bellend heraus, stürmte an ihr vorbei und auf sein junges Frauchen Clara zu. Das Mädchen fing den Hund in ihren Armen auf und grub ihr Gesicht in das weiche Fell. Wie sehr Clara das Tier liebte.

Dorothea stand einen Moment lang in der offenen Tür und sah ihrer Tochter und dem kleinen Hund verständnislos zu, dann betrat sie das Haus.

Clara nahm Flocke mit und lief zu Cäcilias Haus. Als sie es betrat, schlug ihr wieder dieser besondere Geruch von Krankheit entgegen.

Sie musste das Fenster öffnen. Es war nicht gut, in dieser Luft zu liegen, auch wenn der Medicus das anders sehen würde.

Sie legte ihren Mundschutz an und öffnete ein Fenster in der Küche, sodass Cäcilia nicht in der Zugluft liegen würde. Danach ging sie zum Bett und deckte die alte Heilerin fest zu. Die Alte schlief ruhig, aber sie hatte hohes Fieber. Clara wollte sie nicht wecken, sie kühlte ein Tuch und legte es ihr auf die Stirn.

Sie füllte eine Schüssel mit Wasser und hockte sich neben das Bett. Immer wieder betupfte sie die Stirn der alten Frau. Sie wusch Arme und Beine kalt ab und machte Wadenwickel.

Aber sie hatte wenig Hoffnung, dass die Heilerin überleben würde. Sie war sehr alt und ihr Körper nicht mehr stark genug, um die Krankheit zu bekämpfen.

Der kleine Hund Flocke hockte ganz ruhig neben ihr. Er schien das Unwirkliche dieser Situation zu begreifen.

Irgendwann war Clara so übermüdet, dass sie einfach neben dem Bett einschlief.

Kapitel 3
Die neue Heilerin

Sie wurde von Flockes Gebell geweckt. Es war immer noch dunkel. Und es war kühl im Haus. Es brannte kein Feuer und das Fenster in der Küche stand immer noch offen. Aber daran lag es nicht. Es war eine andere Art von Kälte. Vielleicht kam sie von der Müdigkeit. Clara war erschöpft, sie hatte anstrengende, arbeitsreiche Tage hinter sich. Und jetzt war es Nacht und sie schlief nicht.

Flocke sprang an ihr hoch und bellte.

„Du spürst es auch, nicht wahr?", fragte sie.

Ihr Blick fiel auf die alte Frau im Bett. Sie lag ganz friedlich da. Ihr Kopf lag auf die Seite gedreht. Ihre Hände hingen schlaff neben ihrem Körper. Ganz ruhig.

Zu ruhig.

Clara erhob sich und suchte ihren Puls am Handgelenk.

Sie fand ihn nicht.

Sie tastete am Hals nach jener Vene, in der der Herzschlag pulsierte.

Aber sie fand kein Pulsieren.

Flocke stand auf seinen Hinterbeinen, die Vorderpfoten auf das Bett gestützt.

„Sie ist tot", sagte Clara leise.

Clara nahm die Hände der alten Frau und faltete sie auf ihrem Bauch zusammen. So, wie es sich gehörte.

Ihr war, als wäre noch jemand bei ihr. Eine unsichtbare Nähe. Sie hatte das schon einmal gefühlt, nachdem ihr Großvater gestorben war.

„Danke, dass du bei mir geblieben bist. Aber nun brauchen die Anderen dich. Du bist jetzt die Heilerin des Dorfes", hörte sie eine Stimme ohne Körper. „Hilf ihnen, diese Krankheit zu überstehen."

„Was verlangst du von mir?", stieß Clara laut hervor. „Ich kann das nicht. Ich bin keine Heilerin."

„Sie brauchen dich. Gott gibt dir die Kraft."

Flocke wurde plötzlich ganz aufgeregt. Der Hund lief hektisch im Zimmer hin und her und bellte laut.

Clara hatte das Gefühl, eine eiskalte Hand würde nach ihr greifen.

„Sie ist die Schülerin der Hexe. Sie ist selbst eine Hexe. Und die soll die Heilerin dieses Dorfes sein?"

Der Medicus. Er war hier. Hier in diesem Zimmer.

Zwei Seelen, die ihre Körper verlassen hatten.

Flocke bellte.

„Du fühlst es auch, nicht wahr?", sagte Clara wieder zu dem Hund. „Du fühlst es auch!"

In ihrem Inneren hörte sie ganz deutlich Odilias Stimme:

Hunde sind geistersichtig. So wie du. Selene hatte sofort eine Bindung zu dir. Damals in eurem Haus im Tal, nachdem ihr uns im Wald gefunden hattet.

Es wurde kalt im Zimmer. Immer kälter.

Ich muss das Fenster schließen, dachte sie. Und dabei wusste sie doch, dass es nicht am geöffneten Fenster lag. Diese Kälte war eine andere. Es war die Kälte des Todes. Nein, das stimmte auch nicht. Es war niemals kalt gewesen, wenn ihr Großvater bei ihr gewesen war.

Nein, es war die Kälte des Bösen. Des bösen Geistes.

War der Medicus ein böser Geist?

Wieder kam ihr die Hexenjagd in den Sinn – viel zu oft in den letzten Tagen. Der Medicus und Hildegunde hatten sie angeführt. Der Medicus, der sie als kleines Mädchen behandelt hatte, als sie krank war.

„Du musst gehen!", sagte sie laut. „Du hast keine Macht über mich! Du bist tot!"

„Ich verfolge dich. Denn du kannst meine Gegenwart fühlen. Das können nur Hexen und Zauberer."

Seelen, die diese Welt nicht verlassen können, sind Gefangene, hörte sie Odilia sagen.

„Du musst gehen!", sagte sie ruhig. „Ruhe in Frieden!" Dabei klopfte ihr Herz wild. Sie konnte kaum atmen, ihr Hals war wie zugeschnürt.

„Du bist eine Hexe. Eine Hexe. Hexe!"

„Sie ist eine Heilerin!", rief Cäcilia dazwischen. „Du verfolgst sie nicht mehr. Komm mit. Komm hinüber in die andere Welt."

Cäcilias Geist verflüchtigte sich. Sie hatte Frieden gefunden, der Medicus nicht. Aber sie nahm ihn mit sich.

Claras Herz klopfte wild. Sie fror erbärmlich.

Aber die Geister gingen, als wären sie ein Sturm, der mitten durch das Haus zog.

Und dann waren sie fort. Beide. Clara war allein mit Flocke und mit dem toten Körper der alten Heilerin.

Der Hund beruhigte sich. Er hörte auf zu bellen und legte sich neben das Bett auf den Fußboden.

Clara konnte wieder ruhig atmen.

Sie blickte auf die alte Heilerin herab. Tränen rannen ihr über die Wange und sie wusste nicht einmal warum.

Weinte sie um dieses verlorene Leben? Oder um sich selbst? Weil sie nicht fortziehen konnte, nun, da sie die einzige Heilerin des Ortes war? Weinte sie wegen der Aussicht auf die Hochzeit mit einem ungeliebten Mann? Um die zerbrochenen Träume?

„Was hast du mir nur aufgebürdet?", fragte sie den toten Körper schluchzend.

Die Tür flog auf und ein Page von der Burg stand vor ihr.

Er blickte einen Moment verwirrt von Clara zu der Frau auf dem Bett.

„Sie ist tot", schluchzte Clara.

„Oh, das – das tut mir leid."

„Wolltest du zu ihr?"

„Nein. Ich wollte zu dir. Aber deine Mutter sagte mir, dass ich dich hier finden würde. Der Priester ist ebenfalls erkrankt. Er verlangt nach dir."

Sie starrte ihn einen Augenblick verständnislos an. Nur einen Wimpernschlag lang. Ein Priester verlangte nach ihr? Der Hexe? Aber der Priester hatte sie ja niemals als Hexe gesehen, ebenso wenig wie der Bischof.

Der Junge hatte ihr Zögern nicht bemerkt.

„Kommst du?", fragte er.

Sie nickte und nahm ihre Tasche.

„Wir müssen jemanden zu ihr schicken!", sagte sie. „Und zum..." Sie stockte. Fast hätte sie gesagt: Und zum Medicus. Sie musste wirklich lernen, zu schweigen. Sie sollte besser nicht erklären müssen, warum sie von seinem Tod wusste.

„Und zum...?", hakte der Junge nach.

„Vielleicht sollte jemand nach dem Medicus sehen. Er ist auch krank."

„Er ist Arzt, er kann sich selbst helfen", meinte der Junge.

Clara nickte und folgte dem Jungen.

Flocke rannte hinter ihnen her.

Auf der Burg war Clara alles so vertraut. Sie hatte ja viele Monate selbst hier gelebt. Ihr Blick fiel auf den Brunnen, der inzwischen einen hölzernen Brunnenaufbau erhielt. Dort hatte noch im letzten Jahr der Ritter Theudebert gearbeitet. Er hatte als Gefangener im Kerker der Burg gelebt. Jahrelang hatte er für seine Freiheit geschuftet, hatte einen Brunnen in den Stein getrieben. Und nachdem es ihm endlich gelungen war, war er nur bis zum Platz vor der Burg gekommen. Dort war er tot vom Pferd gefallen.

Getötet hat ihn der Freiheitstag... zitierte man im Dorf.

Clara schüttelte sich. Sie wollte nicht darüber nachdenken. Es war so schrecklich gewesen.

„Hier entlang", sagte der Junge. Er führte sie durch die Burg bis zum Schlafgemach des Priesters. Clara trat ein.

„Ah, das Mädchen, das mit den höheren Mächten in Kontakt steht", begrüßte der Kranke sie. „Komm näher."

Clara schluckte schwer. Sie setzte ihren Mundschutz auf und trat näher.

„Wie geht es dir?", fragte er.

„Gut. Ich bin nicht krank."

„Ich habe Fieber. Mehrere Leute hier auf der Burg sind krank. Du musst hier bleiben und dich um alle kümmern."

Clara schüttelte den Kopf. „Das geht nicht. Cäcilia ist gestorben. Ich werde auch im Dorf gebraucht."

„Der Medicus ist ja auch noch da", erwiderte der Priester. „Obwohl - ich weiß - die Ärzte sind zwar oft gelehrsam, verstehen aber nicht viel von den Menschen selbst."

„Außerdem…" Clara biss sich auf die Lippe. Jetzt nur nichts Falsches sagen. Das wäre sicher sogar für diesen toleranten Priester zu viel.

„Außerdem?", hakte er nach.

„Außerdem ist auch der Medicus krank. Er hat selbst hohes Fieber."

Clara war jetzt direkt an seinem Lager und befühlte seine Stirn. Sie war heiß, aber sie glühte nicht, wie es bei Cäcilia gewesen war oder bei der Sattlerin.

„Habt ihr Schmerzen?", fragte sie.

„Der Kopf tut weh. Und meine Arme und Beine fühlen sich schwer an und schmerzen."

„Das liegt am Fieber."

„Ich muss dir noch etwas sagen, Mädchen."

Mädchen. Clara zog die Nase kraus. Von Anfang an hatten der Bischof und auch der Priester sie einfach ‚Mädchen' genannt.

„Ja?"

„Ich habe befohlen, die Stadttore geschlossen zu halten. Ich weiß, alle warten auf den Händlerzug. Besonders du. Aber solange diese Krankheit im Ort grassiert…"

Die Stadttore geschlossen? Clara war, als bliebe ihr das Herz stehen. Dann würde der Händlerzug nicht hineinkommen. Ihre letzte Chance, doch noch zu gehen. Nicht heiraten zu müssen. Jetzt würde sie nicht einmal die Chance haben, die Menschen wieder zu sehen, denen sie einst durch ihre Hellsicht das Leben gerettet hatte.

Clara hörte nicht mehr, was der Priester noch sagte. Sie dachte immer nur: Ich muss hier bleiben. Ich muss für immer hier bleiben. Heiraten, ein Haus führen, Kinder erziehen. Vielleicht heilen. Aber ich will das nicht. Nichts von all dem!

„Mädchen!", rief der Priester und tastete nach ihrer Hand. „Du bist ganz blass geworden. Steht es so schlimm?"

„Mmm", murmelte sie.

„Werde ich auch sterben?", fragte er.

Erst jetzt wurde Clara bewusst, dass der Priester über seinen Gesundheitszustand sprach und sie selbst nur wieder an sich dachte.

Egoistisch und schlecht, dachte sie. Das bin ich. Immer denke ich nur an mich.

„Verzeihung! Nein, ihr werdet sicher wieder gesund werden. Ich gebe euch etwas gegen das Fieber, dann vergehen auch die Kopfschmerzen. Aber bleibt im Bett. Und lüftet ab und zu das Zimmer!"

Clara versorgte den Priester und verabschiedete sich. Sie war sicher, dass er wieder gesund werden würde. Er schien genügend Kraft zu haben, um gegen die Krankheit anzukämpfen.

Sie versorgte auch noch einige Arbeiter auf der Burg. Die Köchin war umgefallen. Die Hitze über dem Ofen, die schlechte Luft in der Küche... das war zuviel gewesen. Aber auch sie würde sicher wieder gesund werden. Sorgen bereitete Clara ein Mörtler, der hohes Fieber hatte und unter Schüttelfrost litt.

Und sie war ganz allein mit der Sorge um die Kranken.

Als sie sich endlich auf den Heimweg machte, war sie erschöpft. Viel zu erschöpft, um klar denken zu können. Irgendwo in ihrem Kopf war der Gedanke an die Stadttore, die verschlossen blieben. Was sollte sie nur tun?

Der Priester wusste, dass niemand so sehr auf den Händlerzug wartete, wie sie. Aber er ahnte nicht, warum. Dass sie nicht nur auf Neuigkeiten aus der Welt wartete und darauf, andere Menschen wieder zu treffen.

Und nun? Nun kamen sie nicht. Und sie würde heiraten müssen.

Und sie war die einzige Heilerin im Dorf.

Das Haus des Schmieds kam in Sicht. Vor der Tür stand die kleine Uta und winkte aufgeregt.

Clara lief schneller. Was war denn los? War in ihrer Familie auch jemand krank geworden?

„Was ist?", rief sie schon bevor sie angekommen war.

Hinter Uta trat Dorothea aus dem Haus.

„Ach Kind, du kommst aber spät."

„Cäcilia ist gestorben", berichtete sie matt. „Und ich wurde auf die Burg gerufen."

„Auch der Medicus ist gestorben", erwiderte Dorothea.

Clara nickte.

„Du bist nicht überrascht?"

Das Mädchen blickte auf. „Ich... Er..."

„Nein! Du hast es geahnt? Du hattest wieder...?"

Clara nickte wieder nur. Was sollte sie auch sagen? Dass sie seinen Geist im Haus der toten Heilerin wahrgenommen hatte? Dass er sie bedroht hatte?

Dorothea packte Clara an den Schultern und schüttelte sie.

„Mutter!", schrie Clara. „Mutter! Du tust mir weh."

„Clara, komm zu Verstand. Du darfst nicht… Hat es nicht gereicht, dass sie dich einmal lynchen wollten?"

„Mutter, ich kann das nicht beeinflussen."

„Kommt ihr herein?", rief von drinnen die Großmutter.

Dorothea strich Claras Kleid glatt. Ganz überflüssigerweise, es war so verknittert, dass das überhaupt nichts brachte.

„Kein Wort zu ihr!", warnte Dorothea.

„Natürlich nicht."

Das musste die Mutter ihr wirklich nicht sagen. Glaubte die etwa, sie war verrückt? Mathilde war bei jener Gruppe gewesen, die sie lynchen wollte. Ihre eigene Großmutter.

Andererseits war sie sehr erschöpft. Sonst wäre es ihr auch gerade eben bei der Mutter nicht herausgerutscht. Sie wusste doch, dass sie besser überhaupt nicht darüber redete. Mit keinem. Höchstens vielleicht mit Adrian.

Ach, sie trug so schwer an allem, was in den letzten Tagen geschehen war - viel zu schwer.

Sie fühlte sich erschöpft und ängstlich.

Auf dem Küchenfußboden brach sie zusammen.

Kapitel 4
Claras Entscheidung

Die Großmutter schrie auf. „Clara! Jesus, jetzt wird sie auch noch krank! Es ist Gottes Wille. Trotz Mundschutz und sonstigem angeblichen Schutz – alles Unfug. Nichts wirkt, wenn Gott es nicht will!"

Dorothea kniete neben ihrer Tochter. Sie befühlte ihre Stirn.

„Sie hat kein Fieber", sagte sie ganz ruhig.

„Das kommt noch. Warum sonst ist sie zusammengebrochen?"

„Sie ist völlig erschöpft", erklärte Dorothea schlicht. „Es ist viel zu viel für sie. Und jetzt ist sie sogar allein mit der schweren Aufgabe, mit der Verantwortung für die Kranken."

„Clara! Komm zu dir!", rief sie und schlug leicht an ihre Wangen.

Allmählich kam Clara wirklich wieder zu sich. „Was – was ist passiert?", fragte sie verwirrt.

„Du bist zusammengebrochen. Du bist wohl sehr erschöpft?"

„Du wirst sicher auch krank!", kreischte die Großmutter.

Clara richtete sich zögernd auf. Sie fühlte sich schwach.

„Nein. Nein, krank werde ich nicht. Nein. Ich fühle mich nicht krank. Nur schwach und müde."

Dorothea stützte ihre Tochter, die sich langsam wieder aufrappelte. „Geht es?"

Clara nickte. „Ein bisschen schwindelig."

„Du musst etwas essen. Uta! Bring Brot und Schmalz. Und Wasser. Cäcilia hat uns immer erklärt, dass man viel trinken muss."

Uta rannte los.

Clara aß und trank, als hätte sie seit Wochen nichts mehr gehabt. Und tatsächlich erinnerte sie sich nicht daran, wann sie zum letzten Mal gegessen hatte.

Sie war gestern Abend zu Cäcilia gegangen und hatte die Nacht bei ihr verbracht. Sie hatte zuvor nichts gegessen und bei Cäcilia auch nicht. Sie war viel zu sehr eingenommen worden von der Behandlung der Kranken. Beim Fortgehen heute Morgen war sie von dem Boten der Burg abgefangen worden. Oh ja, es war lange her. Gestern Mittag hatte sie zuletzt gegessen. Und sie hatte viel gearbeitet. Und die Sorgen, soviel Sorgen, die sie ganz allein tragen musste.

Kein Wunder, dass sie zusammenbrach.

Sie aß und trank und dann legte sie sich ins Bett und schlief ein paar Stunden. Niemandem würde es nutzen, wenn sie zu schwach war, um die Kranken zu behandeln.

Dem Priester ging es bald besser. Clara hatte es ja geahnt.

Doch die Sattlerin lag im Sterben.

Der fünfjährigen Änne ging es Gott sei Dank schon wieder gut, aber sie weinte laut aus Angst um ihre Mutter. Ihr Vater hielt sie im Arm. Aber Clara wusste nicht, was sie noch tun konnte.

Sie schüttelte sacht den Kopf. „Es dauert nicht mehr lange“, flüsterte sie dem Sattler zu. „Hol den Priester für die letzte Beichte und die Salbung.“

Der Sattler nickte und schluckte selbst schwer. Er sah Clara hilfe-suchend an.

Sie verstand ihn ohne Worte.

„Komm Änne, wir gehen ein bisschen an die frische Luft“, sagte sie und streckte der Kleinen die Hand entgegen.

Das Mädchen schniefte und wischte ihre Nase am Ärmel ihres Kleides ab, aber sie ergriff die Hand und ging mit.

Clara blickte sich um. Die Blätter der Bäume waren bunt gefärbt. Wenn die Sonne darauf schien, leuchteten sie, aber heute war ein diesiger, nebliger Tag ohne Sonne.

„Magst du mit mir gehen und sehen, ob Adrian wieder etwas Schönes für dich schnitzt?", fragte sie das kleine Mädchen.

Änne nickte und so machten sich die Beiden Hand in Hand auf den Weg.

Adrian schnitzte die schönsten Dinge. Für viele Kinder des Dorfes hatte er bereits Spielsachen aus Holz gefertigt. Er wäre viel lieber ein Tischler als ein Schmied, aber es war, wie es eben war. Natürlich lernte Adrian den Beruf seines Vaters. Clara hatte eine Zeitlang gedacht, dass er versuchen würde, seinen Lebensweg zu ändern. Aber er tat es nicht. Er fügte sich, so wie sie selbst es einfach nicht konnte.

Aber für ihn war es einfacher. Adrian tat ja, was er so liebte, wenn auch nicht als Beruf. Sie selbst würde alle Wünsche und Träume vollständig aufgeben müssen. Eine Frau hatte sich eben unterzuordnen.

Sie schüttelte sich. Sie musste jetzt für Änne da sein.

„Meine Mama wird bald ein Engel sein, nicht wahr?", fragte das kleine Mädchen plötzlich schniefend.

Clara konnte sekundenlang nicht antworten. Änne war doch noch so klein. Aber es half nichts, sie anzulügen.

„Ja", erwiderte sie leise.

„Sie wird weiter auf mich aufpassen, glaubst du nicht?"

Clara dachte an ihren Großvater, dessen Geist noch bei ihr geblieben war. Und sie dachte an Odilias Worte: Seelen, die in dieser Welt verharren, sind Gefangene. Aber ob Odilia das so genau wusste?

„Das wird sie ganz sicher", antwortete sie.

„Clara!", rief jemand hinter ihr.

Clara und Änne wandten sich gleichzeitig um. Ein etwa zehnjähriger Junge kam hinter ihr her gerannt. Es war Paul, der in der Nähe des Niederen Tores wohnte.

„Clara! Draußen stehen Händlerwagen. Die Leute wurden gewarnt wegen der Krankheit, aber sie wollen nicht fahren, bevor sie mit dir gesprochen haben."

Claras Herz machte einen Sprung. Die Händler waren da. Und sie warteten.

„Bring Änne zu uns nach Hause. Sag meiner Mutter, dass…. Nein, sag nichts. Sie wird schon wissen. Änne, gehst du mit Paul zu uns? Ich muss schnell zu den Händlern am Niederen Tor und komme dann nach."

„Bestimmt?"

„Versprochen."

Sie rannte durch das Dorf, bis sie das Niedere Tor erreicht hatte.

Das Tor war verschlossen, wie sie es erwartet hatte. Sie konnte die Händler nicht sehen, aber sie wusste, sie warteten dort draußen auf sie. Leonard und seine Frau Mechthild, die ihr damals den wertvollen blauen Stoff geschenkt hatten.

Sie hatten sich erst dreimal gesehen. Die erste Begegnung war im Februar letzten Jahres in der Siedlung Tryngen gewesen. Im Herbst desselben Jahres waren die Händler wiedergekommen. Auch im Frühling dieses Jahres waren sie schon im Dorf gewesen. Damals war die Großmutter Berta, Leonards Mutter, gestorben. Clara und Cäcilia hatten sie gepflegt, aber sie hatten ihr nicht helfen können. Sie war alt gewesen und hatte ein hartes Leben hinter sich. Aber Clara und die Händlerfamilie hatte dieses Erlebnis noch näher zusammengeschweißt. Sie hatten ganz fest vereinbart, dass sie in diesem Herbst mitreisen durfte.

Und nun?

Clara seufzte.

„Öffne das Tor!", rief sie dem Wächter zu.

„Aber ich habe Befehle, es geschlossen zu halten."

„Ja, ich weiß. Zum Schutz der Zuwanderer gegen die Krankheit. Aber ich bin allein und nicht krank. Ich will nur mit den Händlern reden.

Der Wächter nickte. Ja, das konnte er sicher erlauben, ohne nachzufragen.

Clara lief auf die Händler zu und umarmte sie.

„Mechthild, Leonard, wie schön euch zu sehen!", rief sie herzlich. Auch die Kinder kamen angerannt, allen voran die zwölfjährige Elisabeth, Leonards Tochter. Sie stand Clara am nächsten, vielleicht weil sie fast im selben Alter war.

„Ist es wirklich so schlimm?", fragte Mechthild. „Die Tore sind geschlossen und wir wurden vor der Fieberkrankheit gewarnt, wenn wir trotzdem hineingehen."

Clara nickte. „In jedem Herbst werden Menschen krank - aber ja, dieses Mal ist es wirklich sehr schlimm. Es gab schon einige Tote. Und es werden noch weitere folgen."

„Dann komm mit uns."

„Gerade jetzt?"

Mechthild nickte. „Ja, gerade jetzt. Dann bist du aus der Gefahr heraus."

„Meine Familie befindet sich weiter in der Gefahr."

„Du kannst sie nicht schützen. Wenn du gehst - gleich wann - lässt du sie zurück und weißt nicht, was mit ihnen geschieht."

„Ich weiß", seufzte Clara. „Aber die Heilerin und der Medicus sind tot. Ich kann nicht fort. Nicht jetzt."

Tränen rannen ihr über die Wange. Erst als sie es ausgesprochen hatte, wurde ihr bewusst, dass sie sich entschieden hatte.

„Bitte, kommt wieder. Im Frühjahr gehe ich fort. Wenn ich dann noch kann."

Mechthild legte den Kopf schief. „Warum sagst du das?"

Clara hob hilflos die Schultern. „Meine Eltern wollen, dass ich heirate."

Leonard tätschelte aufmunternd Claras Arm.

Mechthild verzog leicht das Gesicht. „Nun, das Alter hast du ja. Wer soll denn dein Ehemann werden?"

„Das steht noch nicht fest, hoffe ich. Denn das würde bedeuten, dass noch etwas Zeit ist. Aber wenn…" Nein, daran wollte Clara nicht einmal denken. Wenn doch schon alles geregelt war, könnte sie noch vor Weihnachten verheiratet sein. Ihr wurde plötzlich ganz heiß. Vielleicht sollte sie doch mitgehen.

„Es wird schon alles werden!", ermutigte sie Elisabeth. „Wir kommen bald wieder. Das tun wir doch, Vater?"

Leonard nickte. „Wir ziehen jetzt weiter Richtung Paderborn. Dort werden wir den Winter verbringen. Aber wir kommen wieder, sobald es das Wetter erlaubt. Dann nehmen wir dich mit. Das schulden wir dir, nachdem du uns gerettet hast."

„Ihr schuldet mir gar nichts. Es war doch reiner Zufall, dass ich damals die Räuber bemerkt hatte und ihr habt mir schon den Stoff geschenkt."

„Pah, ein Stück Stoff für unser Leben. Und - Clara, wir sollten uns wirklich nicht mehr vormachen, dass es Zufall war. Die Räuber hatte noch niemand bemerken können. Du hast die Gabe der Hellsichtigkeit!" Das Letzte sprach Leonard im Flüsterton, obwohl die Wachen auf der Wehrmauer sowieso seine Worte nicht verstehen konnten. Clara antwortete nicht. Dazu wollte sie lieber nichts sagen.

Sie umarmte kurz Elisabeth, dann drehte sie sich schnell um und lief wieder durch das Tor in das Dorf hinein. Sie fürchtete, wenn sie nicht schnell ging, würde sie es nicht schaffen, die Händler wieder ziehen zu lassen.

Die Tränen liefen ihr über das Gesicht. Es war einfach nicht richtig. Sie sollte fortgehen. Sie wollte doch die Welt bereisen. Und nun war sie hier und ihre Zukunft erschien ihr ungewisser als draußen in der Welt mit dem Händlerzug. Wenn sie in den nächsten Wochen verheiratet würde, wäre alles vorbei. Dann könnte sie nie mehr fortgehen.

Clara kam sich vor wie eine Gefangene. Eine Gefangene ihres eigenen Lebens, ihrer eigenen Entscheidung.

Als sie wieder zu Hause ankam, war bereits die Nachricht überbracht worden, dass die Sattlerin gestorben war.

München
Oktober 1323

Kapitel 5
Zwischenfall an der Isar

Odilia saß neben Gabriel an der Isar – jenem Fluss, der durch die Reichsstadt München floss. Sie betrachtete liebevoll ihren großen Sohn. Sogar ihr selbst fiel auf, wie ähnlich er ihr sah. Er hatte das gleiche tiefschwarze Haar und die gleichen dunklen Augen. Aber während ihre Haut sehr hell war, hatte Gabriels Haut eine etwas dunklere Tönung, darin ähnelte er mehr seinem Vater.

Odilias Haar floss dick und füllig bis zur Taille herab, inzwischen wurde es von ersten grauen Strähnen durchzogen. Ihre Figur war immer sehr schlank gewesen und sie war nicht besonders groß.

Gabriels Haar wirkte etwas ungebändigt und reichte fast bis auf die Schulter. Er war groß geworden. Seine Figur war schlank, dennoch breitschultrig und muskulös. Seine Stimme war tief geworden und seine Wangen waren rauer vom Bartwuchs.

Sechzehn Jahre, dachte Odilia. Sechzehn ist er schon. Wo ist nur die Zeit geblieben? Sie zog eine Decke um ihre Schulter. Es war eigentlich schon zu kalt, um hier zu sitzen, aber sie saß so gerne hier. Es war einer der seltenen Momente in ihrem Leben, in denen sie das Gefühl vollkommener Harmonie hatte.

Die große, zottelige Hündin Selene lag gemächlich im Gras und deren Sohn Kobold tobte um sie herum.

Kobold war kleiner als Selene und viel temperamentvoller. Odilia dachte ab und zu daran, was wohl aus Flocke geworden war. Sie war ziemlich sicher, dass Clara sich Seiner angenommen hatte. Aber wissen konnte sie es nicht. Sie wusste ja nicht einmal, was aus Clara selbst geworden war.

Ihr Mann Reinmar und ihr jüngster Sohn Felix warfen Steine in den Fluss. Reinmar zeigte seinem Sohn, wie man die Steine werfen musste – ganz flach – damit sie über das Wasser hüpften.

Jetzt versuchte es Felix auch. Patsch – sein Stein versank mit einem lauten Klatscher.

Reinmar lachte laut auf. Der zehnjährige Junge sah sich etwas pikiert nach seiner Mutter um, die im Gras saß, aber dann fiel er laut in das Gelächter ein.

Schließlich lief er zu Mutter und Bruder und ließ sich auch ins Gras fallen. Reinmar ließ einen weiteren Stein über das Wasser tanzen und folgte dann seinem Sohn.

Alle Vier saßen nun im Gras und sahen dem Fluss zu.

„Es ist irgendwie so friedlich hier. Man könnte beinahe vergessen, in welcher Welt wir leben."

Selene trottete näher und legte ihre Schnauze auf die Beine ihres Frauchens. Odilia begann liebevoll, die Hündin zu streicheln.

Kobold kuschelte sich zu Felix.

„Es brodelt im Reich", meinte Reinmar. „Unser Papst Johannes hat gegen König Ludwig einen Kirchenprozess eröffnet, weil der ohne päpstlichen Segen den Königstitel trägt. Er soll innerhalb von drei Monaten vor dem päpstlichen Gericht in Avignon erscheinen und seine Krone niederlegen, sonst droht ihm der Kirchenbann."

„Was ist ein Kirchenbann?", fragte Felix.

„Das bedeutet, dass der König aus der kirchlichen Gemeinschaft ausgeschlossen ist. Er gehört nicht mehr dazu, er darf nicht die Kommunion empfangen und wird eines Tages nicht in geweihter Erde begraben werden. Aber er wird dennoch seine Krone nicht niederlegen. Er hat zu lange dafür gekämpft und am Ende zuerst Johann von Böhmen besiegt und dann mit ihm gemeinsam den Habsburger Friedrich."

„Der Papst ist nicht an einem starken König interessiert", warf Odilia ein. „Das kratzt an seiner eigenen Machtposition."

„Es wird wieder Kampf geben", sagte Reinmar.

„Ja. Dabei ist es hier ein so friedlicher Ort. Alles scheint so weit entfernt zu sein. Die Unruhen im Land, die Not der Armen,

Räuberbanden, Krankheiten…. Ich könnte vergessen, dass es das gibt."

„Hexenverfolgungen", ergänzte Gabriel.

„Warum sagst du das?"

„Weil du immer und immer wieder so kurz davor bist, Mutter."

„Ich kann einfach nicht anders. Ich will mich und meine Ansichten nicht verstecken. Es ist mein Schicksal."

Gabriel antwortete nicht. Das Thema hatten sie nun schon so oft besprochen. Immer und immer wieder. Natürlich könnte sie anders. Sie musste sich ja gar nicht ändern, nur nicht alles so öffentlich ausleben.

„Es ist schon Oktober", meinte Reinmar. „Wir müssen überlegen, was wir tun sollen. Wir könnten den Winter hier verbringen."

Doch Odilia schüttelte den Kopf. „Nein, den ganzen Winter möchte ich nicht bleiben. Lass uns weiterziehen. Richtung Griechenland. Vielleicht kommen wir bis nach Slowenien. Wir können jederzeit die Reise unterbrechen. Wenn wir es nicht weiter schaffen, bleiben wir eben in Österreich. Lass uns einfach auf dem direkten Weg weiterziehen. Ohne Umwege. Ich will nach Hause." Das letzte sprach sie ganz sanft aus. Ihre Aufgabe war getan. Jetzt sehnte sie sich nach Ruhe.

Gabriel überlegte still, ob Griechenland noch sein Zuhause war. Es war so lange her, es war viel geschehen, er war älter geworden, seit sie das Land verlassen hatten.

Plötzlich hörten sie Stimmen. Laute Stimmen und Gepolter. Es kam aus den Büschen und es kam immer näher. Direkt auf sie zu.

Und dann sahen sie sie. Eine Gruppe Jugendlicher, höchstens in Gabriels Alter. Sie kamen sich prügelnd und schlagend näher. Zwei von ihnen hatten sogar Schwerter in den Händen, mit denen sie aufeinander losgingen.

„He!", rief Reinmar. „Was ist hier los? Wollt ihr euch gegenseitig umbringen?"

„Warum nicht! Wir stehen auf verschiedenen Seiten!", rief der Größere mit dem Schwert in der Hand.

„Und worum geht es bei diesem Kampf?"

„Um die Königswürde. Diese dort sind dafür, dass Ludwig König bleibt. Ich und meine Freunde sind aber der Meinung, dass er seine Krone ablegen muss. Ohne den Segen der Kirche kann er nicht regieren."

„Das wird nicht von Halbwüchsigen entschieden!", erwiderte Reinmar streng.

„Was soll das heißen!", brüllte der Jugendliche Reinmar an und stürmte mit dem Schwert auf ihn zu. Reinmar sprang zur Seite.

„Willst du mich mit dem Schwert angreifen!", schrie er. „Sieh her, ich bin unbewaffnet."

„Dann solltest du keine vorlaute Rede schwingen!"

„Haltet euch aus der Politik heraus, das wird euch keinen Nutzen bringen. Und Segen auch nicht."

„Mein Vater ist Baron von Stenitz! Wir sind angesehene Leute. Die halten sich nicht aus der Politik heraus, die machen sie."

„Aber nicht die Knaben!", schrie Reinmar. „Bringt euch nicht gegenseitig um."

Der junge Stenitz hob drohend sein Schwert.

„Reinmar!", bat Odilia und sprang auf. „Halt du dich da raus. Sollen sie doch machen, was sie wollen."

Felix drückte sich eng an seine Mutter. Er hatte Angst. Sie schienen mitten drin zu sein zwischen diesen kämpfenden Knaben.

„Georg, lass sie!", rief ein Kampfgenosse des Jungen. „Ist doch egal, was die reden."

„Sie beschmutzen meine Ehre."

Reinmar verdrehte die Augen. Was für ein dummes, einfältiges Geschwätz über Ehre.

„Auf welcher Seite steht ihr?", fragte einer aus der Gruppe. „Seid ihr für Ludwig oder seid ihr für den Habsburger Friedrich?"

„Ich mische mich nicht ein in die Politik."

„Dann misch dich auch hier nicht ein!", schrie der Junge und stürmte wieder auf seinen Gegner zu.

Reinmar sagte nichts mehr. Glaubten diese Bengel wirklich, sie würden mit ihren Straßenschlägereien irgendetwas ändern? Die Schwerter klirrten wieder aneinander.

„Bringt euch nicht um!", schrie jetzt Gabriel. Er konnte nicht mitansehen, wie Jungen, die in seinem Alter waren, sich bis aufs Blut bekämpften, vermutlich, weil ihre Väter politische Gegner waren.

„Was willst du denn jetzt?", schrie der junge Stenitz ohne seinen Gegner aus den Augen zu lassen.

„Ich will, dass ihr euch nicht gegenseitig umbringt. Warum auch? Politik muss man doch anders klären können."

Georg von Stenitz lachte gemein. „Du hast keine Ahnung. Es gibt nur eins. Krieg!"

„Und ihr befindet euch schon im Krieg?"

Von Stenitz wuchtete sein Schwert herab und entwaffnete seinen Gegner. Dessen Schwert flog ihm in hohem Bogen aus der Hand und fiel ins Gras.

Im gleichen Moment drehte von Stenitz sich um und griff Gabriel an.

Der sprang geschickt zur Seite, so wie gerade schon sein Vater.

„Er ist unbewaffnet!", schrie Odilia.

„Dann sollte er nicht so vorlaut sein gegenüber bewaffneten Edelleuten."

Er stürmte wieder auf Gabriel zu.

„Das ist gegen die Ritterehre!", schrie Reinmar und stürzte auf Georg los, um ihn aufzuhalten. Aber andere stellten sich ihm in den Weg. Jetzt schienen alle auf der gleichen Seite zu stehen. Gemeinsam gegen einen Unentschlossenen, gegen einen, der auf keiner Seite stand.

Das Schwert stieß erneut zu. Gabriel schrie auf.

Georg riss es zurück und hielt die blutbesudelte Klinge in der Hand.

Gabriel stürzte.

Odilia schrie auf, rannte mit Felix zu Gabriel und sank neben ihm auf die Erde.

Reinmar stand fassungslos daneben.

„Lass dir das eine Lehre sein!", warnte Georg von Stenitz.

Dann drehte er sich ungerührt um und zog davon, als würde ihn Gabriels Verletzung nichts angehen. Und die lärmende, prügelnde Gruppe folgte ihm.

Nun ließ sich auch Reinmar neben Gabriel fallen.

„Was ist passiert?", fragte er atemlos. „Was haben sie dir getan?"

Gabriel presste seine Hand auf seinen Oberschenkel und verzog das Gesicht vor Schmerz.

„Wir müssen die Blutung stillen!", schrie Odilia. „Schnell! Gib mir deinen Gürtel, Reinmar. Und Felix – ich brauche einen Stock. Such mir ein rundes Holz."

Reinmar nahm den geflochtenen Gürtel von seiner Taille und reichte ihn Odilia. Sie legte den Gürtel um Gabriels Bein oberhalb der Wunde und band einen Knoten hinein. Inzwischen kam Felix mit einem Ast zurück, der so aussah, als würde er nicht gleich durchbrechen. Odilia legte ihn unter den Gürtel und drehte dann solange daran, bis der Ast das Bein abschnürte und die Blutung stoppte. Gabriel stöhnte. Es tat sehr weh.

Odilia atmete erleichtert auf. Endlich! Hauptsache, es blutete nicht mehr.

„Jetzt müssen wir ihn nach Hause bringen. Die Wunde muss gesäubert und genäht werden, sonst entzündet sie sich und es gibt Wundbrand."

Reinmar schüttelte verständnislos den Kopf. „Was für verrückte Kinder, spielen Krieg, als wären sie erwachsen."

„Und dennoch sind sie gefährlich", flüsterte Odilia. „Jetzt kommt."

„Ihr vergesst, dass sie vermutlich wirklich schon in den Krieg ziehen, als Pagen oder sogar als Knappen", stöhnte Gabriel.

Odilia und Reinmar stützten Gabriel, so dass er auf einem Bein nach Hause gelangen konnte. Felix trottete hinterher.

Weiterziehen würden sie wohl vorläufig nicht können. Jetzt musste erstmal Gabriels Bein heilen und dann würde es vielleicht schon zu spät sein, der Winter stand schon vor der Tür.

Dringenberg
Januar 1324

Kapitel 6
Der neue Medicus

Weihnachten stand bevor. Die Fieberwelle hatte bis vor kurzem angehalten, aber im Haus des Schmieds war niemand krank geworden, was fast an ein Wunder grenzte. Es gab kaum ein Haus, das nicht betroffen war.

Auch Claras beste Freundin Beatrix war sehr krank gewesen. Da hatte Clara gewusst, warum das Schicksal es so gefügt hatte, dass sie in Dringenberg geblieben war. Und sie hatte nicht mehr mit ihrer Entscheidung gehadert. Im Gegenteil - sie hatte Gott auf Knien dafür gedankt. Außer ihr selbst war ja niemand mehr da, der sich in der Heilkunst auskannte. Ohne sie, Clara, wäre Beatrix gestorben.

Dann kam Weihnachten.

Beatrix und Clara durften als freiwillige Darsteller am Krippenspiel teilnehmen, das alljährlich in der Kirche aufgeführt wurde.

Lachend und schwatzend standen sie am Ofen der Familie des Schmieds und berichteten von ihrem ersten Treffen.

„Welche Rollen habt ihr denn bekommen?", fragte Dorothea. Sie saß mit einer Näharbeit am Tisch und freute sich über die Begeisterung der beiden Vierzehnjährigen.

„Ich darf die Maria spielen. Ist das nicht phantastisch?", juchzte Beatrix.

„Oh ja, das ist es in der Tat. Und du, Clara?"

„Ich bin der Engel, der den Hirten die frohe Botschaft verkündet."

„Eine schöne Rolle."

„Sie hat sich auch für die Maria gemeldet. Tut mir leid", sagte Beatrix und zog die Nase kraus.

„Ist schon gut. Die kann ja nur eine spielen."

In der Ecke lachte Großmutter Mathilde unfreundlich auf.

„Das fehlte noch. Die Hexenschülerin als Mutter unseres Herrn Jesus."

„Mutter!", entfuhr es Dorothea erschrocken. „Das Thema ist doch wohl ausgestanden."

„Das bleibt immer in den Köpfen der Menschen. Einige werden auch nicht gerne sehen, dass Clara einen Engel spielt. Passt nicht gut zusammen."

„Sie haben mir die Rolle sogar angeboten."

„Sicher dieser Priester. Der hat ja einen Narren an dir gefressen."

Da hatte die Großmutter allerdings recht. Der Priester der Burg hatte die Rollen verteilt. Und er mochte sie. Und warum auch nicht. Sie hatte dem Bischof das Leben gerettet, als er mit der Kutsche in dem Unwetter unterwegs war und sie hatte den Priester behandelt, als er an der Grippe erkrankt war.

„Clara ist keine Hexe", meinte Beatrix leise. „Sie *ist* ein Engel. So wie sie uns alle gepflegt hat, die krank geworden waren."

„Ja, bis zur Erschöpfung", ergänzte Dorothea.

Die Großmutter knurrte irgendetwas Unverständliches. Darauf ließ sich schlecht etwas erwidern, es entsprach ja der Wahrheit.

Am Tag vor Weihnachten wurde die kleine Bartholomäus-Kirche in der Mitte des Marktplatzes mit grünen Tannen-, Mistel- und Eibenzweigen geschmückt. Es war das Zeichen für Hoffnung auf neues Leben mitten in dieser dunklen, kalten Zeit. Aber es vertrieb auch böse Geister, die allgegenwärtig waren und die Menschen verdarben.

Clara war ganz aufgeregt. Sie mochte das Fest so gerne. Das ganze Dorf kam zusammen und feierte. In diesem Jahr gab es sogar einen kleinen Festumzug.

Clara hoffte, dass sie eines Tages einen echten Weihnachtsmarkt erleben würde, wie sie in den großen Städten stattfanden - so hatten es ihr zumindest die Händler berichtet.

Nach dem Umzug gingen alle in die kleine Kirche. Und wer nicht in die Bänke passte, stand dahinter oder sogar im Freien, gleichgültig, wie kalt es war.

In der Kirche wurde auch das Krippenspiel aufgeführt.

„Was Odilia jetzt wohl macht?", flüsterte Clara Beatrix zu, als sie nach der Kirchenfeier noch zusammen draußen standen.

„Psst", machte Beatrix. „Das ist immer noch kein gutes Thema und wird es wohl auch nie sein."

„Es interessiert mich trotzdem."

„Aber wir wissen es nun mal nicht. Sie wird irgendwo sein und weiter Unruhe stiften."

Clara antwortete nicht. Es tat ihr weh, dass ausgerechnet Beatrix so über Odilia sprach. Aber irgendwie hatte sie auch recht. Am meisten interessierte sie sowieso, was Gabriel machte. Dieser hübsche, schwarzhaarige Junge, den sie nicht vergessen konnte.

„Ich hoffe, es geht ihnen gut", meinte sie.

Dann kam das neue Jahr. 1324 begann mit Schnee und Eis.

Im Dorf gab es Gerüchte, dass bald ein neuer Medicus kommen würde. Der Dorfvorstand hatte sich dafür eingesetzt. Und nun sollte ein Neffe des alten Medicus eintreffen, der gerade sein Studium in England beendet hatte.

„Ja, ein wirklich gelehrter Mann soll kommen", berichtete Johanna, die Frau des Maurermeisters, nach der Sonntagsmesse. „Das ist doch wirklich etwas Besonderes in so einem kleinen Dorf. Aber es heißt auch, er sei ein Anhänger der Inquisition, ein Verfolger der Hexen und Zauberer." Sie sah Clara mitleidig an. Dass sie selbst einst an der Hexenverfolgung teilgenommen hatte, schien sie völlig zu verdrängen. Zumindest wollte sie sich nicht mehr daran erinnern, nachdem Clara ihren Mann während der Fieberkrankheit behandelt hatte.

Clara fröstelte bei solchen Berichten. Sie war ungeduldig. Sie sehnte den Frühling herbei und damit die Händlergruppe, mit der sie fortziehen wollte. Für sie stand dieser Entschluss felsenfest. Sie konnte nicht bleiben.

„Ich werde im Frühling mit dem Händlerzug fortgehen", vertraute sie Adrian an.

Ihr Bruder wirkte nicht sehr überrascht. Dass Clara besondere Träume hatte, wusste er ja.

„Weiß Mutter schon davon?", fragte er nur.

„Sie weiß schon lange, dass ich das Dorf verlassen will."

„Aber sie glaubt es nicht."

Clara seufzte. „Aber was soll ich denn tun? Ich kann nicht bleiben."

Adrian lachte unfreundlich auf. „Natürlich kannst du. Dazu braucht man keine besonderen Fähigkeiten."

„Du verstehst das nicht, Adrian. Es ist ein so starkes Gefühl. Ich muss einfach fort. Es ist als ob… als ob…"

Sie suchte nach den richtigen Worten.

„Eine Vorahnung?", half Adrian aus.

Doch Clara schüttelte den Kopf. „Nein, keine Vorahnung. Als würde mich etwas treiben. Es scheint mir wirklich unmöglich zu sein, zu bleiben. Du willst doch auch etwas anderes machen, als Schmied sein, Adrian. Denkst du nie darüber nach, dein Leben selbst zu entscheiden?"

„Niemand entscheidet selbst. Nicht einmal die Fürsten und Könige. Wir alle haben unseren Platz im Leben. Allerdings…" Er hielt inne. Clara sah ihn aufmerksam an.

„Allerdings…", drängte sie, als er immer noch nicht weiter sprach.

„Allerdings werde ich weitermachen, Spielsachen zu bauen. Einfach weil ich es mag. Ich habe sogar schon etwas geschmiedet. Eine Ritterfigur."

Claras Augen leuchteten. „Wirklich?"

Adrian nickte.

„Das ist ja großartig", freute Clara sich.

„Na ja..."

„Aber ich kann das nicht. Mir würde alles, was ich wirklich machen möchte, verboten werden, wenn ich bleibe würde. Es ist da etwas – ein Gefühl oder vielleicht doch etwas Ähnliches wie eine Vorahnung. Adrian, ich habe eine andere Bestimmung im Leben. Vielleicht ist es wirklich das Schreiben."

„Du verrennst dich in Hirngespinste. Wo soll das hinführen, Clara?"

„Es gab schon immer Frauen, die sich gegen die üblichen Rollen aufgelehnt haben. Nimm Roswitha von Gandersheim... oder Hildegard von Bingen. Odilia hat uns doch von ihnen erzählt."

„Ach hör doch auf mit denen!", herrschte Adrian sie an. „Sie waren beide Ordensfrauen – Nonnen, die gute Beziehungen zu Obrigkeiten hatten. Na ja, ein Schützling des Bischofs bist du ja schon. Möchtest du ins Kloster gehen? Zumeist ist das Töchtern aus reichem Hause vorbehalten."

Adrian fragte das ganz im Ernst.

Aber Clara schüttelte den Kopf. „Nein, das möchte ich nicht."

„Dann komm in die Realität zurück. In unserer Zeit können Träumer nicht überleben."

„Nimm Odilia", versuchte es Clara erneut.

„Auch sie ist verheiratet."

Verheiratet – ja, das war sie.

„Sie hat einen Mann, der sie versteht."

Adrian hob die Schultern. „Vielleicht wäre es besser, er würde ihrem Treiben Einhalt gebieten. Sie lebt ein gefährliches Leben – für sich selbst und für ihre Familie."

Clara senkte den Kopf. Das war alles richtig. Eine Frau konnte nicht alleine bestehen. Sie hatte ja nicht einmal eigenes Geld. Ach, sie wusste nicht, was werden sollte. Sie hatte nur diesen Wunsch. Diesen unbändigen Willen, der sie fortzog von diesem, ihr vorbestimmtem Leben.

Sie nickte nachdenklich.

„Ich muss wieder in die Schmiede", sagte Adrian schließlich und erhob sich.

Sie nickte wieder nur. Adrian wusste, sie würde über seine Worte nachdenken, und das war auch gut so. Aber er wusste auch, dass sie ihre Meinung nicht ändern würde. Dazu brauchte er nicht hellsichtig zu sein.

Die Zeit verging quälend langsam. Auf den Straßen lag Schnee, es war diesig und kalt.

Clara hatte ihren Umhang eng um sich gewickelt, als sie mit ihrem Korb über den Marktplatz lief. Sie fror, am liebsten würde sie zu Hause vor dem warmen Ofen sitzen. Aber sie hatte Einkäufe zu erledigen.

Auf einmal tippte ihr jemand von hinten auf die Schulter. Clara zuckte zusammen und fuhr herum.

„Entschuldigung, ich wollte dich nicht erschrecken", sagte Beatrix bedauernd.

Clara freute sich, die Freundin zu sehen. Sie stellte ihren Korb neben sich auf die Erde und umarmte sie. „Schon gut. Ich war nur so tief in Gedanken versunken."

„Stimmt etwas nicht?"

Clara schüttelte den Kopf. „Ich glaube, meine Eltern wollen mich verheiraten. Ich habe sie gestern Abend darüber reden hören."

„Ach so. Aber das ist doch normal. Bei mir ist es zwar noch nicht so weit, aber lange kann es nicht mehr dauern. Wir sind im heiratsfähigen Alter."

Clara verzog ihr Gesicht. Beatrix schien das ja nicht viel auszumachen.

Plötzlich bemerkte sie einen großen Mann mit dunklem Haar auf dem Platz. Sein Haar war tatsächlich fast so dunkel wie Gabriels. Er war sehr hager und hielt sich so gerade, dass es schon steif wirkte. Sie schauderte. Er war ihr vom ersten Moment an unheimlich. „Wer ist das denn?", fragte Clara.

„Wer?", fragte Beatrix verwirrt und blickte sich um.

„Na der. Der sieht ja aus wie der Teufel persönlich."

Beatrix hielt sich die Hand vor den Mund und kicherte. „Lass ihn das lieber nicht hören. Ich glaube, das ist der neue Medicus."

„Der neue Medicus? Ist der schon da?"

Beatrix hob die Schultern. „Ja, er wohnt im Haus des verstorbenen Arztes. Der war ja sein Onkel und er erbt es wohl sowieso. Hab' ich gehört. Schon großartig, dass ein studierter Mann in unser kleines Dorf zieht. Darüber können wir wirklich froh sein. Cäcilia ist tot und unser alter Arzt auch. Und du… Na ja..." Sie druckste herum.

„Ja, ich weiß. Mir lastet noch immer dieser Ruf an", ergänzte Clara und zog die Nase kraus.

Beatrix hob hilflos die Schultern. „Irgendwie schon. Also ich denke nicht so und auch nicht alle anderen, aber manche eben doch. Und eine Heilerin ist auch nicht dasselbe wie ein Medicus."

„Stimmt. Die Heilerinnen haben viel mehr Ahnung."

In dem Moment, als Clara ihren Korb wieder aufnehmen und nach Hause gehen wollte, trat der Mann auf sie zu.

„Du bist Clara, die Tochter des Schmieds?", erkundigte sich eine sehr tiefe Stimme. Es war mehr eine Feststellung als eine Frage.

Clara zuckte zusammen.

„Ja", brachte sie heiser hervor.

Der Mann lachte unfreundlich auf. Er hatte etwas Unwirkliches, Mysteriöses. Clara konnte es gar nicht genau beschreiben, aber er war ihr unheimlich. Sie fror noch mehr als vorhin.

„Mein Onkel, der verstorbene Medicus dieses Ortes, berichtete mir von einem Mädchen mit roten Haaren, das bei einer Hexe das Heilen gelernt hat. Und du hast wohl die rotesten Haare in diesem Dorf."

Clara schluckte schwer. Der Mann hatte ihr mit keinem Wort gedroht – aber die Art und Weise, wie er es sagte, wie er die Worte betonte, klangen bedrohlich.

„Ich habe nur ein wenig über Heilkräuter gelernt, mehr nicht", antwortete sie zaghaft.

Er erwiderte nichts, sondern blickte sie nur starr an.

Seine Augen hatten etwas Grausames. Und seine ganze Haltung wirkte furchteinflößend.

In Clara stieg Übelkeit auf.

Plötzlich hatte sie ein Bild vor Augen. Es war erschreckend deutlich und zeigte sie selbst auf einem Scheiterhaufen. Der Medicus stand vor ihr und hielt eine Fackel in der Hand. Er lachte laut und bösartig zu ihr hinauf und steckte die brennende Fackel in den Holzhaufen. Flammen züngelten um sie herum. Menschen standen davor und johlten. Andere weinten, aber die waren machtlos. Sie selbst schrie.

„Clara!" Beatrix schüttelte sie.

Das Bild verblasste sofort. Clara kam in die Wirklichkeit zurück. Sie sah sich verwirrt um. Der Medicus war fort. Sie konnte ihn nirgends entdecken. Hatte sie wirklich geschrien? Oder war es nur ein Teil ihrer Fantasie gewesen?

„Ist alles in Ordnung?", fragte Beatrix.

„Nein. Oh nein", brachte Clara mühsam hervor. Aber ihre Stimme war kaum mehr als ein Krächzen. „Ich bin hier nicht mehr sicher. Keinen Tag mehr."

„Aber Clara, was ist denn los? Es ist doch gar nichts geschehen."

Das Bild war zu deutlich gewesen. Das war keine unbestimmte Angst. Sie hatte die Zukunft gesehen. Aber die Zukunft war nicht unabwendbar. Sie musste eine Entscheidung treffen. Einen anderen Weg gehen. Die Angst schnürte ihre Kehle zu, ihr war so übel.

„Ich muss gehen!", raunte sie Beatrix zu.

Sie stolperte, ihre Beine fühlten sich an wie Brei. Sie trugen sie kaum.

Aber sie stolperte weiter.

Beatrix sah hilflos hinter ihr her. Zu spät bemerkte sie, dass die Freundin den Korb vergessen hatte.

Clara schleppte sich zur Schmiede.

„Adrian, ich muss dich sprechen", rief sie hinein.

Adrian blickte erstaunt auf. Clara kam sonst nie in die Schmiede. Es musste etwas geschehen sein.

„Was ist passiert?", fragte der Vater.

„Nichts!" Clara schluckte den Kloß hinunter. „Ich muss nur Adrian sprechen. Bitte."

Vinzenz nickte. „Wenn es denn sein muss. Geh nur Adrian, aber bleib nicht so lange. Wir haben viel Arbeit."

Adrian nickte und folgte Clara ins Freie.

„Ich muss fort", flüsterte sie ohne lange Vorrede. „Ich muss Dringenberg verlassen."

„Nun fang nicht schon wieder damit an", erwiderte Adrian verärgert. „Ich kann dir nicht helfen. Du bist ein Mädchen. Du kannst nicht alleine fortgehen."

„Ich werde als Hexe brennen, wenn ich es nicht tue. Ich bin hier nicht sicher."

„Wer sagt das?"

„Niemand. Aber ich weiß es."

Adrian runzelte die Stirn. Er kannte Claras Visionen zu gut, um sie nicht ernst zu nehmen. Er beobachtete sie genau. Auf ihrer Stirn standen Schweißperlen. Sie zitterte. Ihre Augen blickten ihn ängstlich an. Kein Zweifel. Sie hatte Angst. Todesangst.

Er fasste sie bei den Schultern. „Clara, was ist los?"

„Der neue Medicus – ich habe ihn getroffen."

„Ja, ich hörte, dass jemand herzieht."

„Ich habe ihn gesehen."

„Hat er dir gedroht?"

Sie schüttelte den Kopf. „Nein, nichts was er gesagt hat, war drohend. Nur wie er es gesagt hat. Und – Adrian, ich hatte ein Bild."

„Ein Bild? Deine Fantasie geht mit dir durch."

„Neiiin! Es war die Zukunft. So wird sie sein, wenn ich bleibe. Ich muss fort. Ich muss dem Händlerzug entgegenreisen."

Jetzt rannen Tränen über ihre Wangen.

„Clara, du bist ja ganz verstört", meinte Adrian besorgt.

„Ich muss fort!", stammelte sie nur immer wieder.

„Adrian, wie lange dauert das?", rief Vinzenz aus der Schmiede.

„Ich komme, Vater!"

Er wandte sich an seine Schwester. „Wir reden später darüber. Ich muss weiter arbeiten."

„Adrian, es ist ernst!", wimmerte sie.

Adrian hatte seine Schwester niemals so voller Panik erlebt. Außer vielleicht vorletztes Jahr am Tag von Maria Himmelfahrt, als der Pöbel sie gefangen genommen hatte und als Hexe richten wollte. Aber jetzt war nicht der richtige Zeitpunkt. Jetzt konnte er nichts tun. Und er konnte auch nicht entscheiden, was er später tun sollte. Vielleicht könnte er sie zu den Verwandten seiner Mutter nach Gehrden bringen. Oder wieder auf die Burg? Doch der Bischof war zurzeit nicht da. Ob der Priester genug Macht hatte, um ihr Schutz zu gewähren? Immerhin hatte er sie schon einmal gerettet.

Er sah seiner Schwester nach, bevor er wieder die Schmiede betrat.

Clara schlich mit hängenden Schultern zum Haus zurück.

Die Großmutter kam ihr schon entgegen. „Wo bleibst du nur wieder?", schimpfte sie. „Gerade hat Beatrix den Korb gebracht. Was bist du für eine unzuverlässige Person."

Erst jetzt bemerkte Clara, dass sie ohne ihre Einkäufe davongelaufen war.

„Es tut mir leid", stammelte sie.

Kapitel 7
Hochzeitspläne

Dann kam für Clara einer der schlimmsten Momente.

Ihre Eltern baten sie zu einem Gespräch. Das war ungewöhnlich. Normalerweise sprach allein die Mutter mit ihr über die täglichen Dinge. Sie saßen zu Dritt um den Tisch herum. Die Großmutter hielt sich abseits. Sie saß auf einem Stuhl neben dem Ofen über einer Spinnarbeit, aber sie war da. Clara hatte kein gutes Gefühl. Sie wünschte, sie könnte ebenso wie Adrian und die zwei kleinen Geschwistern in ihr Zimmer gehen.

Sie wollte fort! Sie hatte den unwiderstehlichen Drang, aufzustehen und aus dem Zimmer zu laufen. Aber das war unmöglich.

Dorothea nahm Claras Hand zwischen ihre Hände und eröffnete vorsichtig das Gespräch. „Wir haben ja schon einmal darüber gesprochen Clara, dass wir eine Heirat für dich sinnvoll finden."

„Nein!" Clara schrie sofort entsetzt auf und sprang vom Suhl hoch. Dabei zog sie automatisch auch ihre Hand zurück.

„Tu nicht so, als wollten wir dich zur Kerkerhaft verurteilen!", warf die Großmutter vom Ofen her scharf ein. „Es ist der normale Lebensweg. Du bist vierzehn Jahre alt."

Sei doch ruhig, dachte Clara. Warum mischst du dich hier ein. Aber das konnte sie nicht sagen. Das stand ihr einfach nicht zu.

Dorothea fasste erneut nach Claras Hand und zog sie sanft zurück auf den Stuhl.

„Großmutter hat recht", stimmte Vater Vinzenz zu. „Es ist der normale Weg. Wir sind deine Eltern. Du solltest darauf vertrauen, dass wir wissen, was das Richtige für dich ist. Wir haben einen guten Mann für dich gefunden. Er ist ein ruhiger, friedlicher Mensch."

Clara schluckte schwer.

„Wer…", krächzte sie tonlos.

„Friedhelm, der Sohn des Schumachers."

„Nein!", entfuhr es ihr wieder.

„Was hast du gegen ihn einzuwenden?"

Clara schüttelte den Kopf, als könnte sie alles Gehörte einfach von sich schütteln. „Er ist dumm", sagte sie leise. „Er wird gut zu dir sein. Schau, er hat sich noch nie viel um andere gekümmert. Er lebt ziemlich zurückgezogen. Vielleicht wird er sogar erlauben, dass du weiter als Heilerin arbeiten darfst."

„Wie kommt ihr denn darauf? Ich würde genauso zurückgezogen leben müssen. Ich wäre vollkommen unglücklich."

„Aber nein!", meinte die Mutter. „Es wäre ihm ganz gleich, gerade weil er sich nicht viel um andere Leute kümmert."

In Clara drehte sich alles. Sie konnte der Begründung der Mutter nicht folgen. „Habt ihr noch nicht vom neuen Medicus gehört? Ob Friedhelm es erlaubt, ist sowieso ganz gleichgültig. *Er* wird es niemals zulassen."

Sie wollte es ja auch sowieso nicht. Aber sie wollte lesen und schreiben und mit ihrem Mann darüber sprechen können. Friedhelm war ungebildet und ungehobelt. Er war nicht grausam, er mischte sich nirgendwo ein, er tat einfach seine Arbeit, das stimmte alles. Aber Clara war sicher, dass er auch leicht zu beeinflussen war. Der Medicus würde es nicht allzu schwer haben, ihn auf seine Seite zu ziehen.

Sie sah in die unbewegten Gesichter ihrer Eltern.

„Ihr habt schon alles beschlossen?", wisperte sie.

Dorothea umschloss Claras Hand mit ihrer.

„Ja!", sagte Vinzenz entschlossen. „Sobald der Schnee geschmolzen ist, feiern wir Hochzeit."

Sobald der Schnee geschmolzen war? Der Schnee konnte noch lange liegen. Den ganzen Januar und Februar und vielleicht sogar den März? Nein, das traute sie sich kaum zu denken. Und doch war es ihre einzige kleine Hoffnung. Sie musste aufpassen. Und sie musste rechtzeitig fort. Sie hoffte, der Händlerzug würde frühzeitig kommen. Aber – die brachen doch auch erst auf, wenn der Schnee schmolz! In ihrem Inneren herrschte Aufruhr.

Am nächsten Tag bat sie Adrian, mit ihr den Schuhmacher aufzusuchen. Sie kannte Friedhelm und sie mochte ihn nicht. Aber dieses Mal wollte sie ihn unter anderen Gesichtspunkten treffen. Sie wollte herausfinden, wie er über ihre geplante Verbindung dachte. Würde sie überhaupt noch Freiheiten haben, wenn sie an seiner Seite lebte?

Sie schüttelte sich. An der Seite von Friedhelm leben – das mochte sie sich gar nicht ausmalen.

Adrian versuchte sich aus der Affäre zu ziehen.

„Clara, du hast doch schon Glück, dass du deinen Bräutigam kennst. Du weißt wenigstens, wen du heiraten sollst. Vielen geht es nicht so.“

„Du weißt, was ich will. Ich will nicht heiraten. Ich möchte fortgehen und die Welt kennen lernen.“

Adrian stöhnte. „Du solltest dich endlich darauf besinnen, wo dein Platz ist“, sagte er hart. Dieses Mal war er nicht bereit, seiner Schwester zu helfen. Und allmählich hatte auch er genug von ihren Flausen. Er hatte ja verstanden, dass sie sich von Odilia angezogen gefühlt hatte. Und sogar, dass sie lernen wollte. Aber jetzt ging sie entschieden zu weit.

„Adrian, nur ein Besuch beim Schuhmacher. Ich muss doch neue Schuhe haben für meine …. meine…“

Adrian lachte unfreundlich auf. „Du kannst ja nicht einmal sagen *für meine Hochzeit*. Clara, du hast mir von deiner Angst vor dem Medicus erzählt. Dein Ehemann wird dich beschützen. Du tust dir keinen Gefallen mit deiner Sturheit.“

„Das ist keine Sturheit.“

„Was dann?“

Sie senkte den Kopf. „Ich kämpfe um mein Leben."

Adrian schüttelte verständnislos den Kopf und ließ sie stehen.

Clara rannte los. Sie rannte, wie sie es immer tat, wenn sie sich aufgewühlt fühlte, ins Dorf.

Sie rannte, bis sie völlig atemlos vor dem hübschen Fachwerkhaus stehen blieb, in dem sich die Schuhmacherwerkstatt befand. Ein großer schmiedeeiserner Ring, in dem ein Stiefel und zwei Schuhe auf den Beruf des Bewohners hinwiesen, prangte davor. Adrian hatte es geschmiedet. Von wegen Hufschmied. Adrian war ein Künstler.

Clara atmete tief durch und betrat die Werkstatt.

Eine Glocke bimmelte.

Tatsächlich tauchte Friedhelm sofort hinter einem Vorhang auf.

Er grinste breit. Er wusste es also auch schon. Und ihm gefiel es, das war nicht zu übersehen. Warum auch nicht. Er hatte vermutlich niemals damit gerechnet, eine hübsche und gescheite Braut zu finden.

„Clara", begrüßte er sie.

„Ich – ich …"

„Warum stotterst du so? Du brauchst sicher Schuhe? He, he."

Er lachte dämlich. Was sollte sie sonst hier wollen?

„Schuhe, ja. Ich brauche neue Schuhe."

„Ich muss deine Füße messen. He he he!"

Sie konnte ihn kaum ertragen. Warum lachte er so dumm? Hatte er das schon immer gemacht? Aber vielleicht war er ja auch nur unsicher.

Clara schüttelte den Kopf. „Nein, ich komme später noch einmal wieder. Ich…"

„Bist schüchtern, ja? Brauchst du nicht sein. Wir heiraten ja bald. He he. Hat man es dir wohl auch endlich gesagt? Ich weiß ja schon länger, dass darüber gesprochen wurde."

Übelkeit stieg in ihr auf. Sie musste fort. Raus hier. Es war eine dumme Idee gewesen, hierher zu kommen.

Sie stolperte aus der Werkstatt heraus.

Draußen lehnte sie sich an die Hauswand und versuchte, ruhig durchzuatmen. Die Übelkeit ließ nach.

Doch dann kam plötzlich Friedhelm heraus und lehnte sich mit der Schulter seitlich gegen die Hauswand, sodass er auf sie herabsah.

Er war groß und etwas rundlich, wenn auch nicht wirklich dick. Er wirkte unglaublich massig. Seine braunen Haare waren verfilzt und seine Zähne ziemlich gelb. Er grinste gemein. Clara beschlich das Gefühl, dass er nicht der harmlose, dumme Junge war, für den sie ihn bisher gehalten hatte.

Oder aber er war ein dummer Junge, der plötzlich zu einem ungeahnten Geschenk des Schicksals gekommen war und sich deswegen größer und besser vorkam, als er war.

Clara war nicht sicher, was schlimmer war.

Er stand viel zu nah bei ihr. Viel zu nah. Sein Geruch war unangenehm. Oh Gott, dachte sie, wie soll ich ihn als Ehemann ertragen, wenn ich kaum seine Nähe aushalten kann?

„Man erzählt sich, du hättest dich mit diesem Gabriel allein getroffen", brachte er rau hervor.

Clara blickte erschrocken auf. Mit so etwas hatte sie überhaupt nicht gerechnet.

„Wer sagt das?"

Er warf seinen Kopf zurück und lachte. „Irgendjemand. Stimmt es denn?"

Warum wunderte sie sich eigentlich? Sie hatte genug Feinde gehabt. Und Odilia erst recht. Sie wussten alle, dass sie in Odilias Haus ein- und ausgegangen war. Aber was Gabriel anging, da war sie vorsichtig gewesen. Das konnte niemand wissen.

„Das ist Unsinn", erwiderte sie so fest sie konnte.

„Du hast lange gebraucht für die Antwort."

„Ich war entsetzt darüber, dass irgendjemand so gemeine Lügen verbreitet."

Er lachte wieder. „Wenn wir erst verheiratet sind, wirst du keine Zeit mehr haben, an dieses Hexenweib und seine Brut zu denken."

„Was?"

„Du wirst genug zu tun haben. Von mir aus darfst du sogar eine Zeitlang weiter als Heilerin arbeiten."

„Meine Eltern glauben, du wirst mir das nicht verbieten", wandte sie ein.

„Aber nein. Das tue ich nicht. Du wirst einfach keine Zeit mehr haben. Wir werden viele Kinder haben und unser Haus und Werkstatt müssen sauber gehalten werden."

Clara blieb der Mund offen stehen. Kinder - sie hatte noch nie darüber nachgedacht. Aber es ließ sich ja nicht vermeiden, wenn man verheiratet war. Clara wusste nicht viel über diese Dinge. Nun ja, ein bisschen schon. Von Odilia. Aber nicht viel.

Sie dachte an den Kuss, den Gabriel ihr gegeben hatte. Ihr schauderte bei der Vorstellung, dass Friedhelm sie küssen würde.

Was für ein Leben erwartete sie an seiner Seite. Ihre Eltern täuschten sich. Sie schätzten Friedhelm falsch ein, weil er sonst immer so zurückhaltend gewesen war. Jetzt merkte sie, dass mehr in ihm schlummerte. Etwas Gemeines, Hinterhältiges. Clara war unheimlich zumute. Diese Verbindung durfte es nicht geben!

Sie stieß sich von der Wand ab und rannte davon.

Sein dümmliches Lachen begleitete sie.

Doch sie rannte ausgerechnet geradewegs dem Medicus in die Arme.

„Oh – Ent…. Entschuldigung", stammelte sie.

Er neigte leicht seinen Kopf. „Bist du auf der Flucht?"

„N… nein. Ich hatte es nur eilig."

Sie wollte weitergehen, aber er hielt sie am Arm zurück. Er hatte nicht fest zugegriffen, gerade soviel, dass er sie aufhalten konnte. Sie blickte ihm ins Gesicht. Was für kalte, gefühllose Augen er hat, dachte sie dabei.

„Ich habe wirklich schon viel von dir gehört. Mein Onkel hat von dir erzählt. Auch in seinen Briefen hat er von dir berichtet. Er schrieb von dem Mädchen mit den roten Haaren, von der Hexenschülerin. Aber das habe ich dir ja schon erzählt."

Clara schluckte schwer. Sie konnte kein Wort herausbringen.

„Du stehst unter dem Schutz des Bischofs."

„Ich – ich konnte ihm einmal helfen."

„Ah! Niemand weiß Genaues darüber. Aber es ist wohl nicht wichtig. Ich hörte, du heiratest?"

Woher wusste er das schon wieder? War sie selbst die Letzte, die davon erfuhr?

„Du weißt viel über mich. Ich weiß leider gar nichts über dich."

Sie benutzte absichtlich nicht die höfliche Form der Anrede, sondern duzte ihn, so wie er es mit ihr machte. Sie wollte ihm nicht mehr Respekt entgegenbringen. Das würde ihn nur noch mächtiger erscheinen lassen.

Er lachte. Aber sein Lächeln machte sein Gesicht nicht ein bisschen freundlicher.

„Was du wissen musst, weißt du. Ich bin Medicus, der Neffe eures verstorbenen Arztes. Ich lebe in seinem Haus und ich mag keine Hexen!" Das letzte stieß er angewidert hervor. Es klang umso bedrohlicher, weil er ansonsten in einer monotonen Stimmlage sprach, die kein Gefühl erkennen ließen.

„Ich bin keine Hexe!"

Er nickte.

Aber als Zustimmung empfand Clara das nicht.

Er war widerlich. Er machte ihr Angst.

Und der Bischof war nicht auf der Burg.

Sie ließ ihn einfach stehen und rannte weiter.

In der Nacht schlief sie schlecht und träumte wirr.

Der neue Medicus erschien ihr in Gestalt des Teufels selbst. Mit rotem Gesicht und Hörnern auf dem Kopf. „Ich werde dafür sorgen, dass du brennst", sagte er zu ihr. „Solche Kreaturen wie dich brauchen wir hier nicht."

Clara sah den aufgeschichteten Scheiterhaufen. „Sieh – dort hinauf gehörst du."

„Nein. Ich werde auf sie aufpassen. Wenn sie meine Frau ist, wird sie nichts mehr anrichten können. Ich sperre sie ein, sie wird viele Kinder haben und sie muss das Haus hüten", redete plötzlich Friedhelm dazwischen.

Clara warf sich unruhig in ihrem Bett von einer Seite auf die andere. Irgendwann spürte sie, dass sie jemand schüttelte.

„Nein!", schrie sie. „Nein! Lass mich in Ruhe."

„Clara. Wach doch auf."

Sie schlug die Augen auf.

Vor ihrem Bett stand Uta in ihrem langen Nachthemd. Ihre Hände lagen auf Claras Schultern und ihre Augen blickten ängstlich.

„Was ist mit dir?", fragte Uta. „Du hast geschrien."

Clara sah sich um. Sie sah die Truhe unter dem Fenster und den Mond, der zum Fenster hinein schien. Sie sah auf der anderen Seite des Zimmers Utas Bett.

Sie fühlte Utas Hände und ihre ängstlichen Blicke.

Kein Zweifel, sie war in ihrem Zimmer. Alles war gut. Noch!

Kein Teufel. Kein Friedhelm.

Kein Scheiterhaufen.

Sie fasste nach Utas Händen.

„Es ist alles gut. Ich hatte einen bösen Traum."

„Wirklich? Alles gut?"

Clara nickte.

„Du hast mir Angst gemacht."

„Das tut mir leid. Möchtest du zu mir ins Bett?"

Uta nickte und krabbelte sofort unter die Decke. Die Schwestern schmiegten sich aneinander und nicht nur Uta tat die Nähe gut. Auch Clara beruhigte sich dabei. Und sie dachte: Ich muss fort. Unbedingt. Unwiderruflich. Ich bin hier nicht sicher. Er ist der Teufel.

Und leise Tränen rannen über ihre Wange. Denn sie würde dann auch Uta verlassen.

Uta, Beatrix, Adrian.

Sie hatte Angst.

Kapitel 8
Adrians Plan

Adrian knetete nervös die Hände. Er stand mit seiner Schwester in dem kleinen Garten von Odilia. Das Haus hatte bis heute niemand mehr bewohnt. Es war als Hexenhaus verschrien. Den Geschwistern war es ein willkommener Zufluchtsort, wenn sie allein sein wollten.

Aber was verlangte Clara heute von ihm? Ihr zu helfen, das Dorf zu verlassen! Das war unmöglich. Sie hatte ihm von ihrem Traum erzählt und er verstand, dass sie sich furchtbar fürchtete. Aber er konnte doch seine Schwester nicht allein fortgehen lassen. Ein Mädchen allein würde dort draußen nicht lange überleben.

„Aber ich muss fort. Ich muss, ich muss!", redete Clara auf ihn ein. Sie war ja völlig hysterisch.

„Ich verstehe dich nicht. Du hast den neuen Medicus erst zweimal gesehen, du weißt nichts von ihm."

„Ich weiß genug und du weißt, warum ich so sicher bin."

Adrian nickte und lief unruhig hin und her.

„Clara, du kannst nicht alleine fort. Warte auf den Händlertross."

„Das kann noch zwei Monate dauern."

Ja, das war zu spät. Adrian wusste es sogar besser als Clara. Er wusste von den Plänen, nicht mehr bis zur Schneeschmelze zu warten, sondern die Hochzeit früher stattfinden zu lassen. Friedhelm wollte es unbedingt und sein Vater hatte nichts dagegen. Vinzenz war wohl froh, dass ihm jemand die Verantwortung für seine hellsichtige Tochter abnahm. Wusste er überhaupt, in welche Gefahr er Clara brachte? Adrian ahnte, dass Friedhelm besser nichts von Claras Hellsicht erfuhr. Dazu brauchte er selbst kein Seher sein.

Er fuhr sich durch sein dichtes dunkles Haar.

„Du kannst nicht alleine fort. Wie willst du allein überleben?"

„Das weiß ich doch. Deshalb bitte ich dich um Hilfe."

Er nickte vor sich hin. Eine Idee formte sich in seinem Kopf.

„Du könntest zu Mutters Verwandten nach Gehrden."

„Pah!", Clara lachte auf. „Das wird aber nicht lange geheim bleiben und dann schicken sie mich sofort zurück."

„Sie werden es verstehen, schließlich sind sie auch Nachfahren der Hexe Antonia", meinte Adrian.

Aber es war ein dummer Gedanke. Ach, er war ganz kopflos. Natürlich würden sie nicht verstehen. Oder sie würden es zumindest verdrängen, wie Mutter es auch tat. Gerade weil sie das Schicksal ihrer hellsichtigen Großmutter Antonia kannte, die als Hexe verbrannt worden war, wollte sie alles Übersinnliche aus ihrem Leben streichen. Gerade deshalb wollte sie ein normales Leben für Clara. Dorothea hatte Angst um ihre Tochter.

So würde es auch den Verwandten gehen.

Nur nicht mit so etwas in Berührung kommen. Mit so einer.

Einer Hellsichtigen.

Einer Hexe.

Nein, es musste etwas anderes geben.

„Kann ich nicht in unserem alten Häuschen in der Siedlung wohnen?"

Adrian sah seine Schwester verblüfft an.

„Für die Antwort brauchst du nicht mal Hellsichtigkeit. Seit fast zwei Jahren lebt dort niemand mehr. Es ist verfallen, es ist kalt und zugig. Und jetzt ist es Winter. Außerdem kannst du nicht allein dort bleiben. Das ist viel zu gefährlich."

Clara seufzte.

Dann gab es nur noch eins. „Adrian, bring mich nach Paderborn. Zum Händlertross."

„Nach Paderborn?"

Sie nickte „Ja."

„Oh Clara, wie soll ich das machen? Ich brauche auch einen Grund, das Dorf zu verlassen."

86

Er raufte sich die Haare. „Und wenn ich es nicht tue?"

„Dann gehe ich allein."

Er wusste, dass sie das tun würde.

Und das Schlimmste war, dass er wusste, dass sie recht hatte. Zu oft hatte er das erlebt. Ihre Voraussicht musste man ernst nehmen. Und er war der einzige, der das tat.

Noch während Adrian darüber nachdachte, ob er Clara wirklich fortbringen sollte und wenn ja, wie er es am besten bewerkstelligen sollte, erfuhr er im Dorf Beunruhigendes. Einer seiner Freunde, der Maurergeselle Fritz, zog ihn nach der Sonntagsmesse zur Seite.

„Adrian, ich muss dir etwas sagen. Es ist etwas im Gange im Dorf. Ich darf dir das eigentlich nicht sagen, ich würde viel Ärger bekommen, aber ich will dich warnen. Weil du mein Freund bist. Pass auf deine Schwester auf."

„Auf Clara? Was ist denn los?"

„Der neue Medicus macht Stimmung gegen sie. Er behauptet, sie hätte seinen Onkel verhext, sonst würde er noch leben. Ebenso die alte Heilerin. Sie verfüge über finstere Mächte und wüsste harmlose Kräuter als Hexenkräuter zu benutzen. Alles, was geschehen ist, weiß er von seinem Onkel. Er will sie einer Prüfung unterziehen."

„Was für eine Prüfung?"

Fritz hob die Schulter. „Du weißt, es gibt Mittel und Wege, zu testen, ob ein Mädchen eine Hexe ist oder nicht. Zum Beispiel die Wasserprobe."

Ja, Adrian hatte davon gehört. Die Frauen wurden gefesselt ins Wasser geworfen. Kamen sie wieder an die Oberfläche und ertranken nicht, war dies ein sicheres Zeichen dafür, dass sie Hexen waren und sie wurden verbrannt. Ertranken sie jedoch, waren sie der Hexerei unschuldig. Aber sie waren tot. Adrian überfiel ein Grauen.

„Woher weißt du das alles?", fragte er. „Ich habe noch nichts davon gehört."

„Ist doch klar, dass bei eurer Familie nichts ankommt. Ich sage ja, sie würden mich lynchen, wenn sie wüssten, dass ich dir davon erzähle. Aber es stimmt. Der Medicus sammelt Menschen um sich. Und ein Medicus hat immer großen Einfluss. So ist auch die Kunde zu uns gekommen. Meine Familie beteiligt sich nicht daran, aber sie wollen sich auch nicht einmischen und für Clara sprechen. Sie haben Angst, dann selbst in Verruf zu kommen."

Adrian nickte. Ein kalter Schauer lief über seinen Rücken. Es schüttelte ihn. Seine Schwester hatte wieder einmal recht gehabt. Sie war in Gefahr. In Lebensgefahr. Er musste sie unbedingt fortbringen.

Er strich sich nervös über das Gesicht.

Fritz schlug ihm freundschaftlich auf den Rücken. „Ich muss gehen", sagte er.

Adrian nickte geistesabwesend.

Er sagte niemandem etwas, selbst Clara nicht. Aber er schlief schlecht und fasste in der Nacht einen Plan.

Er würde seine Schwester nach Paderborn bringen. Dort sollte es kein Problem sein, die Händler zu finden.

Sie müssten zu Hause eine Nachricht hinterlassen. Aber die konnte keiner im Haus lesen. Wo würden sie hingehen, um sich die Zeilen vorlesen zu lassen? Zum Medicus? Zum Priester? Vielleicht war es auch völlig egal. Sie durften sowieso nicht hineinschreiben, wohin sie gingen. Nur eine Nachricht, dass alles in Ordnung war und sie den Ort verließen.

Oder sollte er mit seinen Eltern besprechen, dass er nach Paderborn müsse, um Einkäufe zu erledigen? Oder nur nach Driburg. Wenn sie erst einmal fort waren, sah ja niemand, wohin sie wirklich ritten. Aber er müsste Clara heimlich mitnehmen. Auf die

Schnelle fiel ihm allerdings nichts ein, das er unbedingt sofort in Driburg oder Paderborn erledigen musste. Und dann war nicht sicher, ob der Vater ihn gehen lassen würde oder ob er selbst gehen wollte. Nein, das war ein kleines Risiko. Der Vater würde die Schmiede nicht verlassen. Großvater war tot und es gab so viel zu tun. Er würde Adrian nicht allein damit hier lassen. Nein, er würde Adrian gehen lassen. Aber welche Besorgung könnte er machen müssen?

Aber selbst wenn er ohne Probleme das Dorf verlassen durfte, musste er ja Clara mitnehmen. Sie könnten sagen, dass sie ein neues Kleid für ihre Hochzeit kaufen wollte. In Paderborn gab es bestimmt bessere Tuchmacher als hier. Dann aber wussten sie, wo Clara war. Und er war nicht sicher, dass die Eltern sie nicht zurückholen würden. Und ein Kleid für die Hochzeit kaufen – nein, da würde sich die Mutter nicht nehmen lassen, sie zu begleiten.

Es gab so viele Fallstricke, in die sie geraten konnten. Und er konnte einfach nicht einschätzen, wie seine Familie reagierte, wenn er von der Gefahr im Dorf berichtete. Womöglich würden sie Clara nur umso schneller verheiraten. Aber er glaubte nicht, dass sie bei Friedhelm in Sicherheit war. Unter den Menschen, die Clara seit ihrer Geburt kannten, würde der Medicus vielleicht nicht gleich Anhänger finden, aber sie würden sich auch nicht offen gegen ihn stellen. Dazu war ihre Angst vor solchen Menschen zu groß. Der Medicus war mächtig, er hatte Einfluss. Er konnte so viel Schlimmes anrichten. Wenn man sich gegen ihn stellte, geriet man schnell selbst in Gefahr. So wie Clara im letzten Jahr, als sie fast als Hexe gelyncht wurde. Man sah es ja schon an Fritz' Familie, die sich nicht trauten, offen ihre Meinung zu sagen.

Und hier im Dorf lebten viele Menschen aus umliegenden Siedlungen, die Clara erst seit ihrem Umzug in das Burgdorf kannten. Seitdem war sie als Schülerin von Odilia bekannt. Und wenn ein geachteter Mann wie ein Medicus sagte, es ginge eine Gefahr von ihr aus, glaubte man das nur allzu leicht.

Auch Friedhelm würde sich davon beeinflussen lassen. Auch er kannte Clara erst seit Kurzem und er war dumm und hörte sowieso auf jeden, der ihm etwas vorbetete. Er würde sich auf keinen Fall gegen den Medicus stellen. Adrian verstand gar nicht, warum die Eltern sie bei ihm in Sicherheit glaubten.

Nein, es gab nur den einen Weg, er musste seine Schwester heimlich und allein in Sicherheit bringen. Es war klar, dass die Eltern sich Sorgen machen würden. Aber er würde ja eine Nachricht hinterlassen.

Wegen all seiner Grübeleien hatte Adrian schlecht geschlafen und war am nächsten Morgen vollkommen übermüdet. Trotzdem musste er jetzt einen kühlen Kopf bewahren. Sie konnten nicht in der Nacht fort, das war zu gefährlich.

Nach dem Frühstück hielt er seine Schwester am Arm fest: „Nach dem Mittagessen!", raunte er ihr zu.

Sie sah ihn mit großen Augen an. Aber sie sagte nichts. Sie verstand ihn sofort.

„Pack das Notwendigste für den Weg zusammen. Heute Abend werden wir in Paderborn sein."

„Du und Vater ward immer mit dem Wagen dort. Zu Fuß sind wir langsamer."

Adrian nickte. „Das ist klar. Aber wir können nicht einfach das Pferd mitnehmen. Keine Sorge, Clara. Die Entfernung beträgt keinen ganzen Tagesmarsch. Am Abend sind wir in Paderborn. Überleg dir eine Nachricht für unsere Eltern."

Sie nickte.

„Sie sollten sie nicht allzu schnell finden. Je weiter wir fort sind, bevor sie die Nachricht finden, desto besser", ergänzte Adrian.

Sie nickte wieder. Dann ging sie weiter, als wäre nichts gewesen. Als würde diese kurze Unterhaltung nicht ihr ganzes Leben ändern. Ihr Herz klopfte bis zum Hals, aber sie blieb äußerlich ruhig.

Adrian behauptete, etwas im Nachbardorf zu tun zu haben. So hatte er einen Grund, für kurze Zeit aus der Schmiede fortzubleiben. Dass er nicht zurückkommen würde, ahnte der Vater nicht. Er würde seine Schwester später am Oberen Tor treffen.

Clara packte zwei Beutel mit den wichtigsten Sachen. Wäsche zum Wechseln, für jeden einen Kanten Brot und etwas Wasser zum Trinken und auch ein wenig Geld.

Es ging ihr nicht gut. Es fühlte sich zwar richtig an, den Ort zu verlassen und sie hatte das Gefühl, eine große Last sei von ihrer Schulter genommen worden, weil sie den neuen Medicus nicht mehr fürchten musste. Aber dass sie alles heimlich tat, hinter dem Rücken ihrer Familie, dass die Eltern sich irgendwann fragen würden, wo sie war und nur einen Brief vorfinden würden, dass Uta und Matthias sicherlich weinen würden… diese Vorstellung machte ihr das Herz schwer.

Sie schrieb einen Zettel und legte ihn auf ihr Kopfkissen.

Liebe Mutter, lieber Vater,
ich muss Dringenberg verlassen. Ich bin hier in Gefahr.
Der Medicus hält mich für eine Hexe. Adrian bringt mich fort.
Irgendwohin, wo ich hoffentlich in Sicherheit bin.
Liebe Uta und Matthias, ich weiß, dass ihr jetzt traurig seid.
Ich bin es auch. Aber wir werden uns bald wieder sehen.
In Liebe, Clara

Dann verließ auch sie das Haus.

Flocke begleitete sie. Ganz ruhig trottete das Hündchen neben ihr her. Es war, als ob er spürte, in welcher Gefahr sie sich befanden. Alles wirkte wie immer, als sie den Weg vor der Schmiede entlang ging. Flocke war ja meistens in ihrer Nähe.

„Wo willst du hin?", rief Mathilde dennoch hinter ihr her. „Es gibt noch Arbeit zu tun."

Es gibt immer noch Arbeit zu tun, dachte Clara.

„Zu Beatrix. Ich muss ihr etwas bringen. Ich komme bald zurück", stotterte sie.

Mathilde schielte auf die beiden Beutel in Claras Hand. „Aber beeil dich", brummte sie dann.

Clara schluckte schwer an der Lüge, an ihrer Traurigkeit und ihrem Schuldgefühl. Mathilde würde vergeblich warten. Alle würden vergeblich warten. Früher oder später würden sie den Zettel in ihrem Zimmer finden und ihn sich von irgendjemandem vorlesen lassen. Hoffentlich nicht vom Medicus.

Clara lief zum Oberen Tor, wo Adrian bereits wartete.

Sie sagte nichts. Ihr Herz klopfte wild. Sie war so oft durch dieses Tor gegangen, aber wenn sie es dieses Mal verließ, war es ein endgültiger Schritt. Dann würde sie lange nicht zurückkehren. Vielleicht solange der Medicus lebte.

Flocke schmiegte seinen Kopf an ihr Bein und sie streichelte ganz automatisch darüber. Sein Fell war struppig und verfilzt. Aber es fühlte sich trotzdem gut an. Sie liebte diesen Hund wie sie es niemals für möglich gehalten hatte.

Adrian nickte ihr zu. „Es ist richtig!", sagte er. „Unsere Eltern denken, sie können dich durch die Hochzeit beschützen, aber sie irren sich. Es ist viel schlimmer, als sie denken."

Clara nickte. „Ich weiß", hauchte sie. Ihre Stimme versagte ihr den Dienst.

„Wo soll es denn hingehen?", rief der Wachposten von oben.

„Geschäfte. Es gibt immer was zu tun!", rief Adrian hinauf. Clara bewunderte ihn für die Ruhe und Selbstsicherheit in seiner Stimme.

Adrian reichte seiner Schwester die Hand und sie schritten Hand in Hand durch das Tor.

Paderborn
Februar 1324

Kapitel 9
Der Weg nach Paderborn

Clara und Adrian kamen gut voran. Flocke trottete neben den beiden her. Er war völlig ruhig. Dankbar, dass sie ihn nicht zurückgelassen hatten. Aber das hätte Clara nie im Leben über sich gebracht. Sie hätte einfach niemandem vertraut, dass er sich gut um den Hund kümmern würde. Auch nicht ihren Eltern. Es war schon Nachmittag, sie hatten gegessen und fühlten sich stark. Sie wussten, sie sollten eine möglichst große Entfernung zwischen sich und ihr Elternhaus bringen - nicht, dass sie noch zurückgeholt wurden. Sie wollten noch vor der Dunkelheit in Paderborn sein. Und es wurde früh dunkel in dieser Zeit.

Es war noch ziemlich kalt, der Winter war noch nicht vorüber. Auf den Straßen lag eine dünne Schneeschicht.

„Hoffentlich sind die Händler noch nicht aufgebrochen", meinte Clara.

„Dann müssten sie uns ja entgegenkommen. Sie ziehen doch nach Dringenberg. Sie haben dir versprochen, dich zu holen."

Eine Weile sagte keiner der Beiden etwas. Die Stimmung war bedrückt. Sie waren auf dem Weg ins Ungewisse.

„Haben wir das Richtige getan?", fragte Adrian plötzlich zweifelnd.

Clara nickte. „Wenn du nicht willst, dass ich noch einmal als Hexe angeklagt werde…"

Sie war sich so sicher, dass es geschehen würde.

Aber es würde ja auch geschehen. Er durfte nicht vergessen, was Fritz ihm anvertraut hatte.

Plötzlich überkam Clara eine solche Panik, als würde jeden Moment eine Meute hinter ihr auftauchen, um sie zum Scheiterhaufen zu führen. Adrian bemerkte es. „Du zitterst ja", sagte er.

„Lass uns von dem Weg gehen. Ins Unterholz", bat sie.

„Aber auf dem Weg sind wir sicherer", widersprach Adrian.

„Das glaube ich nicht." Sie schüttelte heftig den Kopf.

Adrian überlegte nicht lange. Er fasste ihre Hand und zog sie mit sich ins Unterholz hinein. Sie schlichen durch das weiche Moos, zwischen den dichten Bäumen hindurch.

„Was ist eigentlich los?" Unwillkürlich flüsterte Adrian.

„Ich weiß es nicht genau. Irgendetwas."

Flocke fiepte leise. „Psst, Flocke!", flüsterte Clara. „Ganz ruhig." Als hätte der Hund verstanden, legte er sich auf die Erde und bettete seinen Kopf auf die Vorderpfoten.

So verharrten sie zwischen den Bäumen. Und dann hörten sie plötzlich Hufeklappern.

„Da kommen Reiter!", flüsterte Adrian.

Flocke richtete sich auf. Er spitzte die Ohren, aber er brachte keinen Laut hervor. Clara hoffte, dass es so blieb. Wenn er anfing zu bellen, waren sie verloren.

„Soweit können sie doch noch nicht gekommen sein!", hörten sie eine Stimme. Clara kannte sie, aber sie erinnerte sich nicht, zu wem sie gehörte.

„Wir wissen doch gar nicht, ob sie in diese Richtung geflohen sind! Aber ich werde sie finden. Ich werde mir meine Braut zurückholen", sagte jemand anderes. Ganz deutlich konnten sie die Worte verstehen.

Clara schlug sich mit der flachen Hand auf den Mund, um nicht laut aufzuschreien. Friedhelm. Das war tatsächlich Friedhelm.

„Sei nicht albern. Deine Braut. Wenn der Medicus mit ihr fertig ist, wirst du keine Braut mehr haben", sagte wieder die andere Stimme. „Oder glaubst du, sie überlebt die Wasserprobe? Das tut niemand!"

„Los, kehren wir um!", befahl ein Dritter.

„Noch nicht. Sie könnten irgendwo im Wald stecken. Vielleicht haben sie den Weg verlassen", vermutete wieder Friedhelm.

„Den Weg verlassen? Dann wären sie ja vollkommen verrückt",
sagte der Dritte.

„Vielleicht sind sie das!" Friedhelms Stimme klang irr.

Clara fühlte einen tiefen Schrecken, als sie daran dachte, dass die
Eltern ausgerechnet ihn als ihren Ehemann ausgesucht hatten,
damit sie in Sicherheit war vor Hexengerüchten.

Was ging da eigentlich vor? Suchten die Männer sie in
Friedhelms Auftrag oder im Auftrag des Medicus?

„Der Medicus hat sie mir versprochen!", berichtete Friedhelm
jetzt weiter. Wenn ich sie heirate, verzichtet er auf die Anklage.
Aber sie muss wie eine brave Ehefrau im Haus bleiben. Und dafür werde ich schon sorgen."

Er lachte gehässig.

„Nun komm zurück. Sie sind in die andere Richtung geflohen!",
sagte die dritte Stimme.

Plötzlich hatte Clara das Gefühl, dass helle Augen sie direkt an-
sahen. Durch all die Bäume und Gestrüpp hindurch fühlte sie die
Augen des dritten Mannes auf sich gerichtet. Er bemerkte sie, er
wusste, dass sie hier war. Gleich würden sie kommen.

Die Pferde tänzelten nervös.

„Hier ist niemand. Lasst uns zurück reiten. Lass uns über
Gehrden hinaus suchen. Dort hat sie Verwandte", schlug der
Mann vor.

Urplötzlich bäumte sich eines der Pferde auf. Es war das von
Friedhelm. Es scheute vor irgendetwas. Was das war, konnten
Clara und Adrian aus ihrem Versteck heraus nicht erkennen.

Friedhelm schimpfte, er schrie das Tier an. Und dann schlug er
mit einem Stock auf sein Hinterteil.

„Lass das sein!", rief der dritte Mann. „Du machst das Pferd ja
verrückt."

„Es muss gehor…"

Der letzte Satz ging in einem langgezogenen Schrei unter. Friedhelm stürzte in hohem Bogen von seinem Pferd und schlug auf dem harten Boden auf. Das Pferd galoppierte davon.

„Ich versuch es einzufangen!", rief der zweite Mann und galoppierte schon hinter dem Pferd her.

Der dritte Mann stieg von seinem Pferd herab und wollte Friedhelm aufhelfen, aber der wehrte ihn unwirsch ab.

Jetzt konnte Clara ihn sogar erkennen. Es war Richards Vater Hermann.

Er wandte sich von Friedhelm ab und blickte wieder genau in ihre Richtung. Clara war sich noch sicherer als zuvor, dass er genau wusste, dass sie hier war. Ihre Blicke waren sich doch begegnet.

Sie kam nicht dazu, darüber nachzudenken.

Der zweite Mann kam zurück. „Tut mir leid, ich konnte dein Pferd nicht einfangen."

„Besser für das verdammte Vieh", brachte Friedhelm hervor. „Ich hätte es geschlachtet und verwurstet."

„Du vergisst, dass es nicht dein Pferd ist, sondern dem Medicus gehört. Er hat es dir nur geliehen, um dir deine Braut zurückzuholen", sagte Richards Vater. „Das wird Ärger geben."

„Ich kann doch nichts dafür!", verteidigte sich Friedhelm.

Hermann stieg wieder auf sein Pferd und reichte Friedhelm die Hand. Der ergriff sie und schwang sich hinter ihn auf dessen Pferd. Und ohne ein weiteres Wort trieben die Männer ihre Pferde wieder an und stoben wild davon. In die Richtung, aus der sie gekommen waren.

„Puh!", Clara atmete erleichtert auf.

„Das war knapp. Was hätten wir nur getan, wenn sie uns erwischt hätten?", fragte Adrian.

„Ich weiß nicht, wer der Mann war, der hinter dem Pferd hergejagt ist. Der eine war Friedhelm, was unschwer zu erkennen war. Und der andere war der Maurermeister Hermann. Was hatte er nur bei denen zu suchen?"

„Der meinte es offenbar gut mit dir. Er wollte ja unbedingt wieder zurück reiten."

„Ich glaube sogar, er hat uns bemerkt."

„Denkst du? Und hat uns nicht verraten? Warum hat er sich dann überhaupt an der Verfolgung beteiligt?"

Clara hob die Schultern. „Vielleicht wollte er mich ja beschützen. Er hatte etwas gutzumachen. Richards Eltern waren bei der Hexenjagd dabei. Und trotzdem habe ich ihm vor Weihnachten das Leben gerettet, als er so schwer am Fieber erkrankt war."

„Du hast es geahnt. Bevor wir sie bemerken konnten. Wieder einmal", meinte Adrian. Und es schwang keine Angst und Sorge in seiner Stimme, sondern beinahe so etwas wie Bewunderung.

„Sind sie wirklich fort?", fragte Clara.

Adrian nickte. „Ja, das sind sie."

Flocke stupste sie an. Clara und Adrian streichelten beide sein struppiges Fell. „Du warst so lieb", lobte Clara. „Wenn du gebellt hättest…"

Jetzt bellte er fröhlich und sprang an Clara hoch. Sie lachte und tätschelte das Tier. „Ja, du bist ein Guter. Ach Flocke."

Adrian sah ihr stirnrunzelnd zu.

„Was sollte das eigentlich heißen mit der Wasserprobe?", fragte sie plötzlich.

„Was?", fragte Adrian verwirrt.

„Nun, der eine Mann – der, den wir nicht erkannt haben, sagte: Glaubst du, sie überlebt die Wasserprobe?"

Adrian fühlte sich nicht wohl in seiner Haut. Er hatte ihr noch nicht alles erzählt. „Das war der ausschlaggebende Grund, warum ich dich fortbringen wollte. Fritz hat mir erzählt, dass sie das vorhaben." Und er berichtete Clara alles, was er von dem Maurergesellen gehört hatte.

Clara fühlte das Entsetzen bis in ihr tiefstes Innere. Der neue Medicus war ja noch schlimmer als der Alte. Und er war jung, er hatte viel Energie. Sie sprach ein kurzes Bittgebet, dass Gott Fritz beschützen möge, der sie durch diese Warnung vielleicht gerettet hatte.

„Wir müssen dringend weiter", meinte Adrian. „Es wäre schön, wenn wir vor Einbruch der Dunkelheit in Paderborn ankämen. Aber ich glaube nicht, dass wir das jetzt noch schaffen."

Ganz langsam schlichen sie aus dem Unterholz heraus wieder auf den Weg. Es war niemand mehr zu sehen.

Eine Weile liefen sie schweigend nebeneinander her.

„Ich habe Durst", meinte Clara dann. „Warte einen Moment, ich will einen Schluck Wasser trinken." Sie öffnete den Knoten ihres Beutels, nahm die Wasserflasche heraus und nahm einen kräftigen Schluck. Dann reichte sie die Flasche an ihren Bruder weiter. Aber der reagierte gar nicht.

„Adrian!", rief Clara. „Träumst du?"

„Ich hoffe nicht. Sieh dort. Siehst du auch, was ich sehe?"

Clara blickte ein Stück ins Unterholz, aber auch ihr blieb fast der Mund offen stehen vor Staunen.

„Siehst du ein Pferd?"

Adrian nickte. Ja, da stand ein Pferd. Ein braunes Pferd mit weißer Blesse auf der Stirn und weißen Fesseln.

„Es ist Friedhelms Pferd. Und es steht ganz ruhig da, als würde es auf uns warten", sagte Adrian.

„Jetzt wird das Pferd des Medicus uns nach Paderborn tragen. Das Pferd meines Feindes."

„Ja. Wenn das keine göttliche Fügung ist. Und Friedhelm wird sicher viel Ärger bekommen."

Clara griff automatisch zu dem Medaillon, dass sie immer um ihren Hals trug. Sie hatte es vom Bischof Bernhard geschenkt bekommen. Sie hatte damals im Gewitter seine Kutsche angehalten und ihn und seine Mitreisenden davor bewahrt, von einem umstürzenden Baum zermalmt zu werden. Auch das war eine Vorhersehung gewesen. Sie hatte zuvor von der Begebenheit geträumt. Der Bischof wusste es. Aber er hatte Claras Gabe nicht verteufelt. Im Gegenteil. Er glaubte, sie stehe mit den Engeln selbst in Verbindung.

Er hatte ihr das Medaillon geschenkt und erklärt. *„Es ist der heilige Christopherus. Er ist der Schutzpatron aller Reisenden. Und er hat uns durch dich gerettet. Du warst sein Werkzeug. "*

„Er beschützt uns, denn er ist der Schutzpatron aller Reisenden. Und er beschützt mich auf meinem Lebensweg, so wie der Bischof es mir gesagt hat.", flüsterte sie ergriffen und sie sandte ein stummes Dankgebet zum Heiligen Christopherus.

Dank des Pferdes kamen sie nun viel schneller voran und erreichten Paderborn wirklich noch vor der Dunkelheit. Clara saß hinter ihrem Bruder und hielt sich an ihm fest. Sie war zuvor noch niemals geritten, aber Adrian hatte es schon getan, wenn er mit Vater unterwegs war und Besorgungen machte.

Sie ritten im Schritt durch die große Stadt, sie blickten sich nach allen Seiten um und wussten nicht recht, wie sie es anstellen sollten, den Händlerzug zu finden. Dabei hatten sie sich das doch gar nicht so schwierig vorgestellt.

Gerade kamen sie am Dom vorbei.

„Das gibt es doch nicht!", staunte Clara. „Was für eine große Kirche. Schau mal, der Turm dort. Wie hoch mag der sein?"

„Sicherlich so weit wie der Weg von unserer Kapelle bis zur Burg", meinte Adrian. Clara staunte. Sie standen nebeneinander und blickten in die Luft zur Spitze des Turmes.

„Wie finden wir jetzt die Händler?", fragte Clara schließlich. „Du warst doch schon einmal mit Vater hier."

„Aber da habe ich mich nicht für Winterlager von Händlerzügen interessiert. Außerdem war es damals nicht Winter."

Er sprang vom Pferd ab und half auch Clara hinunter. Sie führten das Tier am Zügel und gingen langsam weiter. Sie mussten jemanden fragen. Irgendwer würde doch wissen, wo die Händler lebten. Und das war einfacher, wenn sie auf der Erde standen als wenn sie auf dem Pferd thronten.

„He du", rief Adrian einen Jungen, der etwa in seinem Alter war. Er kam sofort auf ihn zu. „Ja?"

„Wir suchen einen Händlertross, der in Paderborn immer den Winter verbringt. Weißt du, wo sie wohnen?"

Aber der Junge zuckte nur die Schultern und ging weiter.

Als nächstes sprach Clara eine dürre Frau mit sauberem grauen Kleid und Haube an, die sicherlich irgendwo als Dienstmädchen beschäftigt war.

„Wir suchen einen Händlertross, der in Paderborn den Winter verbringt. Kannst du uns weiterhelfen?"

Die Frau überlegte. Clara beobachtete sie. Sie wurde ganz zappelig. Wusste die Frau etwas? Waren sie bald am Ziel?

„Mmmm, ich habe mal etwas gehört. Ja natürlich, irgendwo wohnt eine Händlerfamilie. So etwas spricht sich herum. Wenn sie hier eintreffen, bringen sie uns immer soviel Neuigkeiten aus der Welt. Ich glaube, im Winter übernehmen sie manchmal Dienstbotenarbeiten, um ein wenig Geld zu verdienen. Eine der Frauen hat sogar schon mal bei uns gekocht, als meine Herren ein großes Bankett gaben. Ich lebe nämlich als Dienstmädchen bei einer sehr reichen Familie. Tja, aber wo genau sie wohnen, das weiß ich nicht."

Clara verzog ein wenig den Mund. Viel Gerede ohne Ergebnis.

„Ich würde euch ja bitten, mit mir zu kommen. Vielleicht weiß meine Herrin, wo sie leben. Aber ob sie sehr erfreut sein wird, wenn ich einfach jemanden mitbringe…?"

„Nein nein, ist schon gut. Wir verstehen das." Clara nickte eifrig.

„Aber wir müssen dann weiter. Wir müssen sie schnell finden, denn sonst wissen wir nicht, wo wir bleiben sollen heute Nacht."

„Oh je!" Die Dürre schien wirklich mitfühlend zu sein.

„Dort drüben ist eine Garküche. Ich glaube, die Frau, die bei uns gekocht hat, hilft auch dort ab und zu aus. Fragt dort mal nach, sie wissen vielleicht Bescheid."

„Das werden wir tun. Dankeschön."

Clara und Adrian führten ihr Pferd am Zügel mit sich und gingen das kurze Stück die Straße entlang. Draußen hing ein Schild mit dem Namen der Garküche: *„Zu den drei Hasen"*.

Sie banden ihr Pferd an und betraten den Schankraum. Es war nicht sehr voll. Die Wirtin kam sofort auf sie zu.

„Möchtet ihr etwas essen? Bitte setzt euch doch."

Adrian schüttelte energisch den Kopf. „Es tut mir leid, nein. Wir suchen einen Händlertross, der hier den Winter verbringt. Wir hörten, dass ihr uns vielleicht helfen könnt."

Das Lächeln der Frau gefror etwas. Wieder ein Geschäft, das ihr entging. Aber sie blieb freundlich und sie wusste tatsächlich, wo die Händlerfamilie zu finden war. Sie erklärte den beiden den Weg.

Clara und Adrian bedankten sich artig, banden draußen ihr Pferd los und machten sich wieder auf den Weg. Jetzt würde es nicht mehr lange dauern. Nur ein kurzes Stück unterhalb des Domes musste es sein. Clara merkte gar nicht, dass sie vor sich hinlächelte bei der Aussicht, bald Leonard und Mechthild wieder zu sehen und deren Tochter Elisabeth.

Kapitel 10
Bei der Händlerfamilie

Mit der Wegbeschreibung war es nicht schwierig, die drei einfachen Holzhäuser zu finden, die um einen Platz herum standen. Dahinter befanden sich ein Stall und eine Weide für die Pferde, die sonst die Wagen zogen. Die Wagen selbst standen nebeneinander auf der anderen Seite des Stalles. Clara freute sich. Sie war angekommen.

Sie begann zu laufen. Flocke sprang aufgeregt neben ihr her.

Als Clara näher kam, sah sie schon Elisabeth, die auf sie zu rannte. „Clara, was machst du denn hier!", rief das Mädchen. „Ich habe dich vom Fenster aus gesehen und dachte, ich kann meinen Augen nicht trauen."

„Elisabeth, wie schön, dich zu sehen! Ich musste fort aus Dringenberg."

Flocke bellte laut und sprang an Elisabeth hoch. „Du bist ja auch mitgekommen!", rief das Mädchen und streichelte den Hund, den sie von ihrem letzten Besuch in Dringenberg noch kannte.

„Wie lange bleibst du denn in Paderborn?"

Clara seufzte und ihr Gesichtsausdruck wurde ernst. „Ich gehe nicht mehr zurück."

Elisabeth starrte sie überrascht an. „Du bist geflohen", stellte sie dann fest.

Clara nickte.

„Wir erzählen euch lieber in Ruhe von unserer überstürzten Abreise", sagte Adrian. Auch er war inzwischen mit dem Pferd näher gekommen.

„Gut. Versorgen wir erst das Pferd. Sattel und Zaumzeug könnt ihr in den Stall bringen und das Pferd kann zu unseren Zugpferden auf die Weide. Dann könnt ihr uns erzählen, was geschehen ist."

Im Haus gab es zur Begrüßung ein freudiges, aufgeregtes Gewimmel. Elisabeth hatte alle Familienangehörige aus den drei Häusern zusammengerufen. Alle redeten durcheinander, sie waren erfreut und sehr überrascht über Claras plötzliches Auftauchen. Und als Elisabeth dann noch sagte, dass Clara nicht nach Dringenberg zurückkehren wollte, herrschte allgemeine Verwirrung.

Aber bevor Clara berichten konnte, wurde erst einmal Adrian der ganzen Familie vorgestellt. Ihn hatten zwar alle auch schon gesehen, aber niemand kannte ihn wirklich. Und er selbst wusste schon überhaupt nicht, wer die einzelnen Menschen waren.

Das Oberhaupt dieser Großfamilie war Leonard, der mit Mechthild verheiratet war. Die Beiden hatten damals Clara den schönen, blauen Stoff geschenkt, nachdem diese sie vor den Räubern gewarnt hatte.

Ihre Kinder waren die zwölfjährige Elisabeth, der zehnjährige Walter und der siebenjährige Ulrich.

Leonards Bruder war Karl, der mit seinem neunjährigen Sohn Norbert allein lebte, nachdem seine Frau Adelheid gestorben war.

Bertram war der jüngste Bruder. Er und seine Frau Roswitha hatten bisher nur eine Tochter, die fünfjährige Susanne. Aber Roswitha erwartete bald wieder ein Baby. Der Bauch wölbte sich bereits mächtig unter dem weiten Gewand. Aber es schien ihr sehr gut zu gehen. Sie war fröhlich und tatkräftig. Ein gutes Zeichen.

Alle versammelten sich um den großen Tisch im Haus von Mechthild und Leonard. Mechthild holte einen Krug Bier und schenkte allen ein.

Und dann mussten Clara und Adrian berichten.

Clara erzählte von dem Plan der Eltern, sie zu verheiraten, von ihrem Besuch bei ihrem Bräutigam, der sie so geängstigt hatte und von ihrem Zusammentreffen mit dem Medicus. Sie erzählte von ihrem brennenden Wunsch zu fliehen.

Adrian berichtete von seinen Zweifeln, Clara bei der Flucht zu helfen und dass er sich schließlich dazu entschieden hatte, weil Fritz ihn vor der geplanten Wasserprobe gewarnt hatte.

Die Händler hatten still zugehört. Mit jedem Wort stiegen ihr Mitgefühl mit Clara und auch ihr Grauen. Nur Flocke fiepte hin und wieder etwas verärgert darüber, dass niemand mit ihm spielte, obwohl hier so viele Menschen beisammen saßen.

„Mädchen!", entfuhr es Leonard schließlich. „Mädchen, was hast du nur durchgemacht. Wie gut, dass du nun hier bist. Hier geschieht dir nichts. Aber wir können mit dir nicht nach Dringenberg ziehen. Da müssen wir uns etwas anderes überlegen. Wer weiß, ob der Medicus dich wieder fortließe."

Clara lebte sich schnell bei den Händlerfamilien ein. Sie wohnte zusammen mit Elisabeth in deren Zimmer.

Auch Adrian schlüpfte bei den Händlern unter. Er konnte im Haus von Leonards Bruder Karl schlafen. Dort war am meisten Platz. Aber die Häuser standen ja sowieso alle beisammen.

Adrian fühlte sich ebenso wohl wie Clara bei diesen einfachen Leuten. Er hatte es nicht sonderlich eilig, wieder nach Hause zu kommen. Er wollte zuerst die Stadt besser kennen lernen. So oft kam er nicht her. Und wenn er hier war, dann mit seinem Vater, um irgendetwas zu erledigen. Und er bekam keine Gelegenheit, sich umzusehen.

Der kleine Norbert wollte ihm unbedingt eine Schmiede zeigen.

Aber Adrian meinte: „Wozu? Schmied bin ich selbst. Ich möchte Dinge sehen, die ich zuhause nicht sehen kann."

„Ich glaube nicht, dass du das zu Hause hast, was Norbert im Sinn hat", meinte Leonard. Er zwinkerte seinem kleinen Neffen zu. „Hab ich recht?"

Norbert nickte und blickte grinsend zu seinem Vater auf. Die Beiden hatten ohne Zweifel etwas Besonderes im Sinn. Und obwohl Adrian nicht wusste, was sie meinten, überließ er sich Norberts und Karls Führung.

Bertram schlug in der Zwischenzeit vor, Clara Reitunterricht zu geben.

„Ich? Oh nein, das kann ich nicht. Ich habe erst ein einziges Mal auf einem Pferd gesessen!", widersprach Clara. „Das war auf dem Weg hierher."

„Na also, dann ist ja ein Anfang gemacht", meinte Bertram.

Roswitha kam ihrem Mann zu Hilfe. „Es ist nicht verkehrt, wenn du zumindest etwas reiten kannst, wenn ihr unterwegs seid", sagte sie. „Und wir haben noch immer das Pferd hier, das euch auf dem Weg entgegengelaufen ist - mit Sattel und Zaumzeug. Besser kriegst du es so schnell nicht wieder."

Clara gab sich schließlich geschlagen. Bertram, Elisabeth, die kleine Susanne und natürlich Flocke gingen mit Clara auf die Weide und sie durfte sich auf das Pferd schwingen. Vom ersten Moment an fühlte sie sich wohl im Sattel. Es war etwas völlig anderes, als hinter dem Reiter zu sitzen wie sie es auf dem Weg nach Paderborn getan hatte.

Sie schien einen Draht zu Tieren zu haben.

Flocke sprang aufgeregt um das Pferd herum und bellte. Er war wohl ein bisschen eifersüchtig.

Clara lachte. „Ach Flocke, es ist doch alles gut."

Elisabeth schnappte sich den kleinen Hund und hielt ihn auf dem Arm. „Damit du nicht unter die Hufe kommst", sagte sie.

Clara durfte sogar schon traben. Das Pferd schien zu spüren, dass es eine Anfängerin auf dem Rücken hatte. Es war ganz ruhig und brav. Clara machte es riesigen Spaß. Sie tätschelte lobend den Hals des Pferdes.

Bertram war sehr zufrieden mit seiner Schülerin. „Du machst dich gut. Und du bist wirklich zum ersten Mal geritten?"

Sie nickte eifrig. „Oh ja."

„Dann wird das noch was, bevor ihr startet. Du wirst bis dahin nicht die weltbeste Reiterin, aber so, dass man etwas mit dir anfangen kann."

Clara lachte. „Na, vielen Dank."

Als Adrian von dem Streifzug mit Norbert und Karl zurückkam, war er vollkommen begeistert und redete und redete ohne Unterlass, wie es bei Adrian nur sehr selten vorkam.

„Clara, so etwas habe ich noch nicht gesehen. Dieser Mann und seine Söhne sind Kunstschmiede, aber – Clara, ich sage dir – es ist so wunderbar. Ich meine, ich habe auch schon Spielzeug für Matthias geschmiedet, aber was die machen… Geschmeide, so zart und so kunstvoll – kleine Ritter, Heiligenfiguren und Ornamente. Clara…"

Sie lachte. „Ich sehe schon, du bist vollkommen außer dir vor Begeisterung."

„Das bin ich."

Er schlief schlecht in dieser Nacht. Clara würde mit dem Händlerzug gehen. Und sie schien ihm hier ruhiger und ausgeglichener zu sein als seit langer Zeit. Vielleicht war das so, weil sie das Richtige tat.

Und er? Konnte er auch ausbrechen? Nur ein bisschen? Oh Gott – was für Überlegungen gingen ihm da durch den Kopf.

Er sprach mit Clara darüber.

„Ich würde so gerne hier bleiben. Und bei dem Kunstschmied in die Lehre gehen. Kann ich das wagen?"

„Warum nicht? Aber wolltest du nicht eigentlich mit Holz arbeiten?"

„Ach Clara, da wusste ich ja noch nicht, was für wundervolle Sachen man mit Eisen machen kann. So etwas habe ich wirklich noch niemals gesehen."

Sie lachte. „Ja, das sagtest du schon."

„Aber wenn ich bleibe, lasse ich Vater und unsere Schmiede im Stich."

„Er wird einen Lehrling finden. Er kann es sich leisten, denn wir beide sind fort und er muss sich nicht mehr um uns kümmern, uns nicht mehr ernähren und einkleiden."

„Sie werden sehr unglücklich sein."

„Ja, das weiß ich. Es kommt sehr plötzlich. Aber anders würde keiner von uns beiden seine Wünsche verwirklichen können. Und dann wären wir unglücklich."

„Es ist egoistisch nur an seine eigenen Wünsche zu denken", warf Adrian ein.

„Du bist nicht so weit fort. Ihr werdet euch sehen. Ich… na ja, auch ich werde irgendwann zurückkehren. Aber du weißt, für mich war es wichtig, fort zu kommen. Ich würde…"

„Du würdest nicht überleben."

Es klang hart, wie er es aussprach. Aber es war ja auch hart. Und es war die Wahrheit.

„Schreib unseren Eltern und erkläre dich", riet Clara ihrem Bruder.

„Das muss ich wohl. Aber wenn sie wieder zum Medicus gehen? Es ist dir klar, dass sie mit unserer Nachricht nicht auf der Burg waren, oder? Sonst wären uns Friedhelm und die anderen nicht so schnell hinterher gejagt", meinte Adrian.

Clara nickte. „Oh ja. Dann schick ihnen jemanden, der die Nachricht mündlich überbringt."

„Ich kenne jemanden, der das tun kann", mischte sich Leonard ein. „Wir werden sehr bald aufbrechen und haben uns entschieden, in eine andere Richtung zu reisen. Clara kann ja unmöglich mit uns nach Dringenberg ziehen, nach allem, was wir von euch gehört haben. Am Ende wird sie dann noch gefangen genommen. Zwei reisende Händler, die gerade auf unserem Markt sind, übernehmen unsere Strecke gerne. Die könnten eine Nachricht überbringen. Aber zuerst musst du dich entscheiden."

Adrian nickte und setzte ein kummervolles Gesicht auf. Was sollte er nur tun? Konnte er so egoistisch sein und seine Familie und die Schmiede im Stich lassen?

Clara wusste es, bevor es ihm selbst bewusst war, dass er sich längst entschieden hatte.

Wie Clara es liebte, in der Stadt zu sein. Hier gab es so viel mehr als zu Hause. Hier gab es sogar Süßigkeiten, die sie noch niemals probiert hatte. Und es gab Stoffe, so wunderbare Stoffe, Schnallen, Bänder… Elisabeth lachte über sie, so wie sie selbst über Adrians Begeisterung gelacht hatte.

Spielerisch schlug sie nach der neuen Freundin.

„Nicht böse sein", meinte Elisabeth. „Ich lache dich nicht aus. Es ist so schön, dich zu erleben. Deine Freude über alles zu erleben."

„Ja, das weiß ich doch."

„Glaubst du, Adrian bleibt hier?"

„Aber natürlich."

„Du sagst das, als hättest du gar keinen Zweifel daran."

„Habe ich auch nicht. Er ist mein Bruder und ich kenne ihn schließlich schon mein Leben lang. Er wollte eigentlich nie Schmied sein, aber er hätte sich niemals daraus gelöst. Aber jetzt, nachdem er die Kunstschmiede kennen gelernt hat... Jetzt kann er Schmied sein und Künstler. Er kann gestalten und etwas Besonderes schaffen. Nicht mit Holz, aber das hier scheint für ihn sogar noch besser zu sein."

„Glaubst du ihm denn nicht?", hakte Elisabeth nach.

„Doch! Doch, das tue ich!", rief Clara aus tiefstem Herzen aus.

„Deshalb wird er ja auch bleiben. Diese Möglichkeit aufzugeben, wird er einfach gar nicht schaffen! Und es ist für ihn etwas einfacher, die Entscheidung hier zu treffen, wenn er Vater nicht in die Augen sehen muss."

„Wenn er bleibt, kann er bei meinem Onkel Bertram und seiner Frau Roswitha bleiben. Sie werden uns in diesem Jahr nicht auf der Reise begleiten wegen des Babys. Sie werden hier ein Geschäft führen. Ja, also – sie haben schon gesagt, dass Adrian bei ihnen wohnen kann, wenn er bleibt. Vielleicht können sie sogar ab und zu etwas von ihm im Laden verkaufen."

Clara nickte. Das hörte sich ja fantastisch an.

„Was machen wir eigentlich mit dem Pferd? Du sagtest, es gehört dem Medicus. Die beiden Händler könnten es mitnehmen und vor Dringenberg frei lassen. Dann sieht es so aus, als sei es freiwillig zurückgekehrt."

Wie ein Schlag fielen die Worte aus dem Wald über Clara her: *Besser für das verdammte Vieh. Ich hätte es geschlachtet und verwurstet.*

Sie war sich nicht sicher, ob das nur im ersten Ärger dahingeredet war. Clara schüttelte den Kopf. „Ich bin keine Diebin, aber lasst das Pferd hier. Friedhelm oder der Medicus werden es gewiss misshandeln, vielleicht sogar töten, weil es seinen Reiter abgeworfen hat und fortgelaufen ist."

„Woher willst du das wissen?"

Clara hob die Schultern. „Es würde einfach zu ihnen passen. Das Pferd hat uns gute Dienste erwiesen, ich fühle mich verantwortlich. Ich möchte nicht, dass ihm etwas zustößt, weil es uns geholfen hat."

Elisabeth lachte. „Ich weiß nicht, ob man das so sagen kann. Das Tier hat ja keine bewusste Entscheidung getroffen."

„Doch, genau so kann man das sagen. Sag mal, wann werden wir eigentlich abreisen?"

„In den nächsten Tagen. Wir sind dieses Mal leider nur wenige. Meine Familie und Karl mit seinem Sohn Norbert." Elisabeth lächelte Clara zu. „Wie gut, dass du da bist."

Anfang März - einen Tag nach Elisabeths dreizehntem Geburtstag - war es soweit: Clara und Adrian verabschiedeten sich voneinander. „Ich hoffe, wir sehen uns eines Tages wieder", meinte Adrian. Seine Stimme klang ein wenig traurig. Dies war ein Abschied für eine lange Zeit, wenn nicht für immer. Aber wenigstens konnten sie sich voneinander verabschieden. Den Eltern, den beiden kleinen Geschwistern, Mathilde und den Freunden aus Dringenberg war das nicht vergönnt gewesen. Für die Familie zu Hause waren sie einfach auf einmal fort.

„Ich bin ganz sicher, dass wir uns wieder sehen", erwiderte Clara. „Aber es wird lange dauern."

Sie war sich tatsächlich ganz sicher. Nicht einen Moment lang zweifelte sie daran, dass sie ihren Bruder wieder sehen würde. Aber auch sie hatte Tränen in den Augen. Denn lange würde es auf jeden Fall dauern.

Einzig Flocke war gut aufgelegt. Er sprang aufgeregt um Clara herum.

Adrian blickte dem Händlerzug hinterher, aber eigentlich sah er nur seine Schwester. Er hoffte, sie würde finden, wonach sie sich sehnte.

Clara lief gemeinsam mit Elisabeth neben den Wagen her. Es waren drei Wagen, mit denen sie Paderborn verließen. Auf einem Kutschbock saß Leonard selbst, auf dem nächsten Karl und auf dem Kutschbock des kleinsten Wagens saß Mechthild. Sonst hatte

Bertram das Pferd gelenkt, aber er blieb ja mit seiner Familie zurück.

Flocke sprang übermütig zwischen ihnen herum und freute sich über die neu gewonnene Freiheit. Clara blickte nach vorne, in die Weite, die sich hinter dem Stadttor auftat und auch in ihrem Leben. Was würde sie erwarten? Die Straße vor ihr kam ihr vor, als wäre sie ihr Lebensweg. Sie hatte keine Ahnung, wohin sie führen würde.

Elisabeth schien zu spüren, was in der Freundin vorging. Sie ergriff aufmunternd ihre Hand und lächelte ihr zu. So liefen sie Hand in Hand einem unbekannten Ziel entgegen und einer unbekannten Zukunft.

Bayern
März/April 1324

Kapitel 11
Gabriels Entscheidung

Gabriels Bein heilte langsam, obwohl Odilia alles tat, was sie konnte, um die Heilung zu beschleunigen. Die Familie hatte letzten Herbst nicht aufbrechen können, um ihren Weg nach Griechenland fortzusetzen.

Doch inzwischen ging es ihm besser. Das Bein war ein wenig unbeweglicher als früher. Fast unmerklich zog er es nach, aber niemand, der ihn nicht kannte, merkte es.

„Der Schnee schmilzt", meinte Odilia. „Es wird bald Frühling. Lasst uns weiterziehen. Ich halte es hier nicht mehr aus. Ich fühle mich richtig eingesperrt. Ich muss wieder ans Meer. Reinmar, erinnerst du dich noch, was ich damals, nach der Flucht aus Kiel über das Meer gesagt habe?"

Reinmar nickte leicht. Oh ja, das würde er nie vergessen. Sie hatte es damals mehr vor sich hin gesprochen als direkt zu ihm gesagt. Aber er erinnerte sich an jedes Wort:

„Ich liebe das Meer so sehr. Ich weiß überhaupt nicht, ob ich ohne das Meer leben kann. Wenn ich kein festes Haus habe, werde ich mir aus Zweigen und Blättern einen Unterschlupf bauen. Und ohne ein Bett, in dem ich liegen kann, werde ich auf der Erde schlafen. Aber diese besondere Luft, die von der See hinüberweht, die brauche ich. Ich kann es riechen, ich kann das Salz schmecken. Ich kann die Brandung auf meiner Haut fühlen. Es ist in mir, das Meer."

Und nun lebte sie schon so lange ohne das Meer. Über drei Jahre. Im Oktober 1321 hatten sie vor Hexenjägern aus Kiel fliehen müssen. Hals über Kopf, mit nichts als der Kleidung, die sie auf dem Leib trugen. Seitdem zogen sie durch das Land. Ein paar Monate hatten sie in Dringenberg gelebt, bevor sie auch von dort fliehen mussten. Aber noch immer lebten sie weit entfernt vom Meer.

„Ich brauche es, Reinmar. Ich muss zurück ans Meer."

Er nickte. „Ich weiß. Und wir werden auch weiterziehen. Lass uns unsere Sachen packen."

Felix jubelte. Auch er wollte wieder ans Meer, er war dort aufgewachsen, es war sein Zuhause.

Nur Gabriel sagte nichts.

„Was ist mit dir?", fragte Reinmar.

Gabriel blickte auf. Noch immer schwieg er. Er sah von seinem Vater zu seiner Mutter und dann zu seinem kleinen Bruder.

Odilia schrie plötzlich auf. „Du kommst nicht mit?"

Er schüttelte den Kopf. „Ich gehe zurück", sagte er leise.

„Zurück? Was heißt zurück? Bei mir heißt das Griechenland!", schrie Odilia. Ihre Stimme klang hysterisch. Sie hatte es immer geahnt. Schon in Dringenberg hatte sie befürchtet, Gabriel würde sie nicht begleiten. Dieses Mädchen – sie war wohl nicht nur *ihr* Schicksal.

„Nach Dringenberg", antwortete er zögernd. „Zu Clara."

„Zu Clara? Es ist eineinhalb Jahre her. Im August 1322 haben wir Dringenberg verlassen. Du weißt überhaupt nicht, ob du ihr willkommen bist. Vielleicht ist sie schon verheiratet. Ihre Eltern werden sie bestimmt verheiraten. Sie ist im richtigen Alter. Du weißt nicht einmal, ob sie noch lebt." Odilias Stimme hörte man die Sorge an. Sie hatte Angst, ihrem Sohn würde etwas zustoßen. Er würde in sein Unglück rennen. Er konnte doch nicht allein durch die Welt reisen.

Und sie wollte nicht von ihm getrennt sein. Während sie nach Griechenland zog, würde er... Nein, das konnte doch nicht sein. Wie sollten sie Kontakt halten? Sie würde nicht einmal erfahren, wenn Gabriel etwas zustoßen würde. Sie würde niemals erfahren, wie er leben würde. Ob er glücklich war, ob er heiraten würde, ob sie Großmutter würde.

Sie war immer stark gewesen, aber diese Kraft würde sie nicht aufbringen.

„Ich werde zurückgehen!", sagte Gabriel völlig ruhig. „Ich werde euch sehr vermissen, aber ich werde zurückgehen. Weil ich es einfach tun muss. Mutter, du weißt doch genau, wie das ist."

Ja, sie wusste es. Aber sie wusste auch, wie gefährlich diese Welt war.

„Ich werde sie holen. Wir werden uns wieder sehen!", sagte Gabriel zuversichtlich.

Reinmar nickte.

Felix umarmte seinen Bruder.

Odilia rannen Tränen über die Wange.

Es dauerte nicht mehr lange, bis sie sich trennten. Es gab ja nicht viel zu tun. Sie nahmen nur so wenig mit.

Gabriel schloss sich einem fahrenden Bader an, der gerade an der Isar weilte und der anschließend Richtung Norden weiter reisen wollte. Sein Name war Lothar.

Er machte einen ungehobelten, verwahrlosten Eindruck und war obendrein ständig betrunken. Aber ein Stück würde er ihn trotzdem begleiten. Und wenn es nur war, um seine Mutter zu beruhigen. Odilia wurde verrückt bei dem Gedanken, Gabriel allein unterwegs zu wissen.

Odilia und Reinmar steckten ihm eine Summe Geld zu, damit ihr Sohn mitreisen durfte und von seinen Lebensmitteln essen durfte. Gabriel wusste nichts davon. Sonst hätte er sich bestimmt geweigert. Immerhin sollte er dem Bader ja auch zur Hand gehen bei der Versorgung des Pferdes, beim Reinigen des Wagens oder um Besorgungen zu machen.

Der Bader wollte bis in die Gegend von Wiesbaden, Mainz, Köln reisen. Dort, in dieser dicht besiedelten Gegend, hoffte er, gute

Geschäfte zu machen. Wenn Gabriel solange bei ihm blieb, war er Dringenberg ein großes Stück näher gekommen. Aber er konnte es sich nicht vorstellen, der Bader war nicht allzu sympathisch. Irgendwann würde er eine neue Reisebegleitung finden oder sich allein durchschlagen müssen. Es war zwar immer sicherer, nicht allein unterwegs zu sein, aber er würde auch das können. Er wusste genau, in welche Richtung er gehen musste. Das hatte er nun wirklich auf ihren Wanderschaften gelernt. Die Sonne ging stets im Osten auf und machte im Süden ihren Mittagslauf. Ja, das würde er schaffen. Er bedauerte, Clara keine Nachricht schicken zu können. Aber selbst wenn er jemanden finden würde, der in die Gegend reiste, würde er sich auch genauso gut gleich selbst anschließen können, als einen Brief mitzugeben.

Gabriel war aufgeregt und er verließ seine Familie nur ungern. Aber trotzdem hatte er das Gefühl, das Richtige zu tun. Das, was er einfach tun musste.

Kapitel 12

Unterwegs mit dem Bader

Der Bader war wirklich ein unfreundlicher Bursche, der den ganzen Tag über viel zu viel Alkohol trank und abends oft nicht einmal mehr gerade stehen konnte. Gabriel fragte sich, wie der überhaupt Patienten behandeln konnte.

Vom ersten Tag an genoss Lothar es, einen jungen Mann bei sich zu haben, den er herum kommandieren konnte. Und das tat er von früh bis spät.

„Gabriel, hole Wasser! - Gabriel, schrubb den Boden des Wagens! - Gabriel, versorge das Pferd - Gabriel, mach uns Essen."

Gabriel ließ es sich gefallen, weil es besser war, als allein zu reisen. Aber seine Wut auf den verwahrlosten Mann wuchs. Was bildete der sich eigentlich ein? Den Wagen schrubben? Das hatte er bestimmt noch niemals gemacht in den letzten Jahren, so schmutzig wie der war. Und jetzt sollte es so eilig sein?

Vermutlich will er all diese Arbeit erledigt haben, bevor ich wieder fort bin, dachte Gabriel.

In den kleinen Ortschaften kamen die Menschen trotzdem in Strömen. Viele konnten sich den Rat eines Medicus nicht leisten. Außerdem nahmen die selten chirurgische Eingriffe vor. Lothar aber stach Furunkel auf, zog Zähne und amputierte sogar Gliedmaßen.

Gabriel rümpfte die Nase, wenn er Lothar beobachtete. Seine Mutter hatte immer sehr auf Sauberkeit geachtet. Natürlich operierte sie nicht, aber wenn sie zum Beispiel eiternde Wunden aufstach, kochte sie ihr Messer vorher ab. Und sie wusch sich immer gründlich ihre Hände. Aber dieser Bader... Gabriel schüttelte sich. Das konnte nicht richtig sein.

119

Es dauerte nicht lange, bis er es nicht mehr aushielt, schweigend zuzusehen. Er riss ihm das Messer aus der Hand.

„Das muss abgekocht werden! Ich weiß nicht warum, aber wenn man mit sauberem Besteck arbeitet, entzünden sich die Wunden viel seltener", sagte er gereizt.

„Woher willst du das wissen?", fragte Lothar.

„Meine Mutter ist eine Heilerin."

Der Bader lachte geringschätzig auf. „Eine Heilerin, pah! Die kennen sich mit ein paar Kräutern aus, mehr aber nicht. Und jetzt lass mich meine Arbeit tun. Du siehst, die Wunde ist entzündet. Der Eiter muss raus."

„Wenn du es mit diesem Messer machst, dann wird der Patient Wundbrand bekommen."

„Wir brennen ja die Wunde nach der Behandlung aus. Das reicht."

Lothar beachtete Gabriel nicht weiter, sondern setzte das Messer am Bein des Patienten an. Doch da rief der: „Nein, der Junge soll es machen."

„Wie bitte?"

„Lass es sein! Dieses Messer schneidet nicht in mein Fleisch. Der Junge soll es abkochen. Was er sagt, stimmt. Ich habe schon einmal davon gehört. Es kann auf jeden Fall nicht schaden."

Lothar warf Gabriel das Messer hin. Aber der war geistesgegenwärtig genug und versuchte nicht, es zu fangen, sondern ließ es auf den Boden fallen. Dort hob er es auf und machte schweigend das, um was er gebeten worden war, so, wie seine Mutter es ihn gelehrt hatte.

Später, als sie allein waren, kam der Bader mit wütendem Blick auf ihn zu. Eines seiner Messer hielt er vor sich und richtete es drohend auf Gabriel. Der Junge wich automatisch einen Schritt zurück. „Wag es nie wieder, mich so vor meinen Patienten zu demütigen!", schrie er Gabriel an.

„Ich musste es tun. Du bringst deine Patienten in Gefahr."

Der Bader holte mit dem Messer aus. Gabriel erschrak, er dachte schon, er wollte ihn erstechen. Lothar lachte über die Angst seines Gehilfen. Aber er hatte nicht vor, ihn zu verletzen oder gar zu töten. Es machte ihm Freude, ihn so ängstlich zu sehen. So klein! So gedemütigt wie er selbst sich gefühlt hatte. Er legte das Messer schließlich ab und versetzte dem erstarrten Gabriel eine kräftige Ohrfeige. „Du bist ein Rotzjunge, es wird Zeit, dass dir jemand Manieren beibringt. Du bist auf mich angewiesen. Oder willst du allein weiterziehen?"

Nicht wirklich, dachte Gabriel und rieb sich seine Wange. Aber bei dir will ich auch nicht bleiben.

Der Bader drehte sich um und nahm von der Wand seines Wagens einen Lederriemen, mit dem er Gliedmaßen abband. Er holte aus und ließ ihn auf Gabriel niederfahren. Der Hieb traf den Jungen an der Schulter. Er schnitt in seine Haut. Gabriel spürte den schneidenden Schmerz, aber mehr noch die eiskalte Wut. Niemand durfte ihn so behandeln.

Er war jung und geschickt. Er fing den zweiten Hieb ab und zog kräftig an dem Riemen. Der Bader stolperte bei der ruckartigen, unverhofften Bewegung. Er war schon wieder so besoffen, dass er seine Balance nicht wieder finden konnte. Er stürzte der Länge nach hin.

„Wie kannst du es wagen!", schrie er und rappelte sich umständlich wieder auf. „Ich habe dich aufgenommen, als…"

„Du hast mich aufgenommen?", schrie Gabriel. „Stell dich bloß nicht noch als mildtätig dar. Du hast mich alle dreckige Arbeit machen lassen, du hast mich ausgenutzt und dafür habe ich nichts bekommen, als etwas Brot und Brühe!", schrie Gabriel.

„Verschwinde aus meinem Wagen!", brüllte Lothar.

Das ließ sich Gabriel nicht zweimal sagen.

Er griff nach einer Decke und stieg die zwei Stufen vom Wagen hinunter.

Er besaß eine gute Orientierung und wusste genau, wo sie gerade waren. Es konnte nicht mehr weit sein bis Augsburg.

Von Augsburg aus sollte es weitergehen Richtung Ulm und dann weiter nach Stuttgart. Von da kamen sie in die Gegend mit mehreren großen Städten – Karlsruhe – Heidelberg – Mannheim – Wiesbaden.

Der Bader hoffte in diesen Städten auf einen besseren Verdienst als in kleinen Siedlungen oder Dörfern. Ob das stimmte? Gabriel bezweifelte es. In großen Städten waren oft Bader ansässig. Wer war da auf Reisende angewiesen? Aber Lothar hatte in diesen Dingen sicher seine Erfahrung.

Aber nun kam Gabriel wieder ins Grübeln.

Ob er versuchen sollte, sich allein nach Augsburg durchzuschlagen und vielleicht andere Reisende zu finden, die Richtung Norden zogen? Es musste ja nicht gleich bis Paderborn sein. Bis Würzburg vielleicht - das würde reichen oder bis Heidelberg oder einer dieser Städte, die der Bader anfahren wollte. Was hatte seine Mutter immer gesagt? Kleine Etappenziele setzen, das wirkt nicht so unerreichbar und am Ende kommt man auch an sein endgültiges Ziel.

Doch heute konnte er nichts mehr tun. Es wurde bereits dunkel, die Sonne versank am Horizont. Ach, seine Überlegungen machten überhaupt keinen Sinn. Sie würden ja bald sowieso nach Augsburg kommen, solange konnte er es auch noch bei dem Bader aushalten.

Jetzt musste er aber erstmal über diese Nacht kommen. Im Freien schlafen konnte er nicht. Dazu war es wirklich noch zu kalt. Er würde warten, bis Lothar schnarchte, dann würde er in den Wagen schleichen und sich auf den Boden legen und schlafen. Wahrscheinlich hatte Lothar morgen sowieso schon vergessen, dass er ihn aus dem Wagen geworfen hatte, so besoffen wie er war. Und wenn nicht – nun, mehr Ärger, als er sowieso schon jeden Tag hatte, würde es dadurch auch nicht geben.

Gabriel fand in Augsburg niemanden, dem er sich auf einer Reise in den Norden Deutschlands anschließen konnte. Er suchte aber auch nicht allzu intensiv danach. Er ging nicht durch die Stadt und fragte in Gaststätten oder Garküchen nach Reisenden. Er hätte sich heimlich fortstehlen müssen, aber der Bader ließ ihn kaum aus dem Auge.

Und immer wieder drohte er ihm: „Sieh zu, dass du dich respektvoll benimmst. Ich bin so etwas wie dein Lehrherr. Wenn du dich schlecht beträgst, werfe ich dich hinaus und dann hast du gar nichts. Keinen Reisegefährten, keine Arbeit und Geld auch nicht."

„Du bist nicht mein Lehrherr. Wir sind Reisegefährten, mehr nicht. Außerdem steht mir Geld zu für die Arbeit, die ich hier leiste. Nur für das bisschen Essen arbeite ich viel zu viel."

Lothar lachte gehässig auf. „Du kriegst einen Fußtritt, mehr nicht. Und wenn du einfach abhaust, werde ich dich zurückholen und so lange mit der Peitsche bearbeiten, bis du endlich gehorchst. So benimmt man sich nicht seinem Lehrherrn gegenüber."

Solche Worte blieben nicht ohne Eindruck. Gabriel beschlich tatsächlich die Angst, ihm könnte etwas geschehen, wenn er sich einfach davonstahl. Und es blieb wirklich das völlig realistische Problem des Geldes.

Nein, Gabriel fand nicht die Entschlusskraft, zu gehen.

Offenbar war es noch nicht die richtige Zeit, den Bader zu verlassen. Was hatte seine Mutter immer gesagt? Für alles im Leben gibt es die richtige Zeit.

Irgendwann würde er aber gehen müssen. Ob Lothar ihn bewachte oder nicht, ob er ihn bedrohte und Angst machte und ob er ihm Geld gab oder nicht.

In den nächsten Tagen wurde das Zusammenleben mit dem Bader für Gabriel noch schlimmer. Offensichtlich dachte Lothar, gewonnen zu haben und dass er seinen jungen Reisegefährten nur richtig einschüchtern musste.

Gabriel bedauerte schon, nicht in Augsburg geblieben zu sein. Ich muss mich unbedingt von Lothar trennen, dachte er immer wieder. Ich muss durchhalten, bis wir wieder in einer Stadt sind. Dort habe ich mehr Möglichkeiten, um vielleicht eine Arbeit zu finden. Und mehr Möglichkeiten, andere Reisende zu treffen.

In Ulm muss ich – nein werde ich mich von ihm trennen - so oder so. Egal, was er sagt. Egal, ob er mir droht, mir etwas anzutun.

Wieso benahm sich Lothar eigentlich so grob? Die Antwort kannte Gabriel instinktiv: Der Bader wollte nicht, dass er ihn verließ. Er würde einen billigen Knecht verlieren. Sogar einen, der sich einigermaßen in der Heilkunst auskannte. Obwohl Gabriel nie bei seiner Mutter in die Lehre gegangen war, hatte er doch einige Dinge aufgeschnappt.

Der Bader wählte seine Mittel schlecht, um seinen Gehilfen zu halten. Er verstand offenbar nicht, dass Gabriel viel lieber bei ihm bleiben würde, wenn er ihn freundlich und respektvoll behandeln würde. Vermutlich hatte er selbst nie etwas anderes kennen gelernt als Unterdrückung und Gewalt.

Aber egal, das war Lothars Problem. Gabriel reichte es. Der Bader war schmutzig, versoffen, unfreundlich und grob. Notfalls würde Gabriel es auch allein schaffen. Lothar war ja auch bisher allein durch die Lande gezogen. Warum sollte er das also nicht auch können. Nur weil er so jung war? Zu Zweit reisen war nun wirklich auch kein so unschätzbarer Schutz. Wenn sie eine große Truppe wären, ja dann, aber so…

Außerdem würde er allein oder mit anderen Reisenden viel schneller vorankommen. Diese ewigen Aufenthalte in den Dörfern zerrten an Gabriels Nerven. Es ging viel zu langsam voran, er hatte doch schließlich ein Ziel. So konnte man eigentlich nicht reisen, wenn man ein Ziel hatte.

Es konnten nur noch wenige Tage sein, bis sie Ulm erreichten. Lothar meinte, sie bräuchten trotz der Aufenthalte in kleinen Dörfern nicht länger als eine Woche von Augsburg nach Ulm. Aber jetzt, nachdem er sich endgültig entschieden hatte, kamen Gabriel diese Tage endlos lang vor. Weit war er noch nicht gekommen mit seinem Reisegefährten. Wie lange waren sie unterwegs – zwei Wochen?

„Gabriel!", schrie Lothar schon wieder. Sie hatten inzwischen Ulm erreicht und vor dem Wagen warteten Patienten.

Gabriel seufzte. „Ja? Was willst du?"

„Du musst mir das Besteck zurecht legen. Ich muss einen Zahn ziehen!"

Gabriel eilte in den Wagen. Die Zange war schmutzig und setzte schon Rost an. „Du musst die Instrumente besser pflegen!", sagte er. „Meine Mutter hat immer gesagt, Instrumente, mit denen man Menschen behandelt, müssen sauber sein."

Im nächsten Moment hatte der Bader ihm eine saftige Ohrfeige verpasst. „Das ist für deine Rechthaberei. Was irgendein unbedeutendes Weib sagt, interessiert mich nicht. Wie oft soll ich dir das noch sagen?"

„Sie kennt sich gut aus."

„Schweig! Elendes Balg!", brüllte der Bader. „Oder ich mache dich fertig. Ich klage dich an als… als…"

„Als was?", fragte Gabriel triumphierend.

„Als Dieb. Du meinst, du weißt alles besser. Du bist frech und rechthaberisch. Du willst meine Instrumente haben und selbst als Bader arbeiten. Du redest ja sowieso immer davon, dass du nicht bei mir bleiben willst. Also – es stimmt, nicht wahr?"

„Das ist Unsinn. Ich will nicht als Bader arbeiten."

„Aber du willst gehen!"

Gabriel zuckte die Achseln.

Er sah sich um. Vor dem Wagen hatten sich die ersten Patienten versammelt. Einer hielt sich die geschwollene Wange. Er hatte eindeutig Zahnschmerzen.

Sie alle hörten interessiert dem Gespräch zu.

„Ein Lehrling sollte sich nicht wichtiger nehmen als seinen Meister. Das solltest du wissen!", bölkte der Bader.

„Ich bin nicht dein Lehrling. Wir sind bloß Reisegefährten!", erwiderte Gabriel ruhig.

„Was bist du für ein hochnäsiger Rotzbengel. Du wirst es bitter bereuen, wenn du gehst. Ich werde dich nicht ziehen lassen."

Die Zuhörer wurden allmählich unruhig. Das Gespräch führte ja zu nichts.

„Kann es bald losgehen?", schrie der mit der geschwollenen Wange. „Ich habe Schmerzen."

„Ja, ich auch!", rief eine Frau. „Meine Wunde am Bein eitert. Sie schmerzt ganz scheußlich."

„Willst du den Zahn ziehen?", fragte der Bader, als er sah, dass Gabriel die Instrumente mit Alkohol reinigte. Er riss dem Jungen die Flasche aus der Hand. „Lass das. Das brauchen wir für diejenigen, die die Behandlung ohne Betäubung nicht ertragen können."

Oder für dich, dachte Gabriel. Damit du dein armseliges Leben ertragen kannst.

Laut sagte er: „Nein, ich ziehe keine Zähne. Ich bin kein Bader und auch nicht dein Lehrling. Und auch nicht dein Knecht!"

Nach dieser frechen Antwort trat der Bader mit dem Fuß nach ihm, aber Gabriel wich geschickt aus.

„Komm zu mir rauf!", rief der Bader und winkte den Mann mit der dicken Wange heran.

„Ich kann deine eiternde Wunde behandeln!", erklärte Gabriel.

Die Frau legte den Kopf schief und sah den Jungen zweifelnd an. „Wirklich?"

Gabriel nickte. „Besser als er!", sagte er mit einer Kopfbewegung in Richtung des Baders. „Meine Mutter ist eine Heilerin."

Die Frau überlegte einen Moment, stieg dann aber doch zu Gabriel in den Wagen. Obwohl er noch so jung war, wirkte dieser hübsche saubere Junge mit den schwarzen Haaren vertraueneinflößender als der Bader.

Lothar setzte gerade die Zange an, um den Zahn zu ziehen. Der Patient bog sich in dem Stuhl.

Nach zwei Tagen waren wirklich alle behandelt und es kamen keine neuen Patienten mehr. Die Weiterbehandlung der Wunden überließ Lothar gerne den Kräuterfrauen. Gabriel wusste das und er fand es ziemlich verantwortungslos, obwohl ihm natürlich klar war, dass ein fahrender Bader gar nicht anders handeln konnte. Aber wenn man jemanden behandelte, übernahm man auch die Verantwortung und konnte sich nicht einfach davonmachen, bevor der Patient außer Gefahr war. Und Wunden konnten sich leicht entzünden, eitern oder sogar eine Blutvergiftung hervorrufen. Wenn der Bader doch wenigstens abgekochtes Besteck benutzen würde. Aber davon wollte der ja nichts wissen.

Gabriel seufzte, als er vor dem Wagen die Sachen säuberte und zusammenräumte. Er würde nicht weiter mit ihm ziehen. Er würde für eine kleine Weile hier in Ulm bleiben und sich überlegen, wie es weitergehen sollte. Vielleicht musste er ein Maultier kaufen, aber dazu brauchte er mehr Geld, als er von dem Bader noch bekam, also musste er eine Arbeit annehmen. Das würde seine Reise etwas verzögern, aber dazu hatte er sich in den letzten drei Tagen endgültig entschieden.

Nun musste er es Lothar sagen. Gabriel ahnte, dass der nicht gerade erfreut reagieren würde. Immerhin verlor er damit seinen Gehilfen – oder besser gesagt, seinen Knecht. Aber es musste sein.

Als der Bader auch endlich aus dem Wagen heraus kam, fuhr er Gabriel an: „Hast du endlich fertig gepackt? Wir wollen aufbrechen. Bevor noch jemand kommt und sich beschwert, weil die Wunde schmerzt oder zu grob genäht ist."

Ja, das ist deine einzige Sorge, dachte Gabriel angewidert.

„Ich komme nicht mit", sagte er ganz nebenbei.

Der Bader räumte weiter die letzten Sachen in den Wagen. Gabriel fragte sich, ob er nicht verstanden hatte oder einfach nur so tat.

„Ich komme nicht mit!", wiederholte er lauter.

„Was?" Es klang nicht ärgerlich, sondern wie jemand, der wirklich die Worte nicht gehört hatte.

„Ich bleibe hier!", schrie Gabriel.

Nun wirbelte Lothar herum. „Was tust du?"

„Ich bleibe hier!", erwiderte Gabriel ganz ruhig. Nun hatte er ja endlich die Aufmerksamkeit des Baders.

„Das wirst du auf keinen Fall. Du hast wohl nicht verstanden, dass ich dich nicht gehen lasse. Du kommst schön mit. Du gehörst mir."

Fast musste Gabriel lachen. „Ich gehöre dir? Was soll das denn heißen? Ich bin doch nicht dein Eigentum. Ich gehöre niemandem!"

„Du kommst mit! Ich prügele dich windelweich, bis du nirgendwo mehr hingehen kannst!", brüllte der Bader. Dabei packte er Gabriel am Arm und wollte ihn mit sich ziehen.

Gabriel schüttelte ihn mit einer heftigen Bewegung ab. Jetzt schrie er den Älteren heftig an: „Das tue ich bestimmt nicht. Du behandelst mich, als wäre ich dein Leibeigener. Aber ich gehöre niemandem. Und ich bin nicht bereit, mir das noch länger gefallen zu lassen. Und obendrein zuzusehen, wie du deine Patienten behandelst. Du kochst dein Besteck nicht ab, du säuberst deine Hände nicht. Meine Mutter hat mir beigebracht, wie wichtig das ist."

„Deine Mutter – diese Hexe…" Bei den Worten stürzte sich Gabriel auf ihn. Der Junge war ungefähr genauso groß, schlanker und durchtrainierter, beweglicher und um viele Jahre jünger. Der Bader stürzte sofort nach hinten und lag rücklings auf der Erde. Gabriel stand über ihm. Mit geballter Faust. „Nenn – meine – Mutter – nie – wieder – Hexe!", presste er wütend hervor.

„Da hab ich wohl einen Nerv getroffen?", grinste der Bader unverschämt und wischte sich etwas Blut vom Mund.

„Ich spuck auf dich!" Gabriel spuckte tatsächlich auf den am Boden liegenden Bader. „Das Geld, das mir als dein Gehilfe zusteht, habe ich mir übrigens genommen."

Daraufhin nahm er sein Bündel und verließ den Ort. Er fragte sich, wieso er so lange Angst vor der Auseinandersetzung gehabt hatte. Er konnte es doch leicht mit diesem versoffenen Mann aufnehmen.

Er ging mit weit ausholenden Schritten zielstrebig Richtung Stadt. Sicher würde er dort einen billigen Platz zum Schlafen finden und eine Mahlzeit. Die wütenden Worte des Baders hallten hinter ihm her: „Dir steht überhaupt kein Geld zu. Du hast mich bestohlen, du Dieb. Weißt du nicht, was man mit Dieben macht? Die Hand müsste man dir abhacken. Komm zurück. Komm sofort zurück! Du wirst mich weiter begleiten! Verflucht, Gabriel! Gaaabriiiiiel!"

Gabriel drehte sich nicht noch einmal um. Die Beschimpfungen als Dieb hatten ihm einen Stich versetzt. Aber er hatte den Bader ja gar nicht bestohlen. Es war wirklich Geld, das ihm zustand. Er hatte hart für Lothar gearbeitet. Und der würde gleich fort sein. Er würde seinen Wagen besteigen und zur nächsten Stadt fahren. Bevor sich noch jemand beschwerte. Hatte er selbst gesagt.

Gabriel durchstreifte neugierig die Stadt. Es war eine große Stadt und es war das erste Mal, seit er mit dem Bader zusammen war, dass er die Gelegenheit dazu hatte. Was es hier alles gab. Er kam an Geschäfte mit verschiedenen Waren in der Auslage vorbei.

Das alles war nicht völlig neu für ihn, mit seiner Familie war er ja schon weit herumgezogen und er hatte zuletzt in München gelebt. Aber nach diesen wenigen Wochen mit dem Bader erschien es ihm wie das Paradies.

Er hatte inzwischen einen Bärenhunger. Er sah einen Konditor und konnte durch die offene Tür Kuchen und frisches Brot riechen. Schon wollte er einkehren, der Hunger war einfach so groß. Aber dann überlegte er sich, doch lieber etwas Warmes zu essen. Er fühlte in seiner Tasche das Geld. Viel war es nicht, aber für eine Suppe mit Brot würde es reichen. Und er musste sich auch überlegen, was er weiter tun wollte. Sollte er heute noch die Stadt verlassen oder sollte er eine Nacht hier bleiben? Oder sogar einige Tage? Er musste irgendeinen Platz für die Nacht finden.

Er schlenderte weiter und erblickte das eiserne Schild einer Garküche. Sein Magen krampfte sich inzwischen schon schmerzhaft zusammen vor Hunger. Er konnte nicht mehr lange suchen.

„Zur tanzenden Henne", las er das Schild und rümpfte die Nase. „Blöder Name", murmelte er vor sich hin. Er schob die Holztür auf und trat ein.

Drinnen wurde er freundlich empfangen.

Der Wirt erkannte ihn, Gabriel selbst hatte ihm eine Wunde am Arm behandelt. Er war unter den wartenden Leuten vor dem Wagen gewesen, als er mit dem Bader wegen der rostigen Zange gestritten hatte.

„Was machst du denn hier?", rief er Gabriel entgegen. „Darfst du heute allein in die Stadt?"

130

Gabriel schüttelte den Kopf. „Ich habe den Bader verlassen. Es war nicht mehr zum Aushalten."

Der Wirt lachte und hielt sich dabei den dicken Bauch.

„Gott sei Dank! Ich habe doch gemerkt, wie der Bader dich behandelt hat, Junge. Wenn du von dem fort willst, bist du bei uns willkommen."

„Warum geht ihr nur alle zu ihm, wenn ihr doch bemerkt, wie garstig er ist?", fragte Gabriel verwundert.

„Wenn ein Bader ankommt, weiß man doch vorher nicht, wie er ist, nicht wahr? Das erlebt man erst, wenn man dort ist. Wir waren alle sehr erschrocken, glaub mir. Aber jetzt denk nicht drüber nach. Iss dich erstmal satt und dann bekommst du ein schönes Zimmer. Es ist nicht groß, aber du hast ein Dach über dem Kopf und ein richtiges Bett."

„Ich habe aber nicht viel Geld", sagte Gabriel. „Eine Suppe muss reichen."

Der Wirt zwinkerte ihm zu und wies ihm einen Tisch in der Ecke zu. Es dauerte nicht lange, da brachte er ihm eine dampfende Schüssel Suppe und sogar ein Stück Braten und Brot.

„Keine Sorge. Das geht auf die tanzende Henne."

Gabriel sah ihn dankbar an. Hungrig riss er ein Stück Brot ab und tunkte es in die Suppe. Ah, sie war heiß und deftig. Wunderbar. Und wenn das Zimmer so sein würde wie die Gaststube konnte er sich glücklich schätzen. Es war hier nicht vornehm – wirklich nicht - aber sauber und gemütlich.

Er begann sich zu entspannen.

Er begann das Glück zu fühlen, den Bader losgeworden zu sein.

Sicher saß der jetzt schon auf dem Bock seines Wagens und gondelte zum nächsten Ort.

Aber gerade, als er es genoss, wie die heiße Suppe seine Kehle hinunterfloss, stürmte eine Gruppe Bewaffnete in die Gaststube.

Bielefeld
April 1324

Kapitel 13
Im Händlertross

Clara schreckte aus dem Schlaf hoch und schrie.

Sofort waren Elisabeth und Mechthild bei ihr. „Was ist mit dir? Hast du schlecht geträumt?", fragte Elisabeth und streichelte über ihre Hand.

„Gabriel ist in Gefahr!", rief Clara atemlos aus.

„Aber nein. Er ist bei seiner Familie irgendwo im Süden. Vielleicht sind sie sogar schon wieder in Griechenland. Du hast uns doch erzählt, dass sie dorthin wollten." Mechthild hielt das junge Mädchen im Arm und streichelte ihr über das rote Haar.

„Nein, er ist in großer Gefahr! Oh Gabriel!"

„Du hast Angst, das ist alles. Wir sind alle in Gottes Hand, gleichgültig, wo wir uns befinden. Auch Gabriel."

Oh nein! Clara konnte es nicht mehr hören. Alle redeten immer davon, dass sie in Gottes Hand seien. Alle waren so vertrauensvoll und gottesfürchtig - bereit, jedes Schicksal hinzunehmen. Konnte man dann besser Leid und Elend ertragen? Clara konnte das einfach nicht – alles klaglos hinnehmen.

Und sie wusste auch nicht, ob es richtig war. Das Schicksal war nicht unveränderbar. Sie hatte ihres ja auch geändert. Sonst wäre sie jetzt verheiratet. Oder tot!

Clara schluchzte. Mechthild verstand sie nicht.

Aber sie selbst wusste, sie hatte nicht geträumt. Es war wie damals, als sie von dem Unfall des Bischofs geträumt hatte. Sie wusste es so sicher wie sie wusste, dass morgen früh die Sonne aufgehen würde. Gabriel befand sich in großer Gefahr. Aber er war weit entfernt. Sie wusste wirklich nicht, wo er sich befand und sie konnte nichts tun.

Sie konnte ihm nicht helfen.

„So, jetzt schlaf noch ein wenig. Es ist tiefe Nacht!", sagte Mechthild sanft und drückte Clara zurück auf ihre Pritsche.

Dann schlich die Händlerin leise wieder davon.

Elisabeth legte sich wieder neben sie und kuschelte sich in ihre Decke. Clara lag noch lange wach.

Am nächsten Morgen zogen sie mit ihrem kleinen Wagenzug weiter. Keiner von ihnen sprachen über das Geschehen in der Nacht. Und niemand sonst war durch Claras Aufschrei aufgeweckt worden.

Clara war erst kurze Zeit mit den Händlern unterwegs, aber schon wurde ihr klar, dass das Leben in einem Tross nichts mit der Beschaulichkeit zu tun hatte, die sie sich vorgestellt hatte. Es war ganz schön hart, den ganzen Tag unterwegs zu sein. Jeden Tag an einem anderen Ort, kein wirkliches Zuhause zu haben. Keine echte Vertrautheit, außer den Gesichtern, die sie täglich um sich hatte.

Aber was war die Vertrautheit zu Hause schon wert, wenn sie dort täglich Angst haben musste, als Hexe verhaftet zu werden. Wenn sie kaum jemandem trauen konnte.

Diese Gesichter, die sie um sich hatte, und die Menschen, die dazu gehörten, mochte Clara ausgesprochen gern. Sie fühlte sich wohl mit ihnen. Sie wusste, sie verachteten sie nicht wegen ihrer Gabe. Von ihnen drohte ihr keine Gefahr.

Eine besonders innige Freundschaft verband sie schon immer mit Elisabeth. Die Tochter von Leonard und Mechthild war nicht ganz zwei Jahre jünger als sie selbst. Sie war vor kurzem dreizehn Jahre alt geworden. So alt war Clara selbst gewesen, als sie Gabriel kennen gelernt hatte. Sie seufzte, während sie neben dem Wagen herlief und träumte.

Ob sie Gabriel wohl jemals wieder sehen würde? Ihre heimliche Hoffnung, ihn auf ihrer Wanderschaft wieder zu finden, hatte sie nicht aufgegeben. Aber manchmal konnte sie sich nicht vorstellen, dass sie sich erfüllen würde. Wie weit würden sie schon kommen. Vielleicht war Gabriel mit seiner Familie wirklich schon in Griechenland. Clara wusste es nicht. Auch nicht, was ihm geschehen war. Sie wusste nur, dass er sich in Gefahr befand. Ob er überhaupt noch an sie dachte? Die Jungen waren in diesen Dingen oft viel oberflächlicher.

„Denkst du an dein zu Hause?", fragte Elisabeth.

Clara schüttelte den Kopf. „Nein, daran habe ich nicht gedacht. Ich dachte gerade, wir gehen in die falsche Richtung."

„In die falsche Richtung? Wir ziehen nach Bielefeld. Wieso ist das falsch?"

„Ich denke immer an Gabriel. Aber der befindet sich auf jeden Fall im Süden", sagte sie leise.

„Der ist sicher schon in Griechenland. Also soweit kommen wir sowieso nicht!", lachte Elisabeth. Sie erkannte die Sehnsucht hinter den Worten nicht. „Ich glaube, wir machen einen Bogen und wandern danach in Richtung Colonia. Natürlich werden wir zwischendurch in anderen Orten halten. Und vielleicht müssen wir selbst sogar neue Waren besorgen. Tja, so ist das eben als Händler."

Clara nickte.

Ja, so war das. Sie zogen kreuz und quer durch das Land, hatten aber noch keine große Entfernung von Paderborn zurückgelegt. Aber wozu auch? Es ging ihnen nicht darum, möglichst weit zu kommen. Sie hatten kein Ziel – der Weg selbst war das Ziel. Er war ihre Lebensart und ihr Arbeitsort.

Aber sie selbst wollte in den Süden. Ach, wie sollte es nur weitergehen?

Sie waren nur ein kleiner Händlerzug, aber die Menschen kamen auf die Straße, als sie in das Städtchen Bielefeld einzogen.

„Kommt alle her!", rief Leonard mit seiner tiefen, lauten Stimme. „Kommt her und seht euch die Waren an. Töpfe, Pfannen, Krüge! Wertvolle Stoffe, Hauben und Gürtel für die Damen! Und für die Kinder haben wir wunderbares Spielzeug."

Leonard hob einen kleinen Jungen schwungvoll auf seinen Arm. „Willst du es dir mal ansehen? Wir haben Ritterfiguren, Pferde, sogar Wagen. Willst du es sehen?"

Der kleine Junge quiekte vor Vergnügen.

Clara lachte. Sie erinnerte sich an die erste Begegnung mit diesem Händlertross vor über zwei Jahren in der Siedlung Tryngen. Auch da hatte Leonard die Waren so angepriesen. Auch sie waren in die Wagen gestiegen und hatten sich Dinge angesehen, die sie sich überhaupt nicht leisten konnten. Wie würde es hier sein?

Sie und Elisabeth kletterten hinter dem Jungen her in den Wagen. Andere Kinder folgten ihnen. Sie zeigten ihnen alles, was sie hatten. Steckenpferde, Holzschwerter und Armbrüste mit stumpfen Pfeilen. Geschnitzte Figuren, Pferde, Hunde, Wagen und sogar Burgtürme.

Auch für die Mädchen gab es natürlich einiges. Puppen und Puppenbettchen und kleine Spiele.

„Habt ihr Neuigkeiten vom Thronstreit?", fragte ein älterer Bürger.

Leonard schüttelte den Kopf. „Der Streit geht weiter. Nichts ist wirklich zu Ende. Der Habsburger ist seit Mühldorf in Gefangenschaft. Und unserem König Ludwig droht die Exkommunizierung, der Bannfluch. Ob er dem standhält? Oder beugt er sich? Ich glaube es nicht. Aber der Papst will keinen so mächtigen König wie den Bayern.

Letzten Monat hat Ludwig wieder geheiratet. Die Gräfin Margarete von Holland ist jetzt unsere Königin."

„Noch keine zwei Jahre ist unsere Königin Beatrix tot", meinte der ältere Bürger. „Und jetzt dieses Kind auf dem Thron des römisch-deutschen Reiches. Wie alt ist sie? Vierzehn? Fünfzehn?"

Leonard nickte. „Aber das ist doch völlig normal." Er wusste nicht recht, was er sagen sollte. Aber der Mann erwartete wohl auch keine Antwort.

Die Menschen stürmten in die Wagen und wählten Waren aus. Sicherlich würden sie hier gute Geschäfte machen.

„Clara!", rief Leonard. „Clara!"

„Ja?" Sie rannte zu ihm.

„Geh mit Elisabeth in den Wagen mit den Stoffen, ja? Im letzten Jahr hat das Bertrams Frau Roswitha übernommen. Aber sie ist ja nun nicht dabei. Hoffentlich geht es ihr gut. Und dem Würmchen in ihrem Bauch."

„Bestimmt!", meinte Clara. Sie fasste Elisabeth bei der Hand und zog sie in den Wagen.

Plötzlich gab es Tumult. Clara sprang aus dem Wagen heraus. Sie sah einen Jungen über die Wiese laufen und Menschen, die ihn verfolgten - wütende Menschen.

„Haltet ihn!", schrie jemand. „Haltet ihn! Er ist ein Dieb!"

Als er näher kam, erkannte Clara, dass er nicht ganz so jung war, wie sie zuerst gedacht hatte. Sie schätzte ihn etwas älter als Adrian, mindestens siebzehn oder achtzehn Jahre. Aber er wirkte ein wenig kleiner als ihr Bruder. Er hatte struppiges hellblondes Haar und eine etwas schmächtige Figur. Er war sicher sehr wendig und schnell, aber gewiss nicht sehr kräftig.

„Haltet ihn!", schrie wieder jemand.

Leute, die beim Händlerzug standen, liefen nun ebenfalls los und versuchten, dem Jungen den Weg abzuschneiden.

„Hoffentlich schafft er es", flüsterte Clara Elisabeth zu.

„Aber du hörst doch – er ist ein Dieb."

„Von mir behaupten sie, ich sei eine Hexe."

Elisabeth zuckte die Schultern. „Na ja, er hat sicher nicht verdient, dass sie ihm die Hand abhacken oder ihn auspeitschen."

Der Junge schlug Haken wie ein Hase. Er entkam seinen Häschern. Aber immer mehr Menschen beteiligten sich an der Jagd. Niemand wusste wirklich, was er eigentlich gestohlen hatte. Es war ihnen aber auch gleichgültig. Es war, als hätten sie einfach Freude daran.

Endlich bekam einer den Jungen zu fassen. Er hielt ihn am Gewand, griff nach seinem Arm. Der Junge wehrte sich, riss sich los.

Clara knabberte nervös an ihren Fingernägeln. Aber sie wusste, er konnte nicht entkommen. Er hatte es geschafft, sich noch einmal zu befreien, aber er hatte seinen Vorsprung eingebüßt. Jetzt griff der nächste nach ihm. Er hielt ihn fest – nur ein Augenzwinkern lang. Dann hatte sich der Junge wieder losgerissen, aber schon war der nächste seiner Verfolger bei ihm und dann noch einer. Drei Männer auf einmal stürzten sich auf den Jungen, der wild um sich schlug, strampelte, biss.

Er ist doch kräftiger, als ich dachte, fand Clara. Er kämpft gut, er setzt sich ganz schön stark zur Wehr.

„Au!", schrie einer und hielt seine Hand in die Luft. „Er hat mich gebissen!"

Clara lachte. „Geschieht dir recht."

„Clara! Du weißt doch viel zu wenig darüber. Vielleicht ist er wirklich ein Dieb, den man gefangen nehmen muss."

Clara zuckte die Schultern. Sie glaubte es nicht.

Die Menschen kamen jetzt näher. Den jungen Dieb führten sie in ihrer Mitte mit sich. Sie stießen, schoben, traten ihn vorwärts. Es gab ihr einen Stich, als sie das sah. Zu sehr erinnerte sie die Szene an die Hexenjagd, als sie selbst auf den Marktplatz getrieben wurde.

Plötzlich durchzuckte sie ein merkwürdiges Gefühl. Ein Bild entstand vor ihrem geistigen Auge. Nur eine Sekunde. Zu kurz, um es richtig zu erkennen. Aber es hatte mit diesem Jungen zu tun. Clara wusste nicht wie, aber dass er in der nahen Zukunft zu ihnen gehörte, fühlte sie deutlich.

„Lasst ihn los!", schrie sie noch bevor sie wirklich darüber nachdenken konnte.

„Wer hat das gesagt?" Einer der Männer, die den Jungen fest umklammerten, blickte sich suchend um.

„Psst", machte Elisabeth.

Wieso schaffe ich es nur niemals, meinen Mund zu halten? fragte sich Clara. Hat mich das nicht immer in Schwierigkeiten gebracht? Hat nicht Großmutter mich immer davor gewarnt?

„Ich war es!", erwiderte Clara laut und trat einen Schritt vor.

„Hast du Mitleid mit diesem Subjekt?"

„Ja."

„Warum? Er ist ein Dieb."

„Weil ich selbst einst angeklagt wurde und völlig unschuldig war. Lasst uns hören, was er zu sagen hat."

Der Junge sagte nichts. Er blickte das fremde Mädchen sprachlos an. So ein Mädchen hatte er noch nie erlebt.

„Wie ist dein Name?", fragte Clara.

Der Junge antwortete nicht.

Leonard griff ein. „Antworte! Wie ist dein Name?"

Einer der Menschen stieß den Jungen fest in die Rippen.

Endlich regte er sich. „Luzius. Mein Name ist Luzius."

„Man wirft dir vor, ein Dieb zu sein!", redete Leonard weiter. Was hast du dazu zu sagen?"0

„Es stimmt."

„Da hört ihr es! Er gibt es zu!", rief einer der Ankläger.

„Ja, es stimmt!", schrie jetzt Luzius mit einer klaren, lauten Stimme. „Ich habe ein Brot gestohlen beim Bäcker und eine Wurst beim Fleischer. Ich sterbe vor Hunger."

„Dann verdien' Geld!", rief wieder der Ankläger.

„Meine Eltern sind gestorben. Ich habe kein Dach über meinem Kopf, ich habe nichts. Ich muss doch leben."

„Aber nicht, indem du stiehlst."

„Hast du die Sachen noch?", fragte Clara.

Luzius nickte.

„Dann gib sie ihnen zurück."

„Ich soll sie zurückgeben? Ich muss essen!"

„Wenn du es nicht tust, hacken wir dir die Hand ab!", schrie der Ankläger.

Luzius sah sie völlig verwirrt an. „Für das bisschen Essen?"

Der Ankläger nickte. Es bestand keinerlei Zweifel, dass er es wirklich tun würde.

„Dann kann ich doch erst recht nicht mehr arbeiten. Dann bin ich auf eure Mildtätigkeit angewiesen." Seine Stimme troff vor Ironie.

Trotzdem holte er jetzt eine kleine Wurst unter seinem Hemd hervor und ein Stück Brot. Ein kleines Stück fehlte. Vermutlich hatte er einmal, bevor er fliehen musste, daran gebissen.

„Es ist beschädigt!", sagte einer der Männer.

„Nur einmal abgebissen!", sagte Luzius.

„Lasst ihn gehen. Ihr habt das Essen wieder", warf Leonard ein.

„Er wird weiter stehlen. Wir lassen ihm seine Hand, aber er kommt an den Pranger. Zwei oder drei Tage auf dem Marktplatz werden ihn vielleicht zur Vernunft bringen."

Luzius Gesichtsausdruck verdüsterte sich.

Clara schlich näher zu Leonard. „Kann er nicht mit uns reisen?", flüsterte sie ihm ins Ohr.

Leonard sah sie verwundert an. „Was?"

„Wir könnten doch noch jemanden brauchen? Bertram fehlt doch an allen Ecken, nicht wahr? Vielleicht kann er die Pferde versorgen."

„Wir müssen ihn aber auch ernähren."

Clara seufzte. Sie sah den Jungen deutlich in ihrer nahen Zukunft. Sie wusste nicht genau, was er dort tat oder warum er wichtig sein würde. Aber er war da.

„Schau ihn dir an, so viel wird er nicht essen."

„Das kann täuschen. So junge Männer werden einfach nicht so schnell dick."

„Er kann nicht zurück. Sein Leben in der Stadt kann er nicht weiterführen. Er hat kein Zuhause."

Leonard seufzte und verdrehte die Augen. „Das hat er sich nun wirklich selbst eingebrockt."

Aber er ging zu Mechthild und flüsterte mit ihr. Clara sah ihnen zu. Sie erkannte an ihren Mienen, was sie redeten und wie Mechthild reagierte.

Endlich wandte sich Leonard wieder dem Jungen zu. „Du kannst mit uns kommen. Bis zur nächsten Stadt. Dort musst du ein neues Leben beginnen. Ohne Diebstähle. Such dir eine Arbeit, es wird sich schon etwas finden."

Clara nickte ihm zu und lachte. Es war die richtige Entscheidung. Aber er würde länger bleiben als bis zur nächsten Stadt. Da war sie sicher. Doch das war jetzt nicht wichtig. Das würde sich alles zeigen.

Ihr Blick begegnete dem des jungen Diebes. Er strahlte sie an. Aber in seinen Augen las sie nicht nur Dankbarkeit. So ähnlich hatte Gabriel sie angesehen, obwohl sein Blick dunkel und durchdringend gewesen war, während Luzius Augen hell und klar waren. Und dennoch war es derselbe Blick.

„Also wenn ihr ihn mitnehmt, lassen wir ihn gehen!", beschloss Luzius' Ankläger und ließ endlich seinen Arm los. „Für sich selbst sorgen kann er ja. Habt ihr ja gesehen. Durch Diebstähle. Aber das ist dann euer Problem."

„Er ist offenbar nicht sehr geschickt darin. Wir haben auch gesehen, dass ihr ihn gefangen nahmt", erklärte Leonard.

Die Männer stießen ein verächtliches Geräusch aus.

Doch die meisten blieben unschlüssig bei dem Händlertross stehen.

„Wollt ihr euch jetzt unsere Waren ansehen?", fragte Mechthild endlich. „Wir haben auch scharfe Messer, Äxte, Gefäße..."

„Wir würden uns das gerne ansehen", meinte endlich einer der Männer.

„Dann folgt mir."

„Haltet uns aber diesen Luzius vom Leib, bevor ich mich doch noch vergesse."

Clara fasste den jungen Mann am Arm und zog ihn mit sich.

„Warum hast du wirklich gestohlen?", fragte sie unumwunden.

Er starrte sie verwundert an. „Aus Hunger. Hätte ich sonst ausgerechnet eine Wurst geklaut? Warum hast du mich gerettet, wenn du mir nicht glaubst?"

„Oh, ich glaube dir. Ich weiß nur nicht, ob es wirklich aus Not war. Du bist jung und offenbar kräftiger als du aussiehst. Ich habe dich kämpfen gesehen. Es hätte sicher Arbeit für dich gegeben, wenn du welche gesucht hättest!"

Nun grinste er über das ganze Gesicht und zuckte leichthin die Schultern. Er war ein unehrlicher Zeitgenosse, ein kleiner Dieb. Etwas stimmte einfach nicht. Aber sie würden ihn eines Tages brauchen. Irgendwie waren ihre Lebenswege verbunden oder würden es sein.

„Bei uns musst du auch arbeiten", sagte Clara.

„Keine Angst, ich werde euch nicht bestehlen."

„Das weiß ich."

„Das weißt du? Kannst du hellsehen?"

Clara antwortete nicht. Und Luzius ahnte nicht, wie nahe er der Wahrheit war.

„Wohnst du schon immer hier in Bielefeld?", fragte sie nach einer Weile.

„Nein. Ich komme aus der Nähe von Bamberg, aus Bayern."

„Oh – und wie bist du hierher gekommen?"

Er stöhnte verärgert. „Wird das ein Verhör?"

Sie antwortete nicht.

Luzius redete schließlich weiter.

„Meine Eltern sind wirklich gestorben. Meine Tante und mein Onkel wollten nicht, dass ich bei ihnen lebe. Und dann…"

„Hast du angefangen zu stehlen."

Er nickte. „Am Anfang wirklich aus Not. Aber ich bestehle niemanden, der nett zu mir ist oder der nicht so reich ist, dass er es entbehren kann."

Er grinste. Aber Clara ging nicht auf seinen scherzhaften Ton ein.

„Wie lange wohnst du schon hier?"

„Seit einem Jahr."

„Und während dieser Zeit lebst du von Diebstählen und wurdest noch niemals erwischt?"

Jetzt lachte er. „Gar nicht so untalentiert, nicht wahr?"

„Darauf solltest du nicht stolz sein!", erwiderte sie ernst.

Aber sie dachte: Und gerade heute, an dem Tag, an dem wir hier sind, wird er erwischt. Und gefangen bei unserem Tross. Das ist kein Zufall. Das ist Schicksal, ein Zeichen. Ich habe recht. Er sollte zu uns geführt werden.

„Wie alt bist du?", fragte sie.

„Neunzehn. Und jetzt ist die Befragung zu Ende!"

Neunzehn – dann war er älter, als sie gedacht hatte. Dann war er kein Junge mehr.

„Deine Eltern sind noch nicht so lange tot, du hättest längst einen Beruf haben müssen. Warum hast du das nicht?", fragte sie ungeachtet seiner Ablehnung.

„Ich sagte, die Befragung ist zu Ende!"

Damit drehte er sich um und ging ein Stück weit fort bis zu einem Stein, der am Wegrand lag und setzte sich darauf. Clara war sicher, dass er ihr nicht die ganze Wahrheit gesagt hatte. Irgendetwas verheimlichte er. Was das war, wusste sie nicht. Sie wusste nur, dass Luzius ein Teil ihres Schicksals war.

Luzius lebte sich rasch ein.

Der kleine Norbert schien ihn besonders ins Herz geschlossen zu haben, er suchte immer wieder Luzius Nähe.

Luzius war ein fröhlicher, unkomplizierter Mensch, der sich gut mit dem kleinen Jungen verstand und ihn niemals abwies. Im Gegenteil, er schien sogar viel Freude an dem Zusammensein mit ihm zu haben.

Die beiden kümmerten sich oft gemeinsam um die Pferde. Eines Abends, nachdem sie den Tieren ihr Zuggeschirr abgenommen und sie mit Heu und Wasser versorgt hatten, schwang sich Luzius auf eines der Pferde, zog Norbert zu sich hinauf und sie ritten gemeinsam um den Wagentross herum. Norbert quiekte vor Vergnügen.

„Woher kannst du das?", fragte Clara, als die Beiden wieder herunter sprangen.

„Reiten? Ach, das ist nicht schwer", erwiderte Luzius etwas abweisend.

„Für einen kleinen Dieb schon."

Er lachte. „Im Gegenteil, ein Dieb muss oft schnell verschwinden."

Er wich ihr aus, das war ihr bewusst. Um Luzius herum war eine Art Schutzschild, den Clara nicht durchdringen konnte. Irgendein Geheimnis umgab ihn. So wie mich selbst, dachte sie. Ich bin hellsichtig. Die Leute denken, ich bin eine Hexe.

„Wie lernt man es denn, wenn man so arm ist? Wie kann man sich dann ein Pferd leisten?"

„Kannst du nicht reiten?", fragte er, ohne auf ihre eigene Frage zu antworten.

„Einigermaßen. Ich habe es aber erst in Paderborn von den Händlern gelernt."

Jetzt war er überrascht. „Das klingt so, als gehörtest du gar nicht zu ihnen?

„Natürlich gehört sie dazu. Aber Clara ist noch nicht so lange bei uns!", antwortete Elisabeth, die gerade dazugekommen war.

„Oh, ich dachte bisher, sie gehört zur Familie."

„Tue ich nicht!", entgegnete Clara schlicht.

„Ich habe es eben einfach angenommen. Aber dann zeig doch mal, was du kannst."

Er hob sie schwungvoll auf. Sie schrie auf vor Schreck.

„Du bist ja leicht wie eine Feder!", lachte er und warf sie regelrecht auf den Pferderücken. Das gutmütige Zugpferd reagierte überhaupt nicht.

Elisabeth klatschte vor Begeisterung in die Hände.

Ulm
April 1324

Kapitel 14
Unter Verdacht

Gabriel saß in einer düsteren Gefängniszelle. Er starrte auf die vergitterte Tür, die in den dunklen Gang führte. Auf der anderen Seite war eine Luke, die aber so hoch angebracht war, dass er nicht hindurch sehen konnte. Er konnte noch immer nicht fassen, was geschehen war. Es kam ihm vor wie ein böser Traum, aus dem er jeden Moment erwachen musste. Das konnte einfach keine Wirklichkeit sein.

Er schloss die Augen und ließ die Bilder vor seinem geistigen Auge wieder lebendig werden.

Er saß in der Gaststube „Zur tanzenden Henne", wo dieser nette Gastwirt ihm soeben ein gutes Essen serviert hatte. Gerade, als er die heiße Suppe genießen wollte, kamen diese vier Männer - mit Lanzen bewaffnet - hereingestürmt, gefolgt von einigen Neugierigen, die Knüppel in ihren Händen schwangen.

Gabriel schaute auf. Was war passiert? Was wollten diese Männer?

Auch der Wirt kam näher. „Was ist geschehen?", fragte er.

Ein riesiger Dunkelhaariger mit einer Lanze in der Hand trat vor.

„Der Bader ist tot. Er liegt mit durchgeschnittener Kehle in seinem Wagen. Ich selbst habe ihn gefunden."

Bei diesen Worten hatte sich Gabriel verschluckt und begann zu husten. Der Bader tot? Er hatte ihn bereits wieder auf dem Weg in den nächsten Ort vermutet.

„Und sein Gehilfe ist der Mörder." Der Riese zeigte auf Gabriel, der immer noch hustete.

Der Wirt sah verwirrt zu Gabriel. Die Menschen kannten ihn. Viele waren zur Behandlung beim Bader gewesen.

„Nein, das kann ich nicht glauben!", meinte der Wirt jetzt. „Der ist ein guter Junge."

„Woher willst du das wissen? Wir kennen ihn kaum."

„Woher willst du wissen, dass er es war?"

„Nachdem ich den Toten gefunden hatte, habe ich mich umgehört. Ein Mord muss gesühnt werden. Und dabei kam es schnell heraus. Der Drechsler und diese beiden Landarbeiter haben gehört, wie der Bursche und der Bader miteinander gestritten haben. Der dort..." Er zeigte wieder auf Gabriel, dem inzwischen der Appetit vergangen war – „hat mit dem Bader ziemlich heftig gestritten. Stimmt's nicht, Bursche?" Die letzten Worte hatte er hinausgeschrien.

Der Drechsler – das war doch der mit dem schmerzenden Zahn. Wegen ihm hatte Gabriel dem Bader vorgeworfen, schmutziges Werkzeug zu benutzen. Auch der war unter den Neugierigen, die mit Knüppeln in der Gaststube standen.

„Viele haben das gehört. Wir haben wegen der schmutzigen Instrumente gestritten", erwiderte Gabriel.

„Ja, das war vor der Behandlung. Wir reden aber von eurem späteren Streit. Diese Männer waren noch einmal beim Wagen, um einen Rat einzuholen. Du wolltest unbedingt fort von ihm und er wollte dich nicht gehen lassen. Richtig?"

„Das stimmt", räumte Gabriel zögernd ein.

„So geht man nicht mit seinem Dienstherren um!"

„Genau genommen war er nicht mein Dienstherr. Ich bin nicht bei ihm in die Lehre gegangen. Ich durfte ihn nur ein Stück begleiten. Ich muss in ein Dorf reisen, das weit entfernt ist und ich wollte nicht allein durch das Land ziehen."

Wenn man es genau nimmt, wollte Mutter nicht, dass ich allein ziehe, dachte Gabriel. Aber das wollte er lieber nicht sagen. Das klang ja, als sei er noch ein Kind.

„Er hat deine Mutter beschimpft, nicht wahr? Hexe hat er sie genannt!", bellte ihn der Mann mit der Lanze an.

„Ja!", presste Gabriel hervor. „Aber das ist eine Lüge. Sie ist keine Hexe."

„Das sind sie nie. Wir kennen das. Im letzten Jahr hatten wir hier eine Hexe. Die hat auch bis zuletzt geleugnet. Aber genutzt hat es ihr nichts."

„Wir haben sie verbrannt!", schrie einer aus der Menge. Die anderen lachten. Gabriel wurde es übel. Das bisschen, das er gegessen hatte, kam ihm wieder hoch. Er kämpfte gegen den Brechreiz an. Diese Männer freuten sich tatsächlich darüber, einen Menschen verbrannt zu haben. Das war so widerlich. Es hätte seine Mutter sein können. Oder Clara.

„Er ist der Sohn einer Hexe!", schrie der Drechsler.

„Das bin ich nicht."

„Du bist ein Dieb und ein Mörder!", schrie der mit der Lanze wieder.

„Auch das bin ich nicht."

„Dann zeig uns deine Taschen. Darin ist doch Geld vom Bader."

„Das ist mein Geld. Das habe ich für meine Arbeit bekommen, die ich beim Bader getan habe. Und ich habe hart dafür gearbeitet."

„Du hast es dir genommen! Er wollte es dir nicht geben. Ich habe es gehört! Und du selbst hast zugegeben, dass du nicht sein Lehrling warst. Also stand dir auch kein Geld zu!", rief der Drechsler. Er war ein kleines, unscheinbares Männchen, das offenbar froh war, einmal etwas Wichtiges erlebt zu haben. Etwas zu sagen zu haben.

„Trotzdem habe ich Arbeiten für ihn ausgeführt", antwortete Gabriel. Er versuchte mühsam, sich zu beherrschen. Am liebsten hätte er laut geschrien und wäre dem Drechsler an die Kehle gesprungen.

„Gut, du hast also gehört, dass wir gestritten haben. Du hast aber nicht gesehen, dass ich ihn umgebracht habe."

Darauf schwieg der Drechsler.

„Ich war es nicht! Jeder kann dort gewesen sein. Es kann irgendein Straßenräuber gewesen sein. Ist denn sein Geld noch da?"

„Nichts ist da. Einen Teil davon hast du. Vielleicht sogar alles.“

„Das ist nicht wahr! Ich habe nur einen kleinen Teil.“

„Ich glaube es nicht!“, rief der Wirt. „Denkt doch mal nach. Der Junge hat recht. Es war ein Straßenräuber.“

„Er war es!“, schrie der kleine Drechsler. „Er hat sich mit dem Bader sogar geprügelt, weil der seine Mutter beschimpft hat. Er war es!“

Der kleine Mann wurde richtig hysterisch.

„Würde er dann hier sitzen und seelenruhig etwas essen? Nein, er hätte das Pferd auch noch gestohlen und schnell das Weite gesucht! Er müsste doch damit rechnen, dass der Bader bald gefunden wird!“, rief der Wirt.

Gabriel verstand nicht, warum die Männer so darauf bestanden, dass er der Mörder sein sollte.

„Nehmt ihn fest!“, schrie der Riese mit der Lanze. Vier Männer gleichzeitig stürzten auf Gabriel. Er wehrte sich nach Kräften, aber er hatte keine Chance.

„Lasst ihn los. Der Junge hat mich behandelt. Er hat meine eiternde Wunde versorgt. Es geht mir wieder gut. Lasst ihn los!“, schrie der Wirt.

„Schön, er hat dir geholfen. Aber deswegen steht er nicht über dem Gesetz.“

Sie schleiften und stießen Gabriel mit sich, aus der Gaststube hinaus und durch die Straßen. Am Ende schleppten sie ihn in dieses trostlose, kalte, dunkle Gefängnis.

Was würde jetzt werden?

Ach Mutter, dachte er. Du dachtest, ich wäre sicherer in Gesellschaft dieses Baders. Aber wie es jetzt aussieht, wäre es wohl besser gewesen, ich wäre alleine gereist. Dann wäre das nicht passiert. Ich sitze wirklich tief in Schwierigkeiten und ich bin ganz allein.

Er hatte Angst. Ihm war zum Heulen zumute. Ihm war hundeelend und er fror. Er fror so sehr. Ob sie ihm wohl wenigstens eine Decke bringen würden? Er versuchte zu rufen, aber er brachte keinen Ton heraus.

Schließlich nahm er einen Krug, in dem Wasser zum Trinken gewesen war und schlug damit an die Gitterstäbe. Irgendjemand musste ihn doch hören.

Aber es kam niemand. Entweder hörte ihn wirklich keiner oder es interessierte sich keiner für ihn. Glaubten sie wirklich, dass er den Bader getötet hatte? Ihm wurde ganz schlecht. Mein Gott, er stand in Verdacht, ein Mörder zu sein. Sie würden ihn köpfen - wenn er Glück hatte. Möglicherweise wurde er vorher noch gefoltert, vielleicht sogar gerädert. Oh mein Gott, er hatte solche Angst. Er kniete nieder auf dem schmutzigen Stroh und betete zu Gott, so wie er es lange Zeit nicht mehr getan hatte.

„Gott, ich weiß, du bist gütiger, als die Menschen denken. Bitte rette mich aus dieser Not. Rette mich aus dem Kerker. Du weißt, dass ich kein Mörder bin. Rette mich."

Er begann zu weinen und er kam sich so schwach vor. Jungen weinten nicht. Aber verdammt, er hatte solche entsetzliche Angst. Was würden sie mit ihm machen? Sein Leben war verwirkt, wenn sie ihm nicht glaubten. „Ich will nicht sterben!", schrie er gegen die Kerkerwand. „Ich will nicht sterben!"

Johannes der Täufer kam ihm in den Sinn, der auch im Kerker gestorben war und all die Heiligen, die ihr Glaube nicht gerettet hatte. Waren sie ohne Angst in den Tod gegangen? Hatten sie genug Vertrauen auf das Leben nach dem Tod gehabt?

Die Übelkeit wurde übermächtig. Er konnte es nicht aushalten. Er schaffte es gerade noch in die Ecke, wo er erbrach.

Er wusste nicht, wie spät es war. Es musste Abend vorüber sein, denn er hatte schon wieder etwas zu essen bekommen und ein Glas Wasser.

Plötzlich hörte er Schritte. Er versuchte angestrengt durch die vergitterte Tür zu erblicken, wer da auf ihn zukam.

Zuerst erkannte er Schatten, die Fackeln trugen. Dann wurden die Schatten zu Gestalten. Er erkannte zwei Wachen, die mit langen Schritten näher kamen. Sie schlossen, ohne ein Wort zu sagen, die Gefängniszelle auf.

Gabriel rührte sich nicht. Was würde nun passieren?

„Mitkommen!", bellte der eine. Aber Gabriel rührte sich noch immer nicht. Er war vollkommen unfähig, sich zu bewegen.

Da wurde er am Arm gefasst und einfach mitgerissen. Der Griff war eine eiserne Umklammerung. Gabriels Arm schmerzte, aber er konnte nichts dagegen tun. Er stolperte zwischen den beiden Männern ins Freie.

Die Dämmerung hatte bereits eingesetzt. Er sah eine Art Richtplatz, aber keinen Galgen. Schaulustige standen herum und in der Mitte saß ein vornehm gekleideter Mann, der wohl im Alter seines Vaters war. Er blickte ernst drein, aber erstaunlicherweise gar nicht mal unfreundlich. Gabriel verstand immer noch nicht, was hier geschah. Wollten sie ihn schnell und ohne großes Aufsehen in der Dunkelheit aburteilen?

Der vornehme Mann winkte ihn zu sich an den Tisch heran.

„Mein Name ist Gisbert von Grieven", verkündete er laut. „Ich sitze hier, um über dich Recht zu sprechen. Hast du den Bader, der dein Dienstherr war, ermordet?"

Gabriel schluckte schwer. „Nein, Herr. Das habe ich nicht", krächzte er.

„Sprich lauter. Wir wollen dich alle hören!"

Gabriel räusperte sich. Ängstlich schaute er sich unter den Schaulustigen um. Er erkannte den Wirt und die Männer, die ihn aus der Gaststube gezerrt hatten. Und er erkannte sogar einige Patienten des Baders wieder. Merkwürdig, dass ihm das jetzt und hier auffiel.

„Sprich!", forderte Gisbert ihn streng auf.

„Nein!", sagte Gabriel und er wunderte sich, wie laut und klar seine Stimme plötzlich klang. „Nein, ich habe ihn nicht ermordet. Und er war auch nicht mein Dienstherr. Er war nur ein Reisegefährte."

„Du hast ebenfalls Dienste als Bader angeboten", meinte Gisbert verwundert.

„Meine Mutter ist eine Heilerin, ich kenne mich deswegen etwas aus und der Bader hat meine Hilfe eingefordert. Aber ich war niemals sein Lehrling."

„Und an diesem Tag wolltest du ihn verlassen?"

„Ja."

„Was ist das Ziel deiner Reise?"

„Ich wollte in einen Ort zurückkehren, in dem wir einst gelebt haben. Meine Eltern gehen nach Griechenland. Aber ich – ich wollte nicht mit dorthin reisen."

„Wovon wolltest du leben?"

„Ich wollte meine Dienste als Bauarbeiter anbieten. Überall, wo es gerade vonnöten war. Mein Vater ist ein Baumeister. Deshalb ist das der Beruf, den ich auch erlernen möchte."

So genau hatte er noch gar nicht darüber nachgedacht, es kam ihm gerade in den Sinn. Aber das war Arbeit, die er kannte. Er könnte wirklich ein Baumeister werden - wie sein Vater. Wenn er die Chance dazu bekam. Wenn er weiterleben durfte.

„Du sagst, du hast den Bader nicht getötet. Aber diese Männer haben einen Streit zwischen euch belauscht. Und sie sind Zeuge eines Diebstahls geworden."

Der Richter winkte die Männer heran und Gabriel erkannte die Drei wieder, die behaupteten, ihn belauscht zu haben.

„Wir hatten wirklich einen Streit!", gab er zu. Was nutzte es, zu leugnen? „Aber ich habe nichts gestohlen. Das Geld war der Lohn für meine Arbeit."

„Aber er wollte es dir nicht geben!", rief einer der Zeugen dazwischen. „Er wollte dich auch nicht gehen lassen!"

„Stimmt das?", fragte der Richter.

Gabriel nickte. „Natürlich nicht. Er hatte in mir eine billige Arbeitskraft, die er nicht verlieren wollte."

„Aber…", begann der Zeuge erneut.

Der Richter winkte ab. „Der Punkt ist unstrittig, er gibt den Streit ja zu. Den Mord habt ihr nicht beobachtet."

Niemand antwortete.

Gabriel fragte sich einmal mehr, was das Ganze zu bedeuten hatte. Inzwischen war es wirklich dunkel.

„Der Wirt der tanzenden Henne bezeugt, dass der Angeklagte bereits seit Stunden in seiner Gaststube war. Er hatte ein Zimmer bezogen und sich gewaschen, bevor er etwas essen wollte."

Gabriel suchte in der Menge das Gesicht des Wirtes. Der stand stocksteif und mit starrem Gesichtsausdruck da. Warum log er für ihn? Er war doch erst kurz zuvor in die Gaststube hineingekommen.

„Ist das richtig?", fragte der Richter den Wirt.

„Ja, Herr. Das ist die Wahrheit."

„Dann kann er den Mord nicht begangen haben!", entschied der Richter. „Als er den Bader verließ, lebte er noch, nicht wahr? Ihr ward Zeugen des Streites, aber nicht des Mordes."

„Na ja, er… Ja…", stotterten die Zeugen durcheinander.

„Es passt alles nicht zusammen."

„Aber er ist sicher zurückgekommen."

„Warum sollte er? Er wollte doch nichts anderes, als fort von dem Bader", erwiderte der Richter.

„Der Bader hat ihn verfolgt, weil er ihm das Geld wieder abnehmen wollte. Das könnte doch sein. Er war ja schon aufgebrochen und nicht mehr an seinem alten Platz."

Der Richter beugte sich gemächlich vor. „Und dann ist der Angeklagte in aller Seelenruhe in der *Tanzenden Henne* eingekehrt, anstatt das Pferd zu nehmen und am besten mit dem toten Bader im Wagen zu fliehen? Er hätte die Möglichkeit gehabt, dass dieser Mord niemals entdeckt worden wäre. Aber er lässt ihn in dem Wagen liegen und kehrt in der Gaststube ein? Denkt ihr, er ist so dumm? Denkt ihr das? Ihr wart doch alle dort und habt ihn erlebt. War er so dumm?"

Gabriel blickte sich um. Jetzt sah er seinen Anklägern direkt in die Augen.

Sie schüttelten den Kopf. „Nein, dumm war er nicht."

In Gabriel erwachte allmählich ein Funken Zuversicht. Dieser Richter war auf seiner Seite. Er war gerecht. Er wollte ihn nicht verurteilen. Aber warum log der Wirt? Sicher, wenn er sofort in der *Tanzenden Henne* eingekehrt wäre, könnte er unmöglich der Täter sein - aber es war nicht so! Er war in der Stadt herumgestreift. In Wahrheit hatte der Wirt nicht die geringste Ahnung, wo er, Gabriel, gewesen war, als der Mord geschah. Ob er vielleicht doch der Mörder war. Warum also log er für ihn? Kannte er den wahren Täter? Und warum nannte er ihn dann nicht?

Gabriel hütete sich, etwas zu sagen. Er würde die Lüge nicht aufdecken. Sie verschaffte ihm ein Alibi.

Der Richter erhob sich. „Du bist frei, junger Bader. Ach nein – du bist ja gar kein Bader oder du willst keiner sein. Nun, wie auch immer. Du bist frei. Geh, wohin du willst."

Damit erhob er sich von seinem Stuhl und ging.

Gabriel brauchte einen Moment, bis er wirklich verstand.

Er war frei! Er würde nicht wieder in den Kerker geschickt. Aber wie sollte er fortgehen? Ohne Geld? Er hatte nichts!

„Herr!", rief er hinter dem Richter her. „Herr!"

Der Mann drehte sich um und blickte Gabriel fragend an.

„Bekomme ich mein Geld zurück?"

Der Richter antwortete nicht.

„Ich kann nicht völlig mittellos in die Welt reisen. Ich bitte euch. Ich flehe euch an!"

Der Richter nickte leicht. „Gebt ihm den Beutel mit Geld!", befahl er den beiden Wachen, die ihn hergebracht hatten. „Viel ist es sowieso nicht. Es wird ihn nicht über eine lange Zeit bringen. Und der Bader vermisst es ja nicht mehr."

Dann entfernte er sich endgültig.

Gabriel stand noch immer reglos da. Einer der Wachmänner kam und warf ihm missmutig den Beutel mit Geld hin. „Glück gehabt", knurrte er.

Gabriel hob den Beutel auf.

Die Menschen verstreuten sich. Sie tuschelten miteinander. Gabriel verstand die Worte nicht. Einige waren wohl enttäuscht, um eine Hinrichtung gebracht worden zu sein - um ein Schauspiel. Es war ihm egal, was sie dachten. Er war frei.

Der Wirt kam auf ihn zu. „Komm mit mir", forderte er ihn auf. „Ich gebe dir etwas zu essen und eine Unterkunft für die Nacht. Morgen solltest du die Stadt verlassen, bevor diejenigen, die eine Verurteilung sehen wollten, sich zusammenraufen. Aber für die meisten wird es der Bader wohl nicht wert sein, noch mehr Aufstand zu machen."

Gabriel antwortete nicht. Er trottete neben dem Wirt her und kehrte zum zweiten Mal in der *Tanzenden Henne* ein.

Die Wirtin wartete schon in der leeren Schankstube. „Gott sei Dank!", rief sie aus, als sie ihren Mann und Gabriel hereinkommen sah. „Gott sei Dank, es ist gut gegangen!"

Der Wirt nickte.

Sonst wäre ich jetzt nicht in seiner Begleitung, dachte Gabriel.

„Setzt dich dort an einen Tisch. Ich komme gleich zu dir!", sagte der Wirt zu Gabriel. Der ließ sich nur zu gerne auf einen Stuhl fallen und wartete. Seine Ungeduld stieg ins Unermessliche. Er hatte so viele Fragen. **Endlich kam der Mann wieder mit einem Krug Bier in der einen Hand und einem Brett mit Brot und Fleisch in der anderen.** Beides stellte er vor Gabriel ab.

„Lass es dir schmecken!", sagte er und setzte sich zu ihm an den Tisch.

Gabriel schnitt ein ordentliches Stück von dem kalten Fleisch ab und stopfte es sich in den Mund. Er hatte großen Hunger.

„Warum hast du das für mich getan?", fragte er mit vollem Mund.

„Was?"

„Gelogen. Ich war noch nicht so früh bei dir."

Der Wirt zuckte die Schultern. „Du hast beteuerst, dass du es nicht warst. Und ich glaube dir."

„Ich war es auch nicht. Das ist sicher. Aber…"

„Sei froh, dass du davon gekommen bist. Um den Bader ist es nicht schade."

„Er war ein Mensch!", warf Gabriel ein. Aber er dachte: Ja, er hat recht. Der Bader war Abschaum. Er verkaufte medizinische Behandlungen und führte sie nur allzu schlecht aus. Er war unfreundlich, sogar grob und grausam. Er war ein widerlicher Mensch. Dennoch – dass ein Mörder jetzt ungeschoren davon kam, war auch nicht recht. Dazu hatte kein Mensch das Recht.

„Vor einigen Jahren war er schon einmal hier. Er behandelte Gisberts Tochter – du weißt, er war der Richter.", berichtete der Wirt.

„Ja, ich weiß!", erwiderte Gabriel gereizt. Wurde das jetzt eine Geschichtenstunde?

„Sie hatte eine entzündete Wunde am Arm. Nichts weiter. Doch nach der Behandlung wurde die Wunde noch viel schlimmer. Ein roter Streifen entstand auf dem Arm und er wurde immer größer."

„Eine Blutvergiftung", meinte Gabriel erschüttert.

Der Wirt nickte. „Sie starb. Ich glaube, er hat sie falsch behandelt. Jeder glaubte das, auch Gisbert. Unsere Heilerin meinte, seine schmutzigen Messer seien Schuld daran gewesen."

„Ja, darüber hatte ich auch Streit mit ihm. Meine Mutter hat auch immer großen Wert darauf gelegt, dass alles sehr sauber war. Aber er wollte das nicht einsehen."

„Siehst du – deshalb sage ich, es ist nicht schade um ihn. Als wir merkten, dass es derselbe Bader war wie vor Jahren, haben wir uns gar nicht mehr so wohl gefühlt. Er hat sich nicht um die Menschen geschert. Gisbert ist ein guter und gerechter Mann, so etwas ist selten bei den Adligen. Die meisten nutzen ihre Macht schamlos aus. Und seine Tochter war noch sehr jung – etwa in deinem Alter - und sie hat trotzdem schon Essen an arme Kinder verteilt."

„Das tut mir alles sehr leid. Aber … aber … dennoch, wie konntest du wissen, dass ich nicht der Mörder war? Ich meine, hast du es wirklich gewusst?"

Der Wirt senkte den Kopf.

Gabriel wollte gar nicht weiterdenken. Es war einfach alles zu schrecklich und zu mysteriös. „Du hast gesehen, wer es war?"

„Nein, das habe ich nicht. Gisbert hat uns besucht. Wir haben die Aussage abgesprochen, so konnte er dich freisprechen. Er war nicht an deiner Hinrichtung interessiert. Er meinte, es passt alles nicht recht zusammen. Und diese drei Zeugen eures Streits haben ja auch bemerkt, dass der Bader noch lebte, als du ihn verlassen hast. Er ist ja sogar ein Stück weit gefahren."

Gabriel hörte erstaunt dem Bericht des Wirtes zu. Was um Himmels Willen war hier wirklich geschehen?

„Natürlich gehört ein Mörder vor Gericht und auch an den Galgen, aber nicht der Falsche. Doch dass der Drechsler euren Streit beobachtet hatte, erleichterte dem Richter eine Begnadigung nicht. Ach, der Drechsler kam sich plötzlich so wichtig vor. Wahrscheinlich hatte noch niemals zuvor jemand seiner Meinung soviel Aufmerksamkeit beigemessen. Tja, ignorieren konnte man die Anschuldigung also nicht. So meinte der Richter, wenn ich dir zusätzlich ein Alibi gebe, wird es kein Gerede geben. Das akzeptieren die Menschen. Niemand kann an zwei Orten gleichzeitig sein."

Eine richtige Antwort auf Gabriels Frage war das alles nicht. Offenbar wollte der Wirt nicht deutlicher werden. Wohinein war er nur geraten?

„Verlass diese Stadt, bevor jemand merkt, dass nicht alles mit rechten Dingen zugegangen ist. Der Bader wird hier kaum jemanden finden, der seinen Tod bedauert. Aber manche wollten eine gute Hinrichtung erleben."

Gabriel sah dem Wirt nach, als er sich in die Küche entfernte. Sein größter Hunger war gestillt. Nun nagte er gedankenverloren an dem Brot herum und trank hin und wieder einen Schluck Bier. Ja, er musste fort hier. Ihm kam ein furchtbarer Verdacht. Was, wenn der Richter selbst der Täter war? Wenn er seine tote Tochter gerächt hatte. Und um keinen Unschuldigen verurteilen zu müssen, hatte er den Wirt gebeten, ihm, Gabriel, ein Alibi zu geben.

Bei dem Gedanken wurde Gabriel gleichzeitig heiß und kalt. Was für eine schreckliche Vorstellung. Er würde niemals erfahren, ob er mit dem Verdacht recht hatte, aber es graute ihm allein vor diesem Gedanken.

Er musste die Nacht noch hier verbringen. Er konnte nicht in der Dunkelheit alleine weiterreisen. Aber im Morgengrauen würde er fort sein.

Als Gabriel in seinem kleinen Zimmer in der Gastwirtschaft am Fenster stand, blickte er in den sternenübersäten Himmel. Er war nicht müde, er fühlte zu viel Unruhe in sich. Er fühlte sich, als wäre er auf der Flucht, dabei war er doch frei gesprochen worden. Aber es war schon seltsam gewesen. Freigesprochen in einer überstürzten, abendlichen Gerichtsverhandlung.

Aber was hatte der Wirt gesagt? Einige fühlten sich um eine Hinrichtung betrogen. Wie unterhaltsam!

Gabriel verzog angewidert den Mund.

Der Mond strahlte rund und hell vom Himmel.

Er dachte an eine andere Vollmondnacht, die ebenfalls nicht so idyllisch gewesen war, wie sie aussah.

In jener Nacht waren sie aus Kiel geflohen, weil eine wütende Meute Hexenjäger seine Mutter gejagt hatte.

Er seufzte und legte sich schließlich doch aufs Bett. Er musste ausgeruht sein, wenn er morgen seine Reise fortsetzen wollte. Allein.

So hatte er sich das nicht vorgestellt. Nun brach er überstürzt und allein auf, ohne genügend Geld.

Er dachte flüchtig daran, was wohl aus dem Pferd und Wagen des Baders wurde. Aber darauf hatte er sicher kein Anrecht. Er hatte ja auch oft genug betont, dass er offiziell nicht der Gehilfe war.

Er seufzte. Er hätte den Besitz gut gebrauchen können, aber er würde nicht wagen, Ansprüche anzumelden. Es war wohl wirklich das Beste, wenn er schnell und ohne weitere Aufmerksamkeit zu erregen, den Ort verließ.

Er strich sich mit der Hand über das Gesicht. Vielleicht war es doch ein Fehler gewesen, seine Familie zu verlassen.

Und wofür? Wahrscheinlich hatte seine Mutter sowieso recht und Clara war längst verheiratet und dachte überhaupt nicht mehr an ihn.

Über all den Grübeleien schlief er doch irgendwann ein.

Paderborn
Mai 1324

Kapitel 15

Neuigkeiten aus der Heimat

Als Adrian sich nach einem langen Arbeitstag bei dem Kunstschmied Bertrams Haus näherte, kam dieser ihm schon aufgeregt entgegengelaufen. „Adrian, du hast Besuch!", rief er.

„Ich? Besuch?"

„Ja. Dein Vater ist da."

„Mein Vater?"

„Ja. Meine Güte, musst du alles wiederholen, was ich sage?"

„Tut mir leid, ich kann es nur einfach nicht glauben. Was will er hier?"

„Das ist ja nun keine Frage. Er will seinen Sohn besuchen, der still und heimlich verschwunden ist. Ich finde das nicht verwunderlich."

„Mmm!"

Adrian wusste nicht, was er davon halten sollte. Wollte Vater ihn zurückholen? Er wollte nicht zurück, nicht jetzt. Er wollte die Lehre beenden und erst dann zurückgehen.

Er seufzte.

Bertram schlug ihm aufmunternd auf die Schulter. „Wird schon."

Adrian nickte und ging dann mit großen Schritten auf das Haus zu. Er fühlte sich hier schon richtig zu Hause.

Er hörte die trippelnden Schritte von Bertrams Tochter Susanne, bevor er sie aus der Haustür stürmen sah. „Adrian!", schrie die Vierjährige. Er fing sie in seinen Armen auf und wirbelte sie im Kreis herum. Das kleine Mädchen mit den langen blonden Zöpfen quiekte vor Vergnügen.

„Dein Papa ist da", berichtete sie.

Adrian stellte sie wieder auf ihre Füße und stupste sie mit dem Finger auf die Nase. „Ich weiß schon."

Er lächelte ihr zu, obwohl er so nervös war.

Im Haus saß Bertrams Frau Roswitha mit der kleinen Theresa im Arm auf einem Stuhl.

Das Mädchen war jetzt eine Woche alt. Sie war schnell und unkompliziert mitten in der Nacht auf die Welt gekommen. Eine zweite Tochter, kein Stammhalter. Aber Bertram freute sich darüber. Er liebte seine drei Frauen, wie er sie nannte, über alles. Roswitha gegenüber saß Vinzenz. Er blickte seinem Sohn gespannt entgegen. Adrian bemerkte, dass er ebenso nervös war, wie er selbst. Einen Moment lang starrten sich die Beiden schweigend an. Dann stand Vinzenz auf, ging auf Adrian zu und umarmte ihn herzlich.

Adrian fiel ein Stein vom Herzen. Von dem Moment an wusste er, dass sein Vater nicht gekommen war, um ihn zurückzuholen.

„Können wir irgendwo in Ruhe reden?", fragte Vinzenz.

Adrian nickte. „Können wir rüber gehen, in Karls Haus?", fragte er.

Bertram nickte. „Natürlich. Nimm dir den Schlüssel."

Adrian und Vinzenz gingen also in Karls kleines Haus, das Adrian für kurze Zeit bewohnt hatte, und setzten sich an den Tisch in der Mitte des Hauses. Es war nicht sehr warm, der Ofen war lange nicht entzündet worden. Zwar war es jetzt schon Mai, aber die Sonne war noch nicht so stark, dass sie die Häuser erwärmte.

„Vor ein paar Wochen waren Händler in Dringenberg, die uns erzählt haben, wo du bist. Bis dahin hatten wir nichts als eure Nachricht, dass ihr das Dorf verlassen müsst. Adrian, kannst du dir vorstellen, was für Sorgen wir uns gemacht haben? Deine Mutter ist fast umgekommen vor Angst", begann Vinzenz das Gespräch.

„Und dann konnte ich natürlich nicht sofort weg, um nach euch zu sehen. Ich war ja ganz allein in der Schmiede."

Das klang jetzt schon wie ein Vorwurf, fand Adrian. Nein, richtig konnte er sich nicht vorstellen, was in seinen Eltern vorgegangen war. Und die Händler hatten sich offenbar viel Zeit gelassen, bis sie Dringenberg erreichten.

Aber hatte denn Richards Vater nichts erzählt? Clara war sich doch sicher gewesen, dass Hermann sie zwischen den Bäumen gesehen hatte. Aber nein, das konnte der Maurermeister gar nicht riskieren. Wenn der Medicus erfahren hätte, dass er sie gesehen und nichts gesagt hatte, wäre es ihm sicher nicht gut ergangen.

„Es ging nicht anders", erwiderte Adrian. „Aber ich dachte, dass die Nachricht euch etwas schneller erreichen würde. Die Händler sind schon Anfang März aufgebrochen. Sie haben über zwei Monate gebraucht bis nach Dringenberg."

„Sie sind sicher nicht auf dem direkten Weg gereist. Wie konntet ihr nur heimlich und ohne ein Wort verschwinden?"

Adrian blickte seinen Vater nachdenklich an. Er sah so traurig aus. Das hätte er gar nicht erwartet. „Es tut mir leid. Aber Clara – sie war sich so sicher, dass sie in Gefahr war. Sie sagte immer wieder, dass sie als Hexe brennen müsse, wenn sie bliebe. Und dann habe ich von Fritz gehört, dass tatsächlich geplant war, Clara einer Wasserprobe zu unterziehen. Ach Vater, was hättet ihr denn gemacht? Ich wusste es einfach nicht und ich wollte sie retten. Sie ist meine Schwester. Ich habe hin und her überlegt, was ich tun kann."

„Wir wollten sie verheiraten, damit sie in Sicherheit war."

„Ja, mit Friedhelm. Dort wäre sie nicht sicher gewesen."

„Nein. Jetzt wissen wir das auch. Er ist überhaupt nicht mehr er selbst. Der Medicus beeinflusst ihn. Und der hält Clara wirklich für eine Hexe. Und wir sind noch mit eurer Nachricht zu ihm gegangen. Ach, es war ein Fehler. Er wurde so ausfallend, er hat sie so beschimpft. Als Teufelsbrut, als Hexe, als Zauberin. Es tat so weh, ihn so über Clara reden zu hören. Sie ist doch unser Kind. Wir wussten sofort, dass es besser gewesen wäre, wenn wir zum Priester gegangen wären."

Adrian seufzte. „Das wäre es wirklich. Sie haben uns verfolgt, weißt du?"

„Nein!"

„Oh ja. Aber sie haben uns zum Glück nicht gefunden. Claras Hellsicht hat uns mal wieder gerettet, wir konnten uns rechtzeitig verstecken."

Sie saßen noch eine Weile beisammen und redeten. Adrian erzählte begeistert von seiner Arbeit bei dem Kunstschmied.

„Ich nehme dich morgen mit, dann kannst du selbst sehen, was ich dort lerne. Du wirst bestimmt genauso begeistert sein wie ich. Es sind so feine Arbeiten, so kunstvoll."

Vinzenz lachte zum ersten Mal. „Ich sehe es mir gerne an. Ich muss sagen, ich hätte dich gerne zurück in unserer Schmiede, aber du kannst zurzeit ebenso wenig zurück wie Clara. Sie ist die Hexe und du bist derjenige, der ihr geholfen hat. Lasst erst Gras über die Sache wachsen. Die Wogen werden sich glätten."

„Ich möchte meine Lehre sowieso erst beenden."

Vinzenz nickte. Ja, das hatte er längst verstanden.

„Ich habe jemanden eingestellt. Einen jungen Burschen, einen Schmiedelehrling von der Burg. Er wurde dort nicht mehr gebraucht. Die meisten Arbeiten sind ja fertig. Seit drei Wochen arbeitet er jetzt bei mir und er macht sich gut. Deshalb konnte ich auch ein paar Tage verreisen und dich besuchen."

Vater ließ einen Lehrling in der Schmiede allein? Es musste ihm viel bedeuten, seinen Sohn zu sehen.

„Es ist schön, dass du da bist!", sagte Adrian aus vollstem Herzen und lachte.

Plötzlich klopfte es an der Tür. Nanu, dachte Adrian. Will Bertram etwas von mir? Aber der würde sicher einfach herein kommen.

Er ging zur Tür und öffnete sie.

Sein Lachen erstarb auf seinem Gesicht.

Draußen stand breitbeinig und lässig an den Türrahmen gelehnt Friedhelm.

Adrian starrte den Schuhmacher mit weit aufgerissenen Augen an, als käme er aus einer anderen Welt. Friedhelm grinste den Anderen dämlich an. Er freute sich über dessen Entsetzen.

Vinzenz fand als erster die Worte wieder: „Was machst du hier?"

„Hier? In Paderborn? Besorgungen. Wie du wahrscheinlich auch", erwiderte Friedhelm höhnisch.

„Du weißt genau, was ich meine. Wieso bist du hier? Hier in diesem Haus?"

„Ich wollte doch schon immer meine Braut zurückholen. Ich hörte, du seiest verreist und habe bei dir zu Hause nachgefragt, wohin. Deine Mutter hat es mir schließlich erzählt. Der Medicus meinte, ich solle mal nach dir sehen. Vielleicht würdest du ja deine Kinder besuchen. Scheinbar hatte er recht. Er ist ein sehr kluger Mann."

Mathilde, dachte Adrian ärgerlich. Sie lernt wohl nie dazu.

„Clara ist nicht hier!", erwiderte er scheinbar ruhig.

„Wie dumm. Wo finde ich sie? Der Medicus sagt, ich darf sie behalten, wenn ich sie wieder finde."

„Meine Schwester ist keine Ware, die man sich aneignet", presste Adrian angewidert hervor.

„Sie gehört mir", wiederholte Friedhelm. „Sie kann mein Haus putzen und meine Kinder erziehen. Sie ist so hübsch, es ist schön, so eine hübsche Frau zu haben. Ihre Klugheit werde ich ihr schon austreiben. Das steht Frauen nicht zu, sagt der Medicus. Frauen sind nicht klug. Und wenn doch, ist sie ihnen vom Teufel gegeben worden. Er würde sie ja gerne der Hexerei anklagen, aber wenn ich dafür sorge, dass sie ihm nicht mehr in die Quere kommt, gehört sie mir. Hat er versprochen."

Der Medicus sieht eine Gefahr in Clara, dachte Adrian. Er fürchtet, sie weiß mehr über Heilkunde als er selbst.

Vinzenz stand daneben und glaubte, seinen Ohren nicht trauen zu können.

„Was ist nur aus dir geworden, Friedhelm? Ich wollte für meine Tochter einen gutmütigen, freundlichen Mann und ich muss erkennen, dass ich sie beinahe einem – einem Teufel zur Frau gegeben hätte."

Friedhelm lachte dämlich.

„Du kommst dir mächtig wichtig vor, oder? Der Gehilfe des gebildeten Medicus, des Hexenjägers. Glaubst du wirklich, er wird sein Versprechen halten?", fragte Adrian.

Diese Worte machten den Schuhmacher etwas nachdenklich.

Adrian kam das Gespräch im Wald in den Sinn, das Clara und er selbst mitbekommen hatten. Einer seiner Begleiter hatte Friedhelm damals schon darauf aufmerksam gemacht, dass der Medicus sein Wort brechen könnte.

„Clara wird dich auf keinen Fall heiraten. Zum Glück ist sie nicht in Paderborn, aber selbst wenn sie es wäre, würde ich persönlich dafür sorgen, dass du sie nicht bekommst", sagte Vinzenz ernst.

„Du brichst dein Wort?"

„Mein Wort habe ich einem freundlichen Mann gegeben, der Clara als Heilerin weiter arbeiten lassen wollte, keinem Tyrannen."

„Ich habe alles Recht..."

Urplötzlich stürzte sich Adrian mit einem Wutschrei auf Friedhelm. Adrian war jünger, größer und kräftiger, er hatte es nicht schwer. Er stieß den Älteren rücksichtslos gegen die Zimmerwand und drückte seinen linken Unterarm gegen dessen Kehle. Mit seinem ganzen Körper stemmte er sich gegen Friedhelm und hielt ihn so fest.

„Adrian!", rief Vinzenz entsetzt. Aber Adrian reagierte überhaupt nicht.

„Ich – kr – krieg – kkkeine LLLuft", röchelte Friedhelm.

„Meine Schwester steht unter dem Schutz des Bischof Bernhard. Und die Kirche ist mächtig. Sie hat nicht einmal davor zurückgeschreckt, unseren König Ludwig mit einem Bannfluch zu belegen. Was glaubst du, was einem aufgeblasenen Medicus und seinem unbedeutenden Gehilfen passieren würde, wenn sie sich an einem persönlichen Schützling des Bischofs vergreifen?", presste Adrian drohend hervor.

Friedhelm versuchte verzweifelt, den Arm von seiner Kehle zu ziehen.

Aber Adrian lachte nur über seine vergeblichen Versuche.

„Lass meine Familie in Ruhe, sonst wirst du uns kennen lernen", drohte er. „Wir sind Schmiede, wir sind stark, wie du wohl merkst."

Friedhelm nickte, so gut er konnte.

„Und jetzt verschwinde und komm uns nicht wieder unter die Augen. Auch in Dringenberg nicht!", verlangte Adrian.

Friedhelm nickte wieder.

Adrian nahm seinen Arm von der Kehle des anderen und ließ ihn endlich frei. Friedhelm stürzte ohne ein weiteres Wort aus dem kleinen Häuschen heraus.

Adrian lachte schallend.

Vinzenz stimmte nicht in das Gelächter seines Sohnes ein. Aber er meinte: „Das mit dem Bannfluch hat ihn schwer getroffen. Zwar ist nicht davon auszugehen, dass der Medicus wegen Clara exkommuniziert wird, aber soweit denkt der nicht. Er fürchtet sich. Aber dieser arrogante Medicus wird ihn wieder einwickeln. Der Mann ist gefährlich. Gefährlicher, als es sein Onkel war."

Adrian nickte. „Ich verstehe gar nicht, warum er so fanatisch ist. Er wollte Clara schon verbrennen, bevor er sie zum ersten Mal gesehen hatte."

„Aufgrund von Erzählungen seines Onkels. Obwohl ich sie vermisse, bin ich froh, dass Clara weit fort ist. Ich hoffe nur, dass es ihr gut geht", meinte Vinzenz.

„Bestimmt tut es das."

„Und ich hoffe, du bist hier in Sicherheit. Denn jetzt wissen sie ja, wo du bist."

„Ich glaube nicht, dass ich so wichtig bin, dass sie mich holen kommen", erwiderte Adrian.

Vinzenz seufzte und legte seinem Sohn die Hand auf die Schulter.

„Morgen komme ich mit zu dem Kunstschmied. Wir haben ein paar Tage Zeit miteinander, bevor ich zurück muss."

Da kam Susanne in das Häuschen gestürmt.

„Ihr sollt Essen kommen!", rief sie.

„Wir kommen sofort. Ich habe auch wirklich einen Bärenhunger!", antwortete Adrian und hob das kleine Mädchen auf seine Schultern.

Unterwegs
Juni 1324

Kapitel 16
Claras Geburtstag

Clara lag neben Elisabeth im Wagen und blinzelte. Es war noch ganz dunkel. Trotzdem stand sie auf, warf sich ihren Umhang über und trat nach draußen. Sie hockte sich auf den nackten Boden und lehnte sich mit dem Rücken an das Rad des Wagens.

Sie mochte diese frühen Morgenstunden. Sie liebte die Kühle auf ihrer Haut. Bald würde die Sonne aufgehen. Clara sah so gerne dabei zu, wenn die Helligkeit ganz allmählich die Dunkelheit vertrieb. Sie stellte sich vor, wie das auch in ihrem Leben geschah. Dass sie glücklich war und ihre Zukunft selbst bestimmen durfte.

Noch war sie nicht ganz am Ziel.

Der Händlerzug zog nun schon einige Monate durch das Land.

Clara fühlte sich wohl bei diesen Leuten. Es war, als ob sie ihre neue Familie wären. Trotzdem dachte sie oft an ihre Eltern und Geschwister. Ganz besonders an Adrian. Ob er sich wohl fühlte in Paderborn? Ob er eine gute Lehrstelle hatte? War es für ihn die richtige Entscheidung gewesen – so wie für sie selbst? Ganz besonders heute dachte sie an ihre Familie, denn heute war ein besonderer Tag.

Clara feierte ihren 15. Geburtstag.

Und sie dachte oft an Gabriel. Was er wohl machte? War er mit seiner Familie in Griechenland? Seit sie den Panikanfall erlebt hatte, weil sie ganz genau wusste, dass Gabriel sich in großer Gefahr befand, hatte sie sich längst wieder beruhigt. Sie war fest davon überzeugt, dass die Gefahr vorüber war und dass es Gabriel gut ging. Aber ob sie ihn jemals wieder sehen würde? Sie hatte keine Ahnung. Sie fühlte es nicht.

Sie sprach oft mit ihrem Großvater. Sie war fast sicher, dass Odilia Unrecht hatte mit ihren Worten. *Seelen, die diese Welt nicht verlassen können, sind Gefangene.*

„Das stimmt nicht, Odilia", redete Clara vor sich hin. „Die Seelen können in beiden Welten leben. Sie können uns hören und ich kann sie hören. Denn ich bin geistersichtig."

Ja, davon war sie längst überzeugt. Damit hatte sie längst Frieden geschlossen.

Sie hörte in einiger Entfernung den Ruf einer Eule und zog sich tiefer in ihren Umhang zusammen. Schon in den letzten Nächten hatten sie eine Eule gehört. Es war ihr unheimlich, Eulen waren Hexenvögel, die ihnen Botschaften überbrachten. Und jetzt war es schon früher Morgen. Eine Eule, die am Tag zu hören oder zu sehen war, brachte Feuersbrunst oder Krankheit mit sich.

Elisabeth kam heraus und setzte sich zu ihr an den Wagen.

„Alles Liebe zu deinem Geburtstag", sagte sie herzlich.

„Danke!" Carla lächelte ihr zu. Elisabeth war eine gute Freundin geworden, fast sogar eine Schwester. Sie vergaß die Eule. Wahrscheinlich war es sowieso Unsinn. Dummer Aberglaube, der zu nichts führte. Eine Eule war nun mal in der Nacht wach. Es war völlig natürlich, sie zu hören.

„Was machst du schon so früh hier draußen?", fragte Elisabeth.

„Ich mag es, hier zu sitzen und zuzusehen, wie der Tag allmählich beginnt", erwiderte Clara verträumt.

„Ja, es ist schön", stimmte Elisabeth zu.

Clara merkte, dass Elisabeth fror und sie legte ihren Umhang auch um ihre Schultern. So hockten die beiden eine Weile schweigend zusammen. Es war beinahe ganz hell und sie wussten, gleich würde auch Mechthild auftauchen, um das Frühstück zuzubereiten.

„Schau, man kann die Sonne sehen und den Mond. Beide sind gleichzeitig am Himmel!", rief Elisabeth und zeigte nach oben.

Clara antwortete nicht. Sie schaute nur verträumt in den Himmel, gebannt von diesem Naturwunder, das sich jeden Tag wiederholte.

„Was hältst du eigentlich von Luzius?", fragte Elisabeth plötzlich in die Stille hinein. „Ich finde ihn irgendwie komisch. Er wirkt nicht wie ein armer Waisenjunge, der sich mit Diebstählen Lebensmittel besorgen muss, damit er nicht verhungert." Clara hätte sich fast an ihrer eigenen Spucke verschluckt. Nein, so wirkte Luzius tatsächlich nicht. Er war kräftiger als er aussah und er war klug. Und er war auch kein Kind mehr.

„Das sehe ich genauso. Er hätte sicherlich eine Arbeit gefunden, wenn er gewollt hätte", erwiderte sie.

„Traust du ihm?"

Clara überlegte. Traute sie ihm? „Ich glaube nicht, dass er uns etwas antut", antwortete sie schließlich. „Aber trauen? Wirklich vertrauen? Nein, nicht ganz und gar. Irgendetwas stimmt nicht mit ihm. Er sagt uns nicht alles."

„Aber du wolltest, dass er uns begleitet", warf Elisabeth ein.

„Ich wollte ihm seine Hand retten. Der Pöbel wollte sie ihm abschlagen oder ihn wenigstens an den Pranger stellen. Das hat er nicht verdient."

Und er ist wichtig für uns. Er wird wichtig für uns sein. In naher Zukunft, dachte Clara. Aber das sagte sie nicht. Obwohl die Händler wussten, dass sie hellsichtig war, redete sie nicht über einzelne Visionen. Und diese konnte sie nicht einmal genau benennen. Da war kein Bild gewesen, kein Traum. Nur dieses Gefühl. Aber sie hatte gelernt, ihren Gefühlen zu vertrauen.

Aus dem Wagen hörten sie Geräusche. Mechthild kam als erste heraus. „Mädchen!", rief sie aus. „Was macht ihr denn schon hier."

Die beiden lachten ihr entgegen.

„Wir sehen dem Tag zu, wie er beginnt", erwiderte Elisabeth so ähnlich wie gerade eben Clara.

„Und es wird ein schöner Tag", meinte Mechthild. „Besonders für Clara. Du feierst ja heute den Jahrestag deiner Geburt. Komm her!"

Clara stand auf und ging Mechthild entgegen. Die Händlerin nahm sie in den Arm und drückte sie an sich. „Schön, dass du geboren bist", sagte sie dabei. „Schön, dass du bei uns bist. Du bist fast wie eine Tochter für mich geworden. Und für Elisabeth wie eine Schwester, nicht wahr?"

„Ja!", rief das Mädchen und stand nun ebenfalls auf. „Ich hab dich lieb!", sagte sie und umarmte Clara ebenfalls.

„Und ich habe euch lieb! Danke, dass ihr mich mitgenommen habt."

„Gibt es bald Frühstück", rief eine Stimme aus dem dritten Wagen.

Die Jungen Walter, Ulrich und Norbert sprangen übermütig heraus und verlangten ihr Essen. Mechthild lachte. Die Jungen hatten immer Hunger und sie schienen niemals satt zu werden. Und nun war auch noch Luzius da. Es gab Tage, da wusste sie nicht, wo sie all das Essen hernehmen sollte. Aber heute war das kein Problem. Sie hatten gut verkauft, seit sie Paderborn verlassen hatten und Luzius erwies sich als Naturtalent eines Verkäufers. Sie konnten sich gute Mahlzeiten leisten. Heute würde es ein Festessen geben. An allen Mahlzeiten des Tages.

Luzius ging mit dem neunjährigen Norbert – Karls Sohn – zum Fluss. „Wir werden uns eine schöne fette Forelle angeln!", prophezeite er. „Das wird ein richtiges Festessen. Ihr werdet sehen."

„Fisch zum Frühstück?", rief Clara aus. Das hatte sie noch niemals gehabt.

Luzius warf ihr über der Schulter hinweg einen liebevollen Blick zu. Oft sah er sie so an, wenn er dachte, sie bemerke es nicht.

Aber sie bemerkte es sehr wohl. Clara befürchtete inzwischen, dass er mehr in ihr sah als nur eine Weggefährtin.

Mechthild packte bereits das frische Brot aus dem Leinen und legte es auf ein Tuch auf die Erde.

Inzwischen waren alle Mitglieder des Händlerzuges munter geworden. Alle gratulierten Clara zum Geburtstag.

Luzius und Norbert kamen zurück mit zwei mächtigen Karpfen.

„Den habe ich gefangen!", verkündete Norbert schon von weitem stolz.

„Das wird ja ein fantastisches Frühstück!", rief Clara und lachte.

„Das will ich meinen!", erwiderte Luzius fröhlich.

„Ich habe Feuer gemacht!", erklärte Karl. „Komm Luzius, lass uns die Fische braten."

„Elisabeth, kommst du mit mir?", rief Mechthild gleichzeitig ihrer Tochter zu.

Clara sah den beiden irritiert nach. Aber Leonard umfasste ihre Schulter und zog sie mit sich zum Frühstücksplatz. Daneben prasselte ein Feuerchen, über dem die Fische an einem Spieß brieten.

Da saß sie inmitten der Männer und der Jungen und wartete darauf, dass auch Mechthild und Elisabeth sich zu ihnen gesellten.

Da kamen sie schon. Ihre Gesichter strahlten.

„Wir haben ein Geschenk für dich!", rief Elisabeth Clara entgegen.

Clara sprang auf. „Ein Geschenk? Aber…"

„Red nicht!", unterbrach Mechthild. „Natürlich ist das nicht nötig, wir wollten es aber gerne. Wir sind sehr gespannt, was du dazu sagst…"

Clara nahm das viereckige Päckchen in Empfang und entfernte gespannt den Stoff, in das es eingewickelt war. Zum Vorschein kam ein richtiges Buch, das an der Seite, wo man es aufschlagen konnte, sogar einen Verschluss hatte. Clara blickte auf und sah in die freudestrahlenden Gesichter ihrer Freunde. Sie öffnete das Buch. Die Seiten waren leer. Leere, cremefarbene Seiten – ein ganzes Buch voll.

„Du kannst deine Erlebnisse hineinschreiben!", plauderte Mechthild los. „Wir haben es schon in Paderborn besorgt. Es gibt dort einen Buchbinder, weißt du? Wir haben es gegen einen kupfernen Kessel und etwas Essen eingetauscht."

Clara blätterte noch immer durch das Buch, als gäbe es auf den Seiten allerhand zu entdecken. Sie war sprachlos.

„Clara!" Elisabeth berührte sie an der Schulter. „Clara! Gefällt es dir nicht?"

Clara blickte auf. Die Gesichter der Händler hatten sich verändert. Sie waren nicht mehr so freudestrahlend, eher angespannt. Fast ein bisschen enttäuscht.

„Aber nein!", rief Clara endlich aus und sprang auf. „Ich bin einfach völlig sprachlos. Mit so etwas habe ich doch niemals gerechnet. Ich wusste nicht einmal, dass es so etwas gibt."

„Nicht wahr? Jetzt kannst du dein eigenes Buch schreiben!", meinte Elisabeth. „Und sieh – das haben wir auch noch für dich."

Sie beförderte aus der Tasche ihres Kleides ein kleines Fässchen hervor.

„Aber – das ist ja – Tinte!"

„Ja. Ich habe bemerkt, dass deine Tinte fast zu Ende ist, nicht wahr?"

Clara nickte eifrig. Wie gut ihr das tat. Diese Menschen machten sich solche Gedanken darum, was ihr fehlte, was sie liebte, und schenkten es ihr. Sie sagten nicht, dass alles dummes Zeug sei.

Clara war so glücklich in diesem Moment, an diesem Tag.

Sie umarmte alle nacheinander, besonders innig umarmte sie Elisabeth.

Bei Luzius zögerte sie. Schließlich gab sie ihm die Hand, aber der junge Mann ergriff sie nicht.

„Ich bin an diesem Geschenk nicht beteiligt. Aber ich habe auch etwas für dich", sagte er feierlich.

Clara sah ihn erstaunt an. Er griff in seine Hosentasche und holte etwas Metallenes hervor. Zuerst erkannte Clara nicht, was es war. Doch dann blieb ihr vor Staunen der Mund offen stehen.

„Es ist nichts Besonders", meinte Luzius. „Ein Kamm, den man sich in die Haare steckt. Als Schmuck. Vornehme Damen tragen es."

„Ich bin keine vornehme Dame", erwiderte Clara leise.

Sie betrachtete das schöne Geschenk. Das Kämmchen endete in einem verschnörkelten Ornament, in dessen Mitte sich ein grüner, glitzernder Stein befand.

Luzius zuckte leichthin die Schultern. „Nimm es an, Clara. Du wirst wunderschön damit aussehen."

Da war er wieder – dieser besondere Blick. Clara wollte nicht, dass er sie so ansah. So wie Gabriel sie angesehen hätte. Und doch begann es, ihr zu schmeicheln. Sie gefiel ihm, daran zweifelte sie inzwischen nicht mehr. Und das war ein schönes Gefühl. Aber sie konnte dieses Gefühl nicht erwidern.

„Hast du… hast du…"

„Ich habe es nicht gestohlen!", sagte Luzius fest. „Keine Angst."

„Du hast es aber auch nicht gekauft!", erwiderte Clara. „Woher solltest du das Geld haben, wenn du sogar Essen stehlen musst."

„Frag nicht! Ich wollte dir eine Freude machen und du verdächtigst mich. Es hat alles seine Richtigkeit. Wenn du es nicht willst, gib es mir zurück!"

Clara antwortete nicht. Warum reagierte er so heftig? Sie stand da mit dem Schmuck in der Hand und konnte nichts sagen. Zum hundertsten Mal fragte sie sich: Wer ist er? Was stimmt nicht mit ihm? Was verheimlicht er uns?

Endlich griff Mechthild ein. „Komm, ich stecke ihn dir in die Haare. Es wird wunderbar aussehen."

Clara ließ es zu, dass Mechthild das Kämmchen nahm und in dem Ansatz ihres langen geflochtenen Zopfes feststeckte. „So und nun wollen wir endlich frühstücken! Ich habe großen Hunger!", forderte sie alle auf.

Clara ging einen Schritt auf Luzius zu. „Ich danke dir für das Geschenk. Bitte erzähle mir irgendwann, woher du es hast."

Luzius wollte etwas sagen, aber Clara legte ihm die Finger auf den Mund. „Nein, ich glaube nicht, dass du den Kamm gestohlen hast. Aber ich glaube, es gibt eine besondere Geschichte dazu. Habe ich recht?"

Luzius hob die Schultern und ließ sich auf dem Boden nieder.

Für Clara war das Antwort genug. „Solange du sie mir nicht erzählen willst, sag lieber nichts."

Kapitel 17
Das zerbrochene Rad

Sie zogen kreuz und quer durch das Land. Von Bielefeld aus waren sie noch weiter nordöstlich bis nach Osnabrück gereist. Doch jetzt waren sie wieder Richtung Süden unterwegs. In Münster hatten sie sich selbst mit neuen Waren eingedeckt. Clara liebte diese Orte. Schon Paderborn hatte sie so sehr fasziniert, aber nun erkannte sie, was es alles für großartige Dinge gab in der Welt. Und Bauwerke – Kirchen, Rathäuser, Burgen... Und sie hatte geglaubt, schon das neue Dorf auf dem Berg sei voller großartiger Bauwerke gewesen.

Weil es in diesen Städten soviel gab - Handwerker, Geschäfte, Märkte -verkauften sie dort weniger als in den Dörfern. Die Menschen waren nicht darauf angewiesen, dass die fahrenden Händler vorbei kamen. Hier nahmen sie, wenn es nötig war, selbst neue Waren auf. Mechthild verstand sich hervorragend auf das Handeln, sodass sie jedes Mal günstig einkauften. Schließlich wollten sie selbst ja auch etwas daran verdienen.

Die Menschen der Dörfer und Siedlungen freuten sich besonders über den Händlertross. Für sie war es immer eine willkommene Abwechslung. Die Reisenden brachten Waren, die es sonst nicht bei ihnen gab und außerdem Neuigkeiten aus der Welt.

Für den meisten Gesprächsstoff sorgte wohl immer noch der Bannspruch, den Papst Johannes über König Ludwig gesprochen hatte. Damit gehörte der König nicht mehr der kirchlichen Gemeinschaft an.

Aber seitdem war noch viel mehr passiert. Der König hatte seinerseits im Mai den Papst der Häresie angeklagt. Das hieß, er beschuldigte ihn, im Widerspruch zur christlichen Lehre zu handeln. König Ludwig nannte ihn angeblich nur noch „Johannes, der sich Papst nennt."

Das alles hatten sie auf ihrer Reise gehört und trugen es weiter durch das Land.

Und sie, Clara, hatte gedacht, Odilia sei ketzerisch gewesen. Und manchmal hatte sie schon befürchtet, sie selbst wäre es. Aber es geschahen ganz andere Dinge in der Welt. Wie gut, dass das Schicksal sie auf diese Reise geschickt hatte.

Sie konnte jetzt auch Odilia viel besser verstehen. Sie war so weit gereist. Soviel weiter als sie selbst. Es war vollkommen verständlich, dass sie anders dachte als so viele engstirnige Menschen. Anders als der Medicus oder Hildegunde oder auch Mathilde.

Gerade fuhren sie hintereinander her über einen Weg, der an einer Seite von Wald gesäumt war und an der anderen Seite von breiten Feldern voller Weizen, Gerste und Hafer.

Den ersten Wagen führte Karl. Bei ihm waren auch Elisabeths Brüder Walter und Ulrich. Karls eigener Sohn Norbert befand sich bei Luzius, der den zweiten Wagen lenkte. Norbert hatte einen Narren an Luzius gefressen, der sich die Schwärmereien des Neunjährigen gerne gefallen ließ. Seit Luzius zu dem Tross gestoßen war, überließ Mechthild dem jungen Mann gerne das Führen eines Wagens. Und er stellte sich dabei äußerst geschickt an. Wieder ein Geheimnis, dachte Clara. Das macht er nicht zum ersten Mal. Und wenn er wirklich so arm ist, woher kann er dann mit Pferd und Wagen so gut umgehen?

Den dritten Wagen lenkte Leonard.

Mechthild, Elisabeth und Clara saßen auf dem Dach des Kastenwagens und ließen die Beine herabbaumeln. Das Wetter war schön, es tat gut, hier an der Luft zu sitzen und die Sonne zu genießen.

„Wir sind bald in Marburg, dort kannst du dir das Hospital ansehen", erklärte Mechthild Clara.

„Ein Hospital?"

„Oh ja. Ein Haus, in dem Kranke gepflegt werden. Die Heilige Elisabeth hat es bauen lassen."

„Die Heilige Elisabeth?"

Mechthild lachte.

„Ja. Elisabeth von Thüringen. Sie hat nach dem Tod ihres Ehemannes in Marburg gelebt, fast hundert Jahre liegt das nun schon zurück. Sie ist die Schutzpatronin der Witwen und Waisen, der Bettler und der Kranken. Aber auch der unschuldig Verfolgten."

„Ja, das würde ich wirklich gerne sehen!", sagte Clara.

Mechthild blickte sie einen Moment verwirrt an. Sie hatte den Faden verloren. Doch dann lachte sie auf. „Ach, das Krankenhaus."

Plötzlich ging ein Ruck durch den Wagenzug. Ihr eigener Wagen stoppte so plötzlich, dass Elisabeth fast herunterfiel.

„Was ist los?", rief Mechthild.

„Der Wagen vor uns, den Luzius lenkt, hat ein Rad verloren!", rief Leonard nach hinten.

„Oh nein!"

„Leider doch."

„Karl!", rief Luzius.

Aber Karl hatte das Rumpeln hinter sich bereits bemerkt und hatte ebenfalls angehalten.

„Oh nein!", rief der kleine Walter. „Luzius' Wagen ist kaputt."

„Hilft nichts!", meinte Leonard ganz ruhig. „Alles absteigen und reparieren!"

Sie kletterten alle von den Wagen herunter und begutachteten das kaputte Rad.

„Es ist gebrochen. Sieh, hier!" Leonard zeigte auf die Stelle.

„Könnt ihr es reparieren?", fragte Elisabeth.

Leonard nickte. „Ja, sicher. Aber es wird einige Zeit dauern. Lasst uns die Pferde solange aus ihrem Geschirr nehmen. Dann können sie etwas von dem frischen Gras fressen."

„Marburg ist nicht weit, ihr könnt die Türme dort drüben schon sehen. Vielleicht können einige hineinfahren und ein paar Einkäufe erledigen. Wir brauchen dringend ein paar Lebensmittel", schlug Karl vor.

Leonard zuckte die Schultern. „Ein guter Gedanke. Ich schlage vor, die Frauen fahren. Mechthild kann den Wagen sehr gut lenken und die Drei können uns hier nicht helfen. Die Jungen können auch mitfahren. Wir drei – Karl, Luzius und ich schaffen das schon."

„Ich bleibe bei Luzius!", verkündete Norbert sofort.

Luzius lächelte. Clara glaubte, er mochte den Neunjährigen ebenso gerne wie umgekehrt.

„Dann bleibe ich auch!", rief Walter, der ein Jahr älter war als sein Vetter.

„Von mir aus ist das in Ordnung. Ich bleibe auch", entschied Mechthild. „Ich kann die Pferde aus dem Geschirr nehmen und sie versorgen. Und um die zwei Jungen kann ich mich auch kümmern."

Leonard seufzte. „Könnt ihr nicht einmal alles so machen, wie ich es plane? Na gut. Dann geht ihr beiden Mädchen zu Fuß bis zur Stadt. Ich möchte nicht, dass ihr alleine einen Wagen fahrt. Ihr seid nicht geübt darin. Aber Ulrich nehmt ihr mit."

„Warum?", schrie Ulrich, der mit seinen sieben Jahren der Jüngste war. „Ich will nicht als einziger Mann mitgehen!"

„Mann, ja?", kicherte seine große Schwester Elisabeth.

„Einer muss doch auf die Mädchen aufpassen!", meinte Leonard.

Das schien bei Ulrich Eindruck zu hinterlassen. „Na ja, wenn das so ist", meinte er. „Ich bin ja auch nicht mehr so klein. Wenn ich ein Rittersohn wäre, wäre ich jetzt schon ein Page."

„Ja, ja", erwiderte sein Vater. „Ihr wärt alle drei Pagen. Nur sind wir leider keine Ritter."

Clara schulterte eine große mehrfach geflickte Tasche. Sie steckte einen Beutel mit Geld hinein, ihr Buch, in das sie immer ihre

Notizen eintrug und ebenso einen Graphitstift. Sie hatte ihn auf ihrer Reise entdeckt und sofort gekauft. Der Stift machte nur sehr dünne Linien und nutzte sich mit der Zeit ab, aber für unterwegs war er praktischer als Feder und Tinte.

Ihre Aufzeichnungen trug sie immer bei sich. Anfangs tat sie es aus Angst, weil sie an Odilias Schriften dachte, die ihre Großmutter verbrannt hatte. Inzwischen war es einfach eine Gewohnheit geworden. Sie konnte überall und zu jeder Zeit etwas notieren, wenn ihr etwas einfiel oder wenn sie etwas Besonderes erlebte.

Auch Elisabeth nahm eine etwas kleinere Tasche, die Mechthild aus Nesselstoff genäht hatte, mit.

Die Mädchen wollten Ulrich zwischen sich an die Hand nehmen. Doch dass ließ der Junge nicht zu. „Ihr seid wohl verrückt", rief er erbost. „Ich soll doch auf euch aufpassen."

Er nahm sein kleines Holzschwert und stiefelte mit großen Schritten voran. Clara und Elisabeth grinsten sich an.

„Flocke!", rief Clara. „Komm mit!"

Das Hündchen kam sofort laut bellend angelaufen und sprang an Clara hoch. Sie streichelte liebevoll sein zerzaustes Fell.

Dann marschierten sie los.

Sie konnten gerade noch hören, dass Luzius sagte: „Lasst uns Pfeil und Bogen und die Armbrust griffbereit legen. Nur zur Sicherheit. Wir sind ziemlich allein hier auf weiter Flur."

„Ja. Das sollten wir tun", stimmte Karl zu.

Als Clara mit Elisabeth und dem kleinen Ulrich durch das Stadttor von Marburg trat, staunte sie vom ersten Moment an. Die Stadt war zwar nicht riesengroß, aber immerhin der Sitz von Landgrafen. Deshalb war sie nicht unbedeutend und das sah man ihr auch an.

„Wie kommen wir denn zu den Geschäften?", fragte Ulrich.

„Ich weiß es auch nicht. Ich bin ja auch noch nie hier gewesen", antwortete Elisabeth.

„Da drüben kommt jemand. Den frage ich mal", sagte Clara.

Sie trat dem jungen Mann, der ihnen entgegenkam, in den Weg.

„Kannst du uns sagen, wo wir eine Straße mit Geschäften finden? Wir wollen für unseren Händlerzug einkaufen, der vor der Stadt steht."

Er nickte. „Geht dort die Straße entlang und haltet euch dann immer weiter links. Dort findet ihr Bäcker, Fleischer und Garküchen. Ihr werdet sicher etwas finden, was eurem Geschmack entspricht."

Clara und Elisabeth bedankten sich und zogen weiter.

Es war nicht schwer, die Straße zu finden, die der Mann gemeint hatte.

„Mmm – seht mal!", rief Ulrich aus. „Dort gibt es Süßigkeiten. Echte Süßigkeiten!"

„Tatsächlich!", rief Elisabeth. „Haben wir wohl genug Geld?"

Clara zog die Nase kraus und blickte in den Beutel, den Mechthild ihnen mitgegeben hatte. „Ich denke schon."

Sie betraten den kleinen Laden und kauften von den kandierten Erdbeeren und feine Backwaren. Da könnte Hildegunde aber noch eine Menge lernen, dachte Clara etwas kleinlich.

Die Konditorin war nicht allzu gesprächig und so beschränkten sie sich darauf, die Sachen einpacken zu lassen, zu bezahlen und zu gehen.

Im nächsten Geschäft kauften sie Brot. Man konnte es noch eindrücken, es war also ganz frisch, wie Elisabeth feststellte.

„Oh ja, meine Damen. Meine Ware ist immer frisch!", betonte die Bäckerin. Sie war schon eine Frau im fortgeschrittenen Alter, eine kleine, rundliche Person mit roten Wangen. Sie trug eine blitzweiße Schürze und eine weiße Haube auf dem Haar.

„Vielen Dank. Es wird uns gut schmecken", antwortete Elisabeth.

„Hier kleiner Mann, schon mal ein Stück zum Probieren." Sie reichte Ulrich ein abgebrochenes Stück Brot, das er sofort entgegennahm. Den „kleinen Mann" überhörte er dabei großzügig. „Danke", sagte er artig.

„Ich habe euch noch niemals hier gesehen. Seid ihr neu in der Stadt?", fragte die Bäckerin.

„Wir sind zum ersten Mal hier", bejahte Elisabeth. „Wir müssen unseren Lebensmittelvorrat aufbessern."

„Kauft aber besser nicht das Mehl beim Müller um die Ecke. Er mischt Sägemehl dazwischen", erzählte die Verkäuferin augenzwinkernd.

„Wir gehören zu einem Händlerzug!", krähte Ulrich.

Jetzt beugte sich die Bäckerin neugierig vor. Die Ellebogen lehnte sie dabei auf die Ladentheke und stützte ihr Gesicht in die Hände.

„So, von einem Händlerzug kommt ihr. Na, das ist doch interessant. Es ist so schön, wenn Händler in die Stadt kommen. Sie bringen so viele Neuigkeiten aus der Welt, alleine schon deshalb, weil sie so weit gereist sind. Wo sind denn eure Leute?"

„Sie sind ein gutes Stück vor der Stadt", erklärte Clara. „Ein Rad ist gebrochen. Wir sind vorausgegangen, um einzukaufen. Sie kommen nach, sobald sie das Rad repariert haben."

„Ich hoffe, es gelingt euren Leuten. Es ist ja wirklich Pech, wenn so etwas passiert. Und das so kurz vor einer Stadt. Vielleicht kann ich meine Söhne hinschicken, sie können beim Reparieren helfen? Oh, ich freue mich schon, wenn ihr in den Ort kommt. Habt ihr auch Gaukler bei euch?"

Elisabeth schüttelte lächelnd den Kopf. „Nein. Das nicht."

„Schade. Gaukler bringen immer soviel Zerstreuung. Sie können so phantastische Kunststücke. Oder Schauspieler?"

Elisabeth schüttelte den Kopf. „Wir sind nur ein kleiner Händlertross. Und wir müssen jetzt wirklich gehen!"

Die Frau nickte. „Soll ich meine Söhne rufen?"

„Das ist gewiss nicht nötig. Ich bin sicher, es ist alles gut gegangen und unsere Leute fahren bald in Marburg ein. Es ist ja nicht das erste Mal, dass so etwas geschieht", meinte Elisabeth.

„Ach ja. Marburg sieht jetzt wieder so gut und reich aus, nicht wahr?"

„Ja, wir sind ziemlich beeindruckt. Eine kleine Stadt, aber immerhin ist sie ja der Sitz des Landgrafen", bestätigte Clara.

„Ja, ja, heute. Aber - es ist jetzt fünf Jahre her, da wurde beinahe die ganze Stadt von einem großen Brand zerstört. Das war wirklich furchtbar. Eine große Katastrophe. Auch die Bäckerei war betroffen. Aber wir haben sie wieder aufgebaut. Und soll ich euch was sagen? Viel schöner als sie früher war."

Elisabeth und Clara lächelten die Frau pflichtschuldig an. Ulrich kaute bereits an seinem Kanten Brot und ließ hin und wieder einen Brocken für Flocke fallen.

„Das ist ja furchtbar", meinte Clara.

Die Bäckerin nickte. „Ach, es gab soviel Zerstörung und natürlich auch viele Tote." Die Erinnerung daran schien sie ziemlich traurig zu machen. Doch dann straffte sie ihre Schulter und lächelte ihre Kunden an. „Aber es ist lange her!"

Clara nickte. „Entschuldige, aber wir müssen jetzt wirklich weiter gehen. Wir sollten alles eingekauft haben, wenn unsere Leute kommen", Sie hatte ein etwas schlechtes Gewissen, weil sie sich so abrupt verabschiedeten. Aber sie hatten ja wirklich noch mehr zu erledigen.

„Oh ja natürlich. Wie dumm von mir. Ich schwatze und schwatze und halte euch von eurer Arbeit fern. Wir sehen uns ja sicher wieder!"

Die Bäckerin hob die Hand und winkte ihnen nach, als sie den Laden verließen.

Draußen liefen sie bis an die nächste Häuserecke und lehnten sich lachend an die Mauer.

„Die hatte aber Spaß am Reden!", meinte Ulrich als Erster. „Die war lustig."

„Ja, das war sie schon. Wollen wir weiter? Wir könnten noch etwas Käse kaufen und Fleisch. Und vielleicht noch Früchte. Unkandierte. Ich liebe Erdbeeren und jetzt ist doch die richtige Zeit", meinte Elisabeth.

Doch als sie Clara anblickte, blieb ihr das Wort fast im Hals stecken. „Clara, was ist mit dir?", fragte sie erschrocken.

Clara hörte die Freundin überhaupt nicht. Als befände sie sich in einer anderen Welt, sah sie deutlich vor sich das Feuer.

Feuer und Tod.

Flocke hockte zusammengekauert auf dem Boden und jaulte. Ulrich hockte sich neben ihn und kraulte sein Fell. „Alles in Ordnung", redete er dem Hund gut zu.

Elisabeth sorgte sich mehr um die Freundin. „Clara!", rief sie und schüttelte das Mädchen leicht. „Was ist mit dir?"

Clara erwachte aus ihrer Erstarrung. „Feuer!", hauchte sie.

„Feuer?", krähte Ulrich. „Hier ist nirgendwo Feuer."

„Ich sah es ganz deutlich. Es war – eine Vision."

„Sicher weil du von dem Brand von vor fünf Jahren gehört hast, der hier fast die ganze Stadt zerstört hat. Das war bestimmt ganz furchtbar und hat dich erschüttert."

Doch Clara schüttelte sacht den Kopf. „Ich sehe nicht die Vergangenheit in meinen Visionen."

Elisabeth antwortete nicht. Sie war ein wenig ratlos und wusste nicht recht, was sie damit anfangen sollte.

Doch vor Claras geistigem Auge erstand ein neues Bild. Eines, das noch schrecklicher war als das Feuer.

Jetzt bemerkte sie auch Flocke, der auf dem Boden kauerte und so jämmerlich heulte. Er merkt es auch, dachte sie. Denn Hunde sind geistersichtig.

„Wir müssen fort!", rief sie aufgebracht. „Zum Tross."

„Zum Tross? Aber die kommen doch her!", rief Elisabeth.

„Wir müssen hin. Gehen wir ihnen entgegen!"

Elisabeth seufzte.

Ulrich quengelte ein bisschen. Er hatte keine Lust, den Weg wieder zurückzugehen. Aber Clara war sich ganz sicher.

Flocke lief hinter ihnen her.

Kapitel 18

Das Feuer

Sie erkannten schon bald die Rauchsäulen, die sich in den Himmel schlängelten. „Feuer!", hauchte Elisabeth. „Das ist Feuer. Woher...?" Sie sprach nicht weiter. Mutter hatte ihr ja von Claras Gabe berichtet. Aber sie hatte nicht gewusst, dass sie so - so echt war.

„Das ist ja gespenstisch!", flüsterte sie.

„Hoffentlich ist ihnen nichts passiert", meinte Clara.

„Sind das unsere Wagen, die da hinten brennen?", fragte Ulrich.

Elisabeth drückte fest seine Hand. „Wir glauben es, ja. Aber wir wissen es noch nicht genau."

Sie begannen ganz automatisch zu rennen. Elisabeth hielt den kleinen Ulrich fest an der Hand. Sie merkten kaum, dass sie bald außer Atem gerieten. Sie liefen trotzdem weiter. Inzwischen war klar, dass es wirklich die Wagen waren, die brannten.

„Unsere Sachen", heulte Ulrich. „Unsere Sachen verbrennen. Was sollen wir denn jetzt verkaufen?"

Keiner antwortete. Sie liefen einfach weiter.

Mit jedem Schritt wurde der Schrecken größer.

Sie kamen an ihrem kleinen Wagenzug an. Das neue Rad war noch nicht ganz montiert.

Einige Schritte davon entfernt lag ein Mann in zerschlissener Kleidung. Seine Haare waren verfilzt und über die rechte Wange zog sich eine Narbe.

Ein Räuber, dachte Clara.

Mit schreckensweiten Augen gingen die Drei um die Wagen herum.

Hoffentlich konnten sich alle retten, dachte Clara.

Die Angst schnürte ihr die Kehle zu. Sie wusste, dass es Elisabeth und Ulrich genauso ging.

Sie sahen einen weiteren toten Mann zwischen den Wagen, mit einer Stichwunde im Leib.

Hinter dem Wagen lag Karl. Ein Pfeil ragte aus seiner Brust. Er war ohne jeden Zweifel tot. Und neben ihm lag der kleine Walter.

Die Drei starrten wie versteinert auf das schreckliche Bild.

„Neiiiin!", schrie Elisabeth. Es klang irgendwie unwirklich - wie ein verwundetes Tier. Sie stürzte sich auf ihren toten Bruder.

„Walter!", jammerte Ulrich und fiel ebenfalls auf die Knie. Sein Holzschwert fiel ihm aus der Hand.

Clara hockte sich zu ihnen und nahm den kleinen Jungen fest in den Arm. Trotz ihrer Angst und Trauer blickte sie sich aufmerksam um. Wer hatte das getan? Waren diejenigen noch in der Nähe? Befanden sie sich gerade in Gefahr?

„Elisabeth", sie berührte die Freundin an der Schulter. „Wir können nicht hier bleiben."

„Walter! Und Karl!", schrie sie. „Sie sind tot. Clara, sie sind tot."

Clara nickte. Trotzdem befühlte sie die Stellen am Hals, an der man den Herzschlag spüren konnte. Ja, sie waren beide tot.

Auf Walters Brust war ein roter Fleck zu sehen. Wer konnte so etwas nur tun? Wer konnte ein Kind ermorden?

Clara wurde es speiübel.

„Und wo sind die Anderen? Wo sind mein Vater und Mutter und Norbert", fragte Elisabeth. Ihre Stimme klang so schmerzerfüllt - voller Angst, Trauer und Sorge.

Und wo ist Luzius, dachte Clara.

Elisabeth begann, ihren kleinen toten Bruder über sein Haar und sein Gesicht zu streicheln. Sie küsste seine Wangen und sie murmelte leise Worte, die Clara nicht verstand. Elisabeth tat das völlig selbstvergessen.

Ulrich löste sich aus Claras Arm und hockte sich zu seiner Schwester. Die Geschwister hielten sich fest und trösteten sich so ein wenig gegenseitig.

Und um sie herum brannten die Wagen.

Plötzlich regte sich ein wenig entfernt etwas. Clara blickte auf, bevor sie es wirklich sehen konnte.

„Dort ist Luzius!", rief sie und zeigte zwischen die Bäume.

Luzius kam hoch zu Ross auf sie zu. Er trug ein blutbeflecktes Schwert in der Hand.

„Luzius!", rief Clara.

„Clara!"

Er sprang vom Pferd und rannte auf sie zu. Er umarmte Clara innig, dann Elisabeth und auch Ulrich. In seinen Augen stand noch immer der Schrecken.

„Was ist hier passiert?", fragte Clara.

„Wir wurden überfallen."

„Wo – wo sind die anderen? Wo sind Leonard, Mechthild und Norbert?"

„Sie sind drüben im Wald. Leonard ist verletzt, aber nicht schwer. Mechthild hat es etwas schlimmer erwischt, aber immerhin lebt sie. Du kannst sicher ihre Wunden versorgen. Norbert und ich sind unverletzt."

„Aber was ist hier passiert?", fragte Clara. Sie hatte das Gefühl, als sei sie in einer anderen Welt und nur ihr Körper bewege sich hier in diesem Schreckensbild. In dieser Katastrophe. Sie war vor einigen Stunden doch noch so glücklich gewesen.

Diese Menschen waren ihre Familie. Und nun? Karl tot. Und auch der kleine Walter. Leonard und Mechthild verletzt.

Die Wagen verbrannt.

Sie sah das alles vor sich, aber ihre Seele begriff es nicht.

Plötzlich begann sie zu schreien. Einfach nur sinnlos zu schreien.

Ihren Schmerz und ihre Verzweiflung herauszuschreien.

Luzius nahm sie in den Arm und hielt sie fest.

Ulrich begann zu weinen.

„Kommt mit", forderte Luzius sie auf. „Ich bringe euch zu den drei anderen."

„Ich verlasse Walter nicht!", sagte Elisabeth. „Ich kann ihn doch nicht allein hier lassen. Nicht nach allem, was geschehen ist."

„Elisabeth!", Clara legte der Freundin den Arm um die Schulter. „Er ist tot."

„Nein. Nein, das kann nicht sein. Er ist doch noch ein Kind." Lautlos rollten Tränen über ihre Wange.

„Er ist nicht allein", versuchte Luzius zu trösten. „Karl ist bei ihm."

„Nein!"

„Komm mit uns!"

„Nein!"

Luzius fasste um ihre Schultern und zwang sie so, sich zu erheben. „Komm mit! Wir können nicht hier bleiben!", befahl er. Sein Ton duldete keinen Widerspruch. So kannte Clara ihn gar nicht. Wer ist er, dachte sie wohl zum hundertsten Mal. Er spricht, als sei er es gewöhnt, Befehle zu geben. Und doch haben wir ihn beim Stehlen aufgegriffen. Und er trägt ein blutbesudeltes Schwert in der Hand. Woher war das? Und warum trägt er es? Kann er mit einem Schwert kämpfen?

„Woher ist dieses Schwert?", fragte sie leise wie von selbst.

„Das erkläre ich nachher!", sagte Luzius fest. „Nicht jetzt."

Da war er wieder – dieser Befehlston. Er übernahm die Führung, er sagte ihnen, was sie zu tun hatten. Jetzt war nicht die Zeit für Fragen. Er wollte sie erst einmal von hier fortführen. Warum? War es nur, damit sie von dieser furchtbaren Situation fort kamen? Fort von ihren toten Familienmitgliedern oder hatte er sogar Angst, dass sie noch immer in Gefahr schwebten?

„Kommt! Clara muss sich Mechthilds und Leonards Wunden ansehen!"

Er führte vernünftige Gründe ins Feld. Ja, das würde auch Elisabeths Gedanken in eine andere Richtung lenken. Hin zu ihren Eltern, die noch lebten und ihrem kleinen verwaisten Vetter. „Ja!", schniefte sie. „Gehen wir. Clara, rette wenigstens meine Eltern."

Clara nickte, obwohl sie ja noch gar nichts über die Verwundung wusste. Sie wusste nicht einmal, wo sie verwundet worden waren. Und ihr Arzneikasten war in einem der brennenden Wagen. Sie seufzte und fasste nach Ulrichs Hand, um ihn mit sich zu ziehen.

„Lass uns gehen", sagte sie sanft. „Zu Mama und Papa."

Ulrich schniefte und zog die Nase hoch. Er sagte nichts. Aber er stand auf und ließ sich mitziehen.

Elisabeth stolperte weinend auf den Wald zu. Luzius führte das Pferd am Zügel und schritt voran. Ulrich hielt Claras Hand noch immer fest umklammert. Auch er weinte und schniefte und ließ sich ohne eigenen Antrieb von ihr mitziehen.

Clara weinte nicht. Ihr war so übel, dass sie glaubte, sich jeden Moment übergeben zu müssen. Die Angst schnürte ihr die Kehle zu und sie wusste, sie hatte diese Katastrophe gesehen. Zu spät, um alle retten zu können. Aber sie hatte sie gesehen. Einen kurzen Moment lang in Marburg. Warum nur hatte sie diese Vision nicht früher gehabt, dann würden sie noch leben.

Luzius führte sie mit großen Schritten an. Das war nicht mehr derselbe Junge, der seit Monaten mit ihnen durch das Land fuhr.

Vor der ersten Baumreihe lag eine weitere Leiche. Ein Mann in der zerschlissenen Kleidung von Wegelagerern. Er hatte eine große Wunde in der Brust. Claras Blick ging zu dem blutbefleckten Schwert.

Ein Schwertstich, ja. Das war es.

Und Karl und Walter?

Nein, den Gedanken durfte sie gar nicht zulassen. Nein, dafür war Luzius nicht verantwortlich. Es musste anders abgelaufen sein. Ach, sie war ja ganz durcheinander. Die Angst ließ sie nicht klar denken.

Sie stolperten weiter.

„Wir sind fast da!", sagte Luzius.

Dann schob er einige dichte Büsche und tief hängende Zweige zur Seite. Der Platz dahinter war wie eine kleine Lichtung mitten im Wald. Ein Versteck, das umgeben war von dichtem Gebüsch.

„Vater!", schrien Elisabeth und Ulrich gleichzeitig und stürzten in seine Arme. Leonard saß auf der Erde und fing seine Kinder in seinen Armen auf.

„Kinder!", rief er kraftlos. Clara bemerkte, dass er das Gesicht vor Schmerz verzog, aber er sagte nichts. Sie sah ihnen eine Weile schweigend zu.

Mechthild lag neben ihm auf der Erde. Sie war schwerer verletzt, das erkannte Clara auf den ersten Blick. Sie sah auf ihren Mann und ihre Kinder und lächelte trotz ihrer Verletzung – dankbar dafür, dass sie wenigstens lebten.

Clara ließ sich auf die Knie sinken und wollte nach ihrer Wunde sehen. Aber Mechthild griff nur nach ihrer Hand und umklammerte sie. „Du musst dich erst einmal beruhigen. Du hast doch auch einen Schock erlitten", hauchte sie.

Elisabeth streckte ihren Arm nach ihrer Mutter aus und auch Norbert hockte sich zu ihnen. So hielten sie sich alle gegenseitig fest und gaben sich Trost und Kraft.

Nur Luzius stand noch und sah ihnen zu.

Endlich löste sich auch der Knoten in Claras Brust und sie begann zu weinen. „Oh Gott", schluchzte sie. „Oh Gott, warum konnte ich euch nicht retten? Warum habe ich nicht rechtzeitig gesehen, was geschehen würde?"

Leonard streichelte über ihr Haar.

„Aber dich trifft doch keine Schuld", sagte Mechthild leise.

„Doch. Ich bin Schuld. Ich kann solche Dinge vorhersehen. Ihr wisst das. Damals in Tryngen konnte ich euch retten. Warum nicht heute? Ich habe es nicht gesehen. Ich habe es einfach nicht gesehen!" Sie brach schluchzend zusammen, bis sie schließlich wie ein Häuflein Elend auf dem nackten Waldboden lag.

Luzius betrachtete entsetzt das Bild, das sich ihm bot. Er verstand überhaupt nicht, was Clara da redete.

„Aber Mädchen!", sagte Leonard. „So etwas kann man doch nicht bewusst beeinflussen. Es ist so schrecklich, was geschehen ist. So unsagbar schrecklich. Ich kann es noch gar nicht fassen. Aber dich trifft nicht die geringste Schuld."

„Nein!", sagte Luzius hart. „Es ist meine Schuld. Ganz allein meine. Ich hätte nicht bei euch bleiben dürfen."

Die Worte drangen durch Claras Verzweiflung in ihr Bewusstsein. Luzius' Schuld? Warum? Wie konnte es…

Sie richtete sich kraftlos auf, zog die Nase hoch und sah Luzius aus verquollenen Augen an. „Was um Gottes Willen ist denn geschehen?"

Bevor Luzius von dem Überfall berichtete, verarztete Clara so gut es ging Mechthilds und Leonards Wunden. Mechthild hatte eine Wunde in der Seite. Sie war von dem Messer verletzt worden, das Walter getötet hatte. Die Wunde hatte stark geblutet, aber inzwischen hatte sie zum Glück aufgehört.

Luzius hatte einen Verband aus Mechthilds Unterrock angelegt. Aber die Wunde musste unbedingt gesäubert werden, sonst würde die Verletzung sie doch noch das Leben kosten. Eigentlich musste die Wunde sogar genäht werden. Clara hoffte, dass keine Organe verletzt worden waren, aber woher sollte sie das so genau wissen.

Leonards Wunde an der Schulter war nicht sehr tief. Drum herum war das Blut bereits getrocknet und hatte eine Kruste gebildet.

„Deine Wunde ist nicht sehr schlimm, aber wenn sie sich entzündet, ist das trotzdem gefährlich. Wir brauchen dringend Alkohol, um eure Wunden zu säubern", erklärte sie. „Außerdem habe ich auch kein Verbandzeug mehr."

„Wir müssen diese Dinge neu besorgen, ich weiß", erwiderte Leonard. „Aber zuerst lasst Luzius erzählen. Zurzeit können wir hier nicht fort. Mechthild kann nicht laufen, wir müssen eine Trage bauen."

Clara nickte. Sie riss sich ein Stück von ihrem Unterrock ab, verband damit Leonards Wunde und legte eine Schlinge an, damit der Arm ruhig gestellt war. Aber Leonard ignorierte Claras Rat, den Arm ruhig in der Schlinge liegen zu lassen. Stattdessen zog er mit dem einen Arm Elisabeth an seine Schulter und mit dem anderen Ulrich und Norbert. Er achtete überhaupt nicht auf den Schmerz. Es war ihm viel wichtiger, seine Kinder bei sich zu spüren.

Clara saß direkt neben Elisabeth. Flocke kuschelte sich auf Claras Schoß und sie streichelte automatisch das helle, etwas struppige Fell. Mit der anderen Hand hielt sie Elisabeths Hand fest.

Luzius begann zu erzählen.

„Wir hatten das Rad abmontiert. Es war zerbrochen und nicht mehr zu benutzen. Aber du weißt, unter jedem Wagen ist ein Ersatzrad. Das war sehr weise von Leonard und Karl. Wir waren gerade dabei, das neue Rad anzubringen, als…"

Er brach ab. Auch für ihn schien die Erinnerung zu schrecklich zu sein.

„…als sie kamen!", sprach Leonard weiter. „Eine Horde Räuber kam aus dem Wald. Sieben oder acht Männer. Sie sahen wild aus und grölten. Sie trugen Messer, Pfeil und Bogen und einer sogar ein Schwert. Und einer hatte eine Fackel."

Seine Stimme war leise. Er schüttelte verständnislos den Kopf. „Ich kann es einfach nicht glauben."

Luzius erzählte weiter: „Wir hatten unsere Waffen griffbereit und griffen schnell zu Pfeil und Bogen. Karl zielte und traf einen der Männer in die Schulter. Er ließ seinen Pfeil fallen und konnte nicht mehr schießen. Ich zielte ebenfalls und traf einen in die Brust. Es ist der, den ihr bei den Wagen gesehen habt."

„Der tote Räuber."

„Ja. Der Räuber."

Komisch, dachte Clara. So wie er es betont, klingt es, als glaubte er nicht, dass es Räuber waren.

„Karl schrie Mechthild zu, sie solle sich mit den beiden Jungen in den Wald retten. Aber da traf schon einer der Angreifer Karl. Leonard und ich schossen weiter. Wir verwundeten zwei weitere und ein Pferd warf einen ab. Aber immer noch waren sie drei Reiter und ein Mann zu Fuß und wir nur zwei. Sie überrannten uns einfach. Die beiden Jungen schrien. Mechthild versuchte, sie zu schützen und in einen Wagen zu schieben. Aber plötzlich schwirrte ein Brandpfeil durch die Luft und traf den Wagen. Mechthild riss die Jungen zurück. Kommt! schrie sie. Aber einer schnitt ihnen den Weg ab. Mechthild stellte sich vor die Jungen. Norbert begann einfach zu rennen. Der Mann wollte hinter ihm her, aber Mechthild hielt ihn fest. Sie kämpfte gegen ihn. Sie kämpfte um das Leben der Kinder. Doch am Ende zog er sein Messer und stach zu. Walter wollte seiner Mutter helfen. Er trat und biss ihn. Ich war zu der Zeit in einen Kampf mit dem Mann mit dem Schwert verstrickt. Ich konnte nicht helfen."

„Du hast gegen einen Mann gekämpft, der ein Schwert hatte?", fragte Clara.

Luzius nickte. „Ja, mit einem Stück Holz. Es war ein harter Kampf. Aber ich konnte ihn vom Pferd reißen und am Ende konnte ich ihm sogar sein Schwert abnehmen. Ich verwundete ihn, aber er konnte fliehen. Und ich verfolgte ihn nicht, weil ich nach Mechthild und den Jungen sehen wollte. Mechthild war verwundet, aber Walter... Und Norbert war verschwunden. Und Leonard war auch verletzt."

Oh mein Gott, dachte Clara.

Elisabeth hatte sich eng an ihren Vater gedrückt und weinte. Auch Norbert und Ulrich weinten und sogar Leonard liefen Tränen die Wange herab.

„Ich drehte vollkommen durch, als ich sah, was mit Mechthild und Walter geschah", berichtete jetzt Leonard stockend. Ich schoss wie wild um mich und wollte zu ihnen, um ihnen zu helfen. Ich griff nach meinem Messer und rannte auf den Mann zu, der sein Pferd verloren hatte. Ohne zu überlegen stach ich zu. Jetzt waren nur noch drei unverletzte Reiter übrig. Der eine kämpfte gerade gegen Luzius. Der andere traf mich in die Schulter, während der dritte Mechthild und Walter..." Er brach ab.

Luzius nickte. Mechthild tastete nach Leonards Hand. Auch ihr liefen Tränen über die Wange.

Dann erzählte wieder Luzius weiter: „Ich schwang mich auf eines unserer Pferde. Genauer gesagt auf das einzige, das geblieben war. Die anderen hatten bei dem Tumult das Weite gesucht. Ich wollte die beiden Räuber erwischen. Ich wollte Walter rächen. Und einen davon erwischte ich auch."

„Den Mann, der am Waldrand lag?", fragte Clara.

„Ja. Und am Wald sah ich auch schon Norbert. Er versteckte sich zwischen den Bäumen. Ich nahm ihn vor mich aufs Pferd und wir ritten zurück. Leonard kam uns schon entgegen. Wir hoben Mechthild aufs Pferd und brachten sie hierher. Sie war ohnmächtig geworden. Vielleicht war das ihr Glück, denn die Bewegung hätte ihr sicher große Schmerzen verursacht."

„Und der letzte?"

„Einer kam unverletzt davon. Drei Tote, vier Verletzte", sagte Luzius.

„Auf Seiten der Räuber."

„Ja." Luzius nickte.

„Was tun wir jetzt? Wir haben nichts mehr!", fragte Clara. Sie wusste, das Leben musste weitergehen. Gleichgültig, wie viel Schreckliches sie gerade erlebt hatten. Sie lebten und sie musste überleben.

„Wir haben noch die Lebensmittel in der Tasche. Brot und …"

Jetzt bereute sie, das Geld für Naschwerk ausgegeben zu haben. Sie hätten Fleisch kaufen sollen und Käse.

„Und Geld", ergänzte sie. „Ich habe ja noch Geld in der Tasche. Wir können mehr Lebensmittel kaufen und Arzneikräuter. Und Alkohol, um die Wunden zu säubern."

„Ja, so muss es wohl sein", meinte Leonard. „Und wir müssen dafür sorgen, dass die Toten beerdigt werden." Er schluckte schwer.

„Ja."

„In geweihter Erde."

„Ja."

Clara hielt es nicht für den richtigen Moment, nachzufragen. Aber sie hatte nicht vergessen, was Luzius gesagt hatte: *Es ist meine Schuld. Ganz allein meine. Ich hätte nicht bei euch bleiben dürfen.* Was hatte er damit gemeint? Warum war es seine Schuld? Und woher konnte er so kämpfen? Er hatte immerhin zu Fuß mit einem Holzscheit einen Reiter mit Schwert besiegt.

Kapitel 19
Der Morgen danach

Die Nacht verbrachten sie im Wald. Sie hatten eine Trage für Mechthild gebaut, die das Pferd hinter sich herziehen sollte. Aber es wurde zu spät, um noch am selben Tag bis nach Marburg zu kommen. Im Dunkeln wollten sie den Weg über die freie Fläche nicht gehen und außerdem wären die Stadttore verschlossen, bis sie dort ankommen würden.

Hier im Wald fühlten sie sich einigermaßen sicher, wenn auch nicht vollkommen. Nur Luzius ritt noch einmal hinüber, um zu sehen, ob noch irgendetwas zu retten war.

Keiner von ihnen schlief gut. Nicht nur aus Angst, dass die Räuber zurückkommen würden.

Norbert begann zu husten. Es war nicht schlimm, aber der Husten musste morgen behandelt werden, bevor er sich auf die Bronchien oder gar die Lunge festsetzte.

Eine Eule heulte irgendwo in den Baumkronen. Einmal flog sie sogar über die Gruppe hinweg. Clara schrie auf.

„Was ist mit dir?", rief Luzius.

Sie atmete schwer. „Eine Eule. Dort war eine Eule."

„Ach so. Aber das ist doch nichts Besonderes. Eulen sind nun mal nachtaktive Vögel."

„Denkst du, das weiß ich nicht?", schnappte sie.

Und sie sind Hexenvögel. Und sie sagen Unglück voraus. So wie dieses, dachte sie. Sie erinnerte sich an die Eule, die sie an ihrem Geburtstag gehört hatte, als sie in der Morgendämmerung vor dem Wagen gehockt hatte. Eulen, die am Tag zu hören waren, sagten Feuersbrunst oder Krankheit voraus.

Feuersbrunst... Clara schauderte.

Sie dachte über das Geschehene nach. Irgendetwas stimmte nicht.

Wenn es Wegelagerer waren, wollten sie doch etwas erbeuten. Aber sie steckten alles in Brand. Und das, was nicht verbrannte - einiges Kochgeschirr und das Stahlkästchen mit dem Geld, das sie nicht mitgenommen hatten zum Einkaufen – war im Wagen geblieben. Luzius hatte es daraus mitgebracht, als er noch mal bei den Wagen war.

Sicher, Luzius und Leonard hatten mehr Gegenwehr gezeigt, als die Räuber vielleicht erwartet hatten. Auch sie hatten Verluste hinnehmen müssen und die letzten Beiden waren vielleicht geflohen, bevor sie Beute machen konnten. Aber hatten sie wirklich vorgehabt, in den brennenden Wagen nach Wertvollem zu suchen?

Daran glaubte Clara nicht. Alles war sehr merkwürdig. Und was war mit Luzius? *Es ist meine Schuld. Ganz allein meine. Ich hätte nicht bei euch bleiben dürfen.*

Oder war es ihre Schuld? Es konnte doch nicht sein, dass Friedhelm sie noch immer suchte? Aus gekränkter Eitelkeit? Oder gar der neue Medicus? Clara schwirrte der Kopf. Sie konnte keinen klaren Gedanken fassen. Sie musste auf den Morgen warten und unbedingt mit Luzius sprechen.

Am nächsten Morgen begann es zu regnen.

„Ich werde in die Stadt reiten und mich um alles kümmern", bot Luzius an. „Mechthild muss zu einem Arzt, vielleicht sollten wir sie in dieses Hospital bringen. Und ich besorge einen Wagen, der die Toten abholt."

Das Hospital, dachte Clara. Mechthild hatte ihr davon erzählt. Die heilige Elisabeth hatte es vor über hundert Jahren erbauen lassen. Sie hätte es gerne gesehen, aber so hatte sie sich das nicht vorgestellt.

„Und wir brauchen Medizin!", wandte Clara ein.

Es kam ihr so unwirklich vor. Konnte es wirklich sein, dass Karl und der kleine Walter tot waren? Dass ihre Wagen und das meiste ihrer Waren verbrannt waren? Dass ihre Pferde davongelaufen waren? Dass ihre ganze Existenz – ihr ganzes Leben – zerstört war in einem einzigen Augenblick?

„Ich komme mit!", sagte sie. „Ich kann mich um die Arznei-kräuter kümmern, ich weiß, was ich brauche."

„Gut, wir können zu Zweit auf dem Pferd reiten. Ihr kommt zu Fuß hinterher. Bleibt von den Wagen fort. Bitte. Tut euch das nicht an", bat Luzius inständig.

Als Clara und er selbst aus dem Wald heraustraten, erwartete sie eine Überraschung. Die beiden Pferde, die davon galoppiert waren, standen da und fraßen von dem frischen Grün. Es hatte sie wohl zurückgezogen zu ihrer vertrauten Umgebung. Wahrschein-lich waren sie gar nicht weit fort gewesen.

„Hol die anderen. Auf jedem Pferd können zwei Leute reiten, dann können wir alle gemeinsam aufbrechen."

Nur wenige Minuten später saßen sie auf den Pferden. Clara teilte sich eines mit Elisabeth. Norbert war natürlich zu Luzius auf das Pferd geklettert, das auch die Trage mit Mechthild zog. Und der kleine Ulrich saß vor seinem Vater Leonard.

Leonard konnte nicht anders, er warf doch einen Blick hinüber zu den Wagen. Über die Körper waren verkohlte Decken ausge-breitet.

„Hast du sie zugedeckt?", fragte er Luzius überrascht.

Luzius nickte. „Ja, als ich gestern hier her geritten bin, wollte ich nachsehen, ob es noch die Decken gab, die Mechthild für Walter und Norbert auf die Erde gebreitet hatte, damit sie darauf spielen konnten."

Leonard dankte ihm mit einem kurzen Kopfnicken. Er hatte Tränen in den Augen. Verzweifelt blickte er auf das, was übrig geblieben war.

Ein Haufen Schutt und Asche und dem bisschen Metall, was daran hing und das nicht verbrannte.

„Sieh nicht hin!", riet Clara.

„Denkst du, ich könnte das Bild aus meinem Kopf verbannen?", fragte er zurück.

Nein, das dachte sie nicht. Sie wusste, wie deutlich solche Bilder sein konnten.

So ritten sie gemeinsam Marburg entgegen. Es war ein trauriger, schweigsamer Ritt. Nicht so fröhlich, wie der Fußmarsch gestern. Gestern war das zerbrochene Rad nicht mehr als ein unliebsamer Zwischenfall gewesen. Heute hatte es in einer Katastrophe geendet.

Nicht einmal Flocke sprang so übermütig neben ihnen her, wie sonst. Auch er schien zu spüren, dass irgendetwas nicht stimmte.

In der Stadt schlug Clara vor, dass sie sich trennten.

„Das ist ein guter Einfall!", stimmte Luzius sofort zu, der nach wie vor das Kommando hatte. „Leonard und ich werden zuerst Mechthild zu einem Arzt bringen und uns dann um die Bestattungen kümmern. Aber die Jungen sind zu jung, um etwas alleine zu erledigen."

„Sind wir nicht!", Ulrich stampfte zornig mit dem Fuß auf.

„Du hast recht", Luzius zwinkerte ihm zu. „Ich wollte es nicht so deutlich sagen, aber die Mädchen kann man natürlich nicht alleine gehen lassen. Sie brauchen Schutz in der Stadt. Deshalb gehst du mit deiner Schwester die restlichen Lebensmittel kaufen und Norbert geht mit Clara Kräuter und Arzneimittel kaufen. Einverstanden?"

„Und wenn nicht?", fragte Ulrich keck.

„Dann gebe ich euch den Befehl!", erwiderte Luzius klar und mit einer Stimme, die zwar freundlich war, aber keinerlei Widerspruch duldete. Clara hob erstaunt die Augenbrauen. Ihre Ungeduld wuchs. Sie brannte darauf, mit ihm zu reden. Sofort. Aber es ging nicht. Immer noch nicht. Sie würde warten müssen, bis alle Besorgungen erledigt waren.

Sie rümpfte die Nase. Das Abholen der Toten konnte man eigentlich nicht als Besorgung bezeichnen.

„Sucht euch einen Platz, wo ihr eines der Pferde anbinden könnt!", bestimmte Luzius weiter. „Von hier aus könnt ihr eure Einkäufe gut zu Fuß erledigen. Die zwei Anderen nehmen Leonard und ich. Ich hoffe, wir finden einen guten Arzt und jemanden, der die Toten abholt."

„Ja!", hauchte Elisabeth.

Norbert hustete. Es wird schlimmer, dachte Clara. Aber das wunderte sie nicht. Sie waren inzwischen völlig durchnässt, das war nicht gut für Norberts Gesundheit – für die Gesundheit von keinem von ihnen.

„Gut, gehen wir!", befahl Luzius. „Wir werden eine Weile brauchen, aber wir treffen uns anschließend wieder hier."

„Wartet!", rief Clara plötzlich. „Wir kennen eine Frau, die uns sicher weiterhelfen kann. Wir werden im Bäckerladen nach einem guten Medicus fragen, dem wir Mechthild anvertrauen können und sie wird mir auch sagen können, wo ich Kräuter kaufen kann."

„Bist du sicher? Ich meine, da kommst du nicht wieder raus, die hält dich fest mit ihrem Geplauder", warf Elisabeth ein.

Clara hob die Schultern. „Trotzdem. Oder gerade weil sie interessiert ist an ihrem Umfeld."

Elisabeth nickte.

„Die Läden sind alle nah beieinander. Du gehst jetzt mit Ulrich schon mal rüber zum Fleischer und kaufst eine große Wurst und ich gehe in die Bäckerei. Das Pferd binde ich auch vor dem Bäckerladen an. Dort wird es sicher nicht gestohlen."

Clara warf zuvor noch einen Blick auf Mechthild. Sie war inzwischen in einen Dämmerzustand gefallen. Sie hatte ziemlich viel Blut verloren, sie war sehr geschwächt. Clara machte sich große Sorgen.

Clara ging mit Norbert den kurzen Weg bis zu der Bäckerei, in der sie am Tag zuvor Brot gekauft hatten.

„Oh Guten Tag!", rief die Bäckerin erfreut. „Ah, du bist es. Hat alles geklappt mit dem Rad?"

Clara schüttelte betrübt den Kopf.

„Aber Kindchen. Du siehst ja gar nicht gut aus."

Norbert hustete wieder.

„Und der kleine Mann ist ja krank. Er braucht dringend Medizin."

„Ja, ich wollte auch fragen, wo ein guter Medicus ist."

„Aber du brauchst doch keinen Medicus. Geh in die Apotheke und hole…"

„Nein, nein, es ist etwas passiert. Wir haben eine verletzte Frau bei uns, die wirklich einen Medicus braucht oder sollten wir sie ins Spital bringen?"

„Aber Mädchen, was ist denn nur geschehen?"

„Unsere Wagen sind überfallen worden, während Elisabeth, der kleine Ulrich und ich hier waren. Wir haben zwei Tote zu beklagen, den Bruder der beiden anderen und den Vater dieses Jungen. Die Mutter von Elisabeth und Ulrich ist schwer verletzt."

Die Bäckerin starrte Clara schweigend an. Das Entsetzen stand ihr deutlich ins Gesicht geschrieben.

„Du armer Junge!", rief sie dann aus und es klang aus tiefster Seele aufrichtig und mitfühlend. „Aber nein, ihr könnt die Frau doch nicht ins Spital bringen. Dort ist sie alleine mit ihrer Trauer. Das geht doch nicht. Ich kenne einen guten Arzt, einen, der nicht nur zur Ader lässt und dumm daherschwatzt. Warten eure Leute draußen? Ich werde ihnen sofort den Weg beschreiben."

Noch während sie sprach, lief sie nach draußen. Clara und Norbert blieben im Laden zurück. Sie kamen sich ein wenig verloren vor, aber es dauerte nur wenige Augenblicke, da war die Bäckerin schon zurück.

„So – die Frau ist unterwegs zu dem Arzt und jetzt spreche ich mal", kündigte sie an. Wenn die Situation nicht so vollkommen traurig gewesen wäre, hätte Clara laut lachen müssen. „Der Junge bleibt hier bei mir. Ich koche ihm einen guten Tee und er bekommt Kleider - trockene Sachen von meinen Söhnen. Die sind jetzt erwachsen, aber ich finde sicher noch etwas von früher und wenn es nicht ganz passt, macht das auch nichts, dann wird es eben umgekrempelt. Auch dir werde ich etwas raussuchen. Und den zwei anderen auch.

„Und du kannst die Kräuter kaufen. Das ist ganz einfach. Geh die Straße weiter, am Ende biegst du rechts ab. Dort siehst du über der Tür ein kleines Täfelchen mit einer eingravierten Ähre. Dort bekommst du Kräuter und alles, was du brauchst. Auch den guten Alantwein."

Clara verschluckte sich vor Schreck an ihrem eigenen Speichel.

„Aber Mädchen, was ist denn los? Habe ich dich erschreckt? Aber warum denn nur? Ich habe doch nichts Schlimmes gesagt!"

„Alant – ist das nicht ein – ein Hexenkraut?"

Sie hörte ganz deutlich Odilias Worte: *Wenn ihr es als Amulett um den Hals tragt, schützte es vor Dämonen und bösen Geistern.*

Die Bäckerin lachte verwirrt. „Ein Hexenkraut? Ach Kindchen wie kommst du denn darauf? Nein, Alant ist ein wunderbares Mittel gegen Krankheiten im Bauch und in der Brust, wenn man nicht leicht atmen kann. Es wird dem Kleinen im Nu helfen. Den kleinen Hund, den kannst du übrigens auch sofort bei mir lassen. Keine Sorge, ich werde gut auf ihn aufpassen. Ich werde ihm Wasser geben und ein Stück Wurst. Und jetzt lauf zu und hol die Kräuter. Und hol Alantwein. Glaub mir. Es ist ein ganz wunderbares Mittel."

Ja, dachte Clara. Ich weiß es doch. Aber ich hatte viel zu viel Angst davor. Sie verließ den Laden und ließ Norbert und Flocke zurück. Sie hatte es ja gewusst. Die Bäckerin redete nicht nur gern und viel, sie hatte auch ein großes Herz.

Clara schlurfte mit hängenden Schultern die Straße entlang in die Richtung, die die Bäckerin angegeben hatte und sie dachte: Warum hat Odilia von Alant immer nur als Hexenkraut geredet? Warum hat sie mir solche Angst gemacht? Denn das hatte sie getan mit ihrem Gerede.

Kapitel 20
Das Leben geht weiter

Die Sieben hatten schwere Tage vor sich. Mechthild war von einem Medicus versorgt worden. Weil sie viel Blut verloren hatte, hatte er ihr Sauerampfer gegeben, der die Blutbildung fördern sollte.

Zum Glück hatten sie in der Bäckerin eine große Hilfe gefunden. Sie stellte sich ihnen als Gertrud vor. Sie war wirklich eine redselige, gute Person. Sie nahm die verletzte Mechthild, Clara, Norbert, Elisabeth und Ulrich direkt bei sich auf und gab ihnen Unterkunft für die Zeit, die sie noch in Marburg zubringen mussten. Es war nur ein einziges Zimmer und die Jungen mussten auf Decken auf dem Boden schlafen, aber was machte das schon. Mehr Platz hatte die Frau wirklich nicht zur Verfügung und war es nicht eine wirklich barmherzige Tat, sie überhaupt aufzunehmen?

Aber vergessen hatte sie Luzius und Leonard nicht. Die Beiden schliefen im Haus ihrer Schwester und ihres Schwagers. Deren Tochter hatte vor ein paar Wochen geheiratet und war in das Haus ihres Mannes gezogen und so war dort ein Zimmer frei geworden, das die beiden Männer sich teilten.

Sogar an die Pferde hatte Gertrud gedacht. Sie hatten einen Platz in einem nahe gelegenen Stall gefunden.

Es regnete ohne Unterlass und so waren diese Tage noch trostloser, als sie es ohnehin schon waren.

Gertrud schien jeden in Marburg zu kennen. Und sie nutzte diese Kontakte für die Überlebenden des Händlerzuges. Sie sorgte für Kleidung zum Wechseln und einen Korb voller Essen.

„Aber das können wir nicht annehmen", widersprach Leonard. „Wir wollen keine Almosen. Wir haben Geld und können uns Essen kaufen."

„Natürlich habt ihr Geld!", plauderte sie. „Aber wie lange noch? Ihr habt nichts mehr, womit ihr neues Geld verdienen könnt und ihr müsst erst einmal wieder auf die Beine kommen. Was habt ihr vor? Zurück in eure Heimat? Schön, aber bis ihr dort seid, müsst ihr leben, das heißt Essen kaufen."

„Wir können unterwegs Arbeit finden."

Die Frau winkte mit einer ausholenden Armbewegung ab. „Dann dauert eure Reise ja ewig. Nun nehmt es schon an. Es freut uns. Händler und Gaukler verbreiten soviel Freude und Zerstreuung. Euch ist so viel Leid widerfahren. Es ist Gottes Wille, dass ihr durch uns etwas Trost und Hilfe erfahrt."

Dagegen ließ sich schwer etwas erwidern. Außerdem kam man gegen Gertrud sowieso nicht an.

Sie redet genauso viel wie Hildegunde und ihre Mutter, dachte Clara. Aber sie ist eine mitfühlende Frau, keine grässliche Klatschbase.

Sie wusste noch immer nicht, was es mit Luzius Kampfkünsten auf sich hatte und sie bekam keine Gelegenheit, mit ihm zu sprechen. Sie wohnten ja nicht einmal im selben Haus.

Ein paar Tage später war die Beerdigung von Walter und Karl. Es war ein schwarzer Tag. Es erschien Clara völlig widersinnig, dass seit Tagen zum ersten Mal die Sonne schien.

Die beiden Verstorbenen wurden in geweihter Erde von Marburg beigesetzt. Es war eine kleine Beerdigung. Nur die Sieben vom Händlerzug waren anwesend - Mechthild wollte unbedingt dabei sein, obwohl sie noch sehr schwach war. Sie saß auf einem Stuhl am Grab. Sie hielten sich alle an den Händen und weinten.

Außerdem waren die Bäckerin, ihr Mann und ihre drei Söhne und ihr Schwager mit seiner Frau anwesend. Und natürlich der Priester, der warme Worte über die Gefahren während einer Reise fand, über das Leid, einen Angehörigen fern der Heimat beerdigen zu müssen und über den Tod, der die Pforte zum Leben war.

Hoffentlich ist er das, dachte Clara.

Aber dann dachte sie an ihren Großvater, der sie nach seinem Tod so oft besucht und Trost gespendet hatte. Und sie war sicher, dass die Seelen der Toten bei ihnen waren.

Und dann wurde es Zeit, Pläne für die Zukunft zu machen.

An diesem Abend saßen sie alle zusammen in dem Zimmer, das Clara, Elisabeth, Mechthild und die beiden Jungen bewohnten. Die Bäckerin ließ sie gewähren. Sie wusste, sie wollten alleine sein, um zu beraten, wie es weitergehen sollte.

Natürlich wollte Leonard mit seiner Familie zurück nach Paderborn.

„Clara, was ist mit dir?", fragte er. „Du begleitest uns sicher auch zurück? Du hast nicht gefunden, was du wolltest, aber unsere Reise ist hier zu Ende."

Doch Clara schüttelte den Kopf. „Nein. Ich kann nicht mit euch kommen. Ich bin noch nicht am Ziel, das fühle ich deutlich. Meine Reise ist noch nicht zu Ende."

„Aber du kannst nicht allein durch die Welt reisen. Wenn du nicht zurück nach Dringenberg möchtest, kannst du gerne bei uns in Paderborn bleiben."

„Das ist so lieb von euch. Aber ich muss weiterreisen. Ihr wisst, warum."

„Und ich möchte Clara begleiten", sagte plötzlich Elisabeth.

Leonard wurde vollkommen blass. Mechthild lag auf ihrem Bett und wurde plötzlich sehr unruhig. Dieser Wunsch kam so unerwartet.

„Nein, Tochter, das geht nicht. Du lässt dir Hirngespinste in den Kopf setzen. Zwei Mädchen alleine unterwegs, das geht nicht", sagte Leonard.

„Aber Clara…"

„Ich kann auch Clara nur davon abraten. Aber ich kann es ihr nicht befehlen. Sie ist nicht meine Tochter. Aber du kommst mit uns zurück. Für dich trage ich die Verantwortung und du hast mir zu gehorchen."

„Nein. Was Clara kann, kann ich auch", beharrte Elisabeth.

„Du gehorchst mir!" Leonards Stimme war hart.

„Was ist denn dein Ziel?", fragte Luzius Clara.

Sie blickte ihn lange an. Eigentlich hatte doch sie ihn seit Tagen ausfragen wollen, nicht umgekehrt. Aber vielleicht führte der Weg ja über ihre eigene Offenheit.

„Nun gut", sagte sie schließlich. „Ich will dir erzählen, warum ich aufbrach und was ich suche. Aber es gibt nicht nur einen einzigen Grund. Ich wollte schon lange mit dem Händlerzug fort. Der Grund dafür war, dass ich in meiner Heimat Dringenberg als Hexe angesehen wurde."

Luzius starrte sie entgeistert an.

„Du bist schockiert? Ich habe nichts Böses getan. Aber ich bin hellsichtig. Ich sehe manchmal Dinge vorher. Einmal habe ich diesen Händlerzug sogar vor Räubern warnen können, die noch gar nicht zu sehen waren. Dadurch habe ich sie gerettet."

Sie redete schnell und abgehackt, als befürchte sie, nicht weiterreden zu können, wenn sie zwischendurch mal Luft holte. „Deswegen empfinde ich auch Schuld. Ich sah das, was vor Marburg geschah, zu spät voraus. Erst als wir in Marburg waren, sah ich Feuer und Tod. Doch da war es zu spät."

Luzius schüttelte sich. „Sprich bitte etwas langsamer, Clara. Und der Reihe nach. Ich verstehe gar nichts."

Clara atmete tief durch. Es fiel ihr schwer, darüber zu sprechen.

Leonard tätschelte ihre Hand und nickte ihr aufmunternd zu.

So berichtete Clara von ihren Erlebnissen mit ihrer Hellsichtigkeit. Sie erzählte, wie sie den Händlerzug vor den Räubern gerettet und wie sie von dem Unfall des Bischofs geträumt hatte, aber auch, wie sie bei Odilia lesen und schreiben gelernt und ebenso viel über deren Heilkunst erfahren hatte. Sie versuchte, alles kurz und bündig zu erzählen, aber sie berichtete doch offen und ehrlich von allem, was ihr geschehen war.

Sie erzählte von dem Verdacht gegen Odilia, eine Hexe zu sein und wie der Pöbel sie selbst gefangen genommen hatte, weil Odilia schon geflohen war.

Noch immer schluckte sie schwer, als sie sich die Erlebnisse wieder ins Gedächtnis rief. So lange hatte sie nicht mehr so intensiv daran gedacht. Und es war auch besser so. Sie sollten verschlossen bleiben in irgendeiner Ecke ihres Herzens. Sie schmerzten noch immer zu sehr, wenn man sie hervorholte.

Sie berichtete von dem Plan ihrer Eltern, sie zu verheiraten und wie Adrian von dem Plan gehört hatte, sie der Wasserprobe zu unterziehen, die sie nicht überlebt hätte.

„Und so sind wir geflohen. Adrian und ich. Adrian ist in Paderborn geblieben, um Kunstschmied zu werden. Und ich - ich bin mit dem Händlerzug fort gegangen. Und ich will nicht zurück. Ich kann nicht zurück in mein Heimatdorf. Ich weiß nicht, was mich dort erwartet. Vielleicht werde ich noch immer verfolgt.

Aber da ist noch mehr. Ich möchte Odilia wieder finden. Und - und Gabriel."

Luzius blickte sie schweigend an. Er war erschüttert von dem Gehörten. „Du - eine Hexe?", brachte er schließlich hervor.

Sie hob hilflos die Arme.

„Das ist doch Unsinn!", schimpfte Leonard. „Sie hat eine besondere Gabe. Hat nicht der Bischof selbst gesagt, sie sei dir von Gott gegeben worden?"

Clara nickte. „Ja, das hat er gesagt."

„Du hast schlimme Dinge erlebt. Aber wie willst du diesen Gabriel finden?", fragte Luzius.

Abermals hob sie die Arme.

„Willst du bis nach Griechenland reisen?"

„Nein, das werde ich nicht tun. Das muss ich auch nicht."
Während sie es sagte, war sie plötzlich ganz sicher.

„Und du glaubst, er will dich auch wieder sehen?"

„Das weiß ich nicht", erwiderte sie wahrheitsgemäß. „Aber ich muss es herausfinden. Und ich muss Odilia etwas sagen."

Sie wollte ihr erzählen, wie verbunden sie mit ihr war. Dass ihre Urgroßmutter Antonia Odilia auf die Welt gebracht hatte und ihr und ihrer Mutter damit das Leben gerettet hatte. Dafür war Antonia als Hexe verbrannt worden.

Clara seufzte. „Ich muss das einfach tun. Der Drang ist stark. Ich werde nicht umkehren! Aber nun zu dir, Luzius. Erzähle uns, was dein Geheimnis ist."

„Mein Geheimnis?" Er zog überrascht die Augenbrauen in die Höhe.

Elisabeth blickte die Freundin irritiert an. Was wollte Clara damit sagen?

Clara nickte. „Ja, dein Geheimnis. Du hast dich uns angeschlossen, weil du beim Stehlen erwischt wurdest und beinahe deine Hand verloren hättest. Du schienst ein armer Waisenknabe zu sein. Aber du bist weder zu jung noch zu schwach, um arbeiten zu können. Du bist geschickt, du kannst viele Dinge und du kannst hervorragend mit Worten umgehen. Du kennst dich mit Pferden aus und kannst gut reiten. Das kann kein armer Bettler."

„Und du verstehst das Schwert zu führen wie ein Krieger", ergänzte Leonard. Also war es auch ihm aufgefallen.

„Ja. Was ist dein Geheimnis, Luzius?"

Der junge Mann blickte in die Runde – von einem zum anderen. Er sah jedem fest in die Augen, Clara vielleicht ein kleines bisschen länger. Er seufzte schwer.

„Ihr habt recht", begann er dann. „Ich bin kein armer Waisenjunge. Von Geburt bin ich ein Graf. Ich bin der Sohn des Ritters

Lucianus von Wiesenstein und seiner Frau Brigitta. Ich bin sogar Eigentümer einer Burg. Sie steht an einem kleinen Fluss, den ihr sicher nicht kennt - der Aisch. Es liegt zwischen Würzburg und Nürnberg. Sie ist nicht sehr groß, steht inmitten von Wiesen und Feldern und heißt deshalb Burg Wiesenstein. Das Dorf heißt wie die Burg und ist ebenfalls nicht sehr groß. Aber immerhin."

„Du bist ein Graf? Ein reicher Herr?", hakte Leonard ungläubig nach.

Luzius hob beide Hände. „Oh nein, nein. Ganz so ist das nicht. Zugegeben, arm sind wir nicht gerade. Aber reich? Oh nein. Mit den reichen Landgrafen können wir uns nicht messen.

Meine Eltern standen immer schon auf Seiten des Königs Ludwig, schon während der Erbfolgekriege. Ihr wisst ja sicher, dass er viele Jahre gegen den Habsburger Friedrich gekämpft hat. Die Schlacht bei Mühldorf ging zwar zugunsten von Ludwig aus und Friedrich wurde gefangen genommen, aber eine endgültige Entscheidung hat sie nicht gebracht. Die Habsburger geben sich noch nicht geschlagen und Ludwig regiert ohne päpstlichen Segen.

Aber ich greife zu weit vor. Bei Mühldorf hat mein Vater mitge-kämpft und auch ich war als Knappe dabei. Wir kämpften auf der Seite König Ludwigs. Aber mein Onkel Martin kämpfte auf Sei-ten des Habsburgers Friedrich. Seine Frau Jutta ist eine Österrei-cherin, sogar eine entfernte Verwandte von Friedrich. Deshalb zog es ihn auf diese Seite. Zeitweise lebten sie sogar in Öster-reich, denn die Burg an der Aisch war der Besitz meines Vaters. Später errichteten sie sich ein großes Haus in Würzburg. Aber es war keine Burg. Sie waren neidisch auf den Besitz meiner Fa-milie.

Doch zurück - bei Mühldorf wendete sich das Blatt, das Kriegs-glück lag bei Ludwig. Martin sammelte jedoch weiter Verbündete um sich, die sich gegen Ludwig und stattdessen auf Friedrichs Seite stellen sollten."

„Das ist der Krieg", wandte Leonard müde ein. „Was hat das mit der heutigen Situation zu tun?"

„Mein Vater kam in der Schlacht ums Leben. Martin richtete sich daraufhin in unserer Burg ein. Er unterdrückte meine Mutter und mich. Sie überlegte schon, mit mir zu ihren Verwandten zu reisen, aber sie wollte mir mein Erbe erhalten. Ein Fehler, denn eines Tages wurde meine Mutter tot im Burggarten gefunden. Es war ein merkwürdiger Tod, sie war nicht krank gewesen."

„Du denkst, sie wurde umgebracht?", fragte Leonard.

Luzius nickte nachdenklich. „Ihr wisst sicher, dass Friedrich sich nicht mit seiner Niederlage abgefunden hat. Auch mein Onkel schürte weiter im Verborgenen seine Intrigen, angespornt von seiner Frau Jutta. Als nun der Kirchenbann über Ludwig drohte, versuchte er unsere Freunde und Nachbarn aufzustacheln, Ludwig nicht als rechtmäßigen König anzuerkennen. Kein exkommunizierter König könne über das heilige römische Reich regieren, meinte er. Inzwischen ist der Kirchenbann ausgesprochen."

„Auch das wissen wir", sagte Leonard.

Norbert und Ulrich hatten sich längst aus der Runde gelöst. Die Geschichten waren zwar spannend, aber auch so lang. Die Beiden spielten lieber miteinander mit den Spielsachen, die sie ebenfalls von der Bäckerin Gertrud bekommen hatten.

Luzius erzählte weiter: „Mich jagte mein Onkel von der Burg. Aber ich hatte etwas, womit ich meinen Onkel erpresste. Ich wollte die Burg zurück. Es gibt Schriftstücke, unter anderem auch einen Brief, in dem mein Onkel Friedrich die Treue schwört und einige Verbündete nennt. Wenn der in falsche Hände kommt…"

„…das wäre Hochverrat", warf Leonard ein. „Dafür bezahlen sie mit ihrem Leben."

„Ich hatte dieses Schreiben in die Hände bekommen. Ich wollte nichts damit tun, ich hoffte nur, sie würden aus Angst, aufzufliegen, ihre Pläne begraben."

„Nein, du hofftest, du könntest ihnen den Brief verkaufen. Der Preis war die Burg", meinte Clara geringschätzig.

Luzius nickte wieder unmerklich.

„Das war nicht sehr nobel", ergänzte Elisabeth.

„Nein, war es nicht. Zu meiner Verteidigung kann ich nur sagen, dass ich verzweifelt war. Auch wir befanden uns im Krieg. Mein Onkel und ich. Oder war es nobel, dass er mich von meinem eigenen Erbe verwies?"

„Nein, du hast recht. Das war es nicht. Aber er ging nicht auf den Handel ein?", hakte Elisabeth nach.

„Ist nicht schwer zu erraten, nicht wahr? Ich floh durchs Land und kam bis an den Rhein zu Verwandten meiner Mutter. Aber mein Onkel suchte mich, das war mir klar. Er wollte – nein, er musste mir dieses Dokument abnehmen. So konnte ich also auch dort nicht bleiben."

„Und du schlugst dich als Straßenräuber durch?"

„Ich musste untertauchen. Anfangs besaß ich noch Geld, aber später kam ich nicht mehr daran. Ich konnte mich auf keiner Burg vorstellen, denn ich hatte Angst, dass die Kunde zu Martin drang. Und ich war nicht besonders geschickt darin, auf dem Feld zu arbeiten. Ja, ich stahl. Aber ich habe nur von Reichen genommen, niemals von Armen."

„Ah!", machte Clara. „Dann ist es ja gut."

„So wie du es betonst, klingt es nicht so, als wäre es gut."

„Ist es auch nicht. Diebstahl ist Diebstahl."

Luzius zuckte leichthin die Schultern. „Ich glaube, da besteht ein Unterschied. Aber gleichwie - ich versuchte, Verbündete zu finden. Das ist durchaus möglich, denn es gibt genug Königstreue. Aber mir geht es nicht nur um den König, sondern durchaus um mich selbst. Ich will meine Burg zurück. Und dafür kann ich nur Mitstreiter in unserer Gegend finden. Das Dorf ist sicher nicht glücklich mit meinem Onkel als Herrn. Meine Eltern waren immer gut zu ihren Pächtern, aber Martin…"

„Mal zurück zum Thema", wandte Leonard unvermittelt ein. „Du denkst, das Ganze hat mit dem Überfall auf unseren Wagenzug zu tun?"

Luzius hob die Schultern. „Sie wollen immer noch die Schriften zurück. Den Brief und die Liste mit Verschwörernamen. Und dafür gehen sie über Leichen. Denn wenn die Schriften bekannt werden, sind sie selbst in Gefahr. Was sie tun, ist Hochverrat."

Clara war erschüttert.

Elisabeth begann zu weinen.

„Du hast uns in Gefahr gebracht", warf Leonard ihm vor. „Du warst unehrlich zu uns und hast uns in Gefahr gebracht."

„Ich konnte nicht ahnen, dass das geschieht. Ich wusste nicht einmal, dass sie wussten, wo ich bin. Ich weiß ja nicht einmal genau, ob es Leute meines Onkels waren." Seine Stimme klang verzweifelt.

„Diese Kämpfer waren keine Straßenräuber", erwiderte Leonard.

„Nein! Das waren sie nicht."

„Und was ist mit dem Schriftstück? Hattest du es bei dir? Ist es mit den Wagen verbrannt?"

„Nein! Ich trage es in einem Gürtel auf meinem Körper. Ich habe es immer noch." Luzius verbarg sein Gesicht in den Händen. Er trug eine schwere Bürde. Auch wenn er hart gekämpft hatte, um die Händler zu schützen, fühlte er sich, als hätte er selbst das Schwert gegen sie gerichtet. Als trüge er Schuld am Tod der zwei Menschen. Clara wusste das, aber sie konnte ihn nicht trösten. Nicht jetzt.

Sie musste erst selbst mit dieser Situation umgehen lernen.

Luzius Schultern zuckten und Clara wusste, dass er weinte. Aber sie sagte nichts. Sie wusste, Luzius wäre das nicht recht. Er war ein Kämpfer, ein Ritter. Der weinte niemals.

Clara stand auf und ging vor das Häuschen. Sie musste die kühle, frische Luft atmen. Sie musste fühlen, dass sie noch lebte. Das konnte sie nur im Freien. Mein Gott, dachte sie. Ich war es, die ihn mitnehmen wollte. Ich habe Leonard zugeredet. Ich habe so deutlich gefühlt, dass er mit uns verbunden war. Wie konnte ich dieses Gefühl so falsch deuten? Er ist in der Tat unser Schicksal geworden. Aber er hat uns Verderben gebracht und das habe ich nicht gefühlt. Sie ballte ihre Hand zur Faust „Oh mein Gott, ich verfluche meine Gabe. Wenn sie nicht helfen und retten kann, verfluche ich sie!"

Elisabeth blieb hartnäckig. Sie wollte Clara unbedingt auf ihrem weiteren Weg begleiten.

„Zwei Mädchen alleine unterwegs? Das geht nicht!", beharrte Leonard.

„Das kannst du nicht tun, Elisabeth", warf Mechthild matt ein. „Wir haben schon einen Sohn verloren."

„Aber du verlierst mich doch nicht. Ich werde zu euch zurückkommen."

„Wir verkleiden uns als Jungen!", schlug Clara vor. „Ich werde mir meine Haare abschneiden. Und ein paar Hosen werde ich schon besorgen."

„Ich werde euch führen!", bot Luzius an.

„Damit sind sie ja noch mehr in Gefahr!", meinte Leonard.

„Luzius ist ein guter Kämpfer, das hat er bewiesen", warf Clara ein.

Leonard seufzte. „Und wie soll Elisabeth zurück kommen nach Paderborn?"

„Ich bringe sie euch!", versprach Luzius. „Ganz sicher. Ich bringe sie euch. Ihr wird nichts geschehen und wenn es mein Leben kosten würde. Das gelobe ich bei Gott."

Leonard und Mechthild seufzten beide. „Wie soll ich selbst zurückkommen, allein mit zwei kleinen Jungen und einer verletzten Frau?"

„Mir geht es doch schon wieder viel besser", meinte Mechthild, obwohl sie selbst wusste, dass sie noch viel Ruhe brauchte. Aber sie würde wieder gesund werden.

Doch auch hier wusste die Bäckerin Gertrud Rat. Sie wusste, wo sie einen Wagen besorgen konnte, sogar mit einem Wagenlenker. Einer ihrer Nachbarn würde sie nach Paderborn bringen und einer ihrer Söhne würde sie zusätzlich begleiten. Das hatte den zusätzlichen Vorteil, dass der Wagenlenker nicht allein zurück reisen musste. Leonard warf ein, dass er kein Geld mehr hätte, um sie zu bezahlen. Aber er wollte ihnen eines seiner Wagenpferde mit zurückgeben, das Tier könnte den Wagen ziehen. Aber da winkte die Bäckerin großmütig ab. „Nein, nein. Die Pferde braucht ihr, wenn ihr euch euer Geschäft wieder aufbaut. Der Wagenlenker nimmt sein eigenes mit. Und ihr nehmt alle drei Pferde mit nach Paderborn und behaltet sie auch. Das gebietet doch die christliche Nächstenliebe, euch zu helfen. Nach dem schweren Verlust, den ihr erlitten habt. Nein, nein, macht euch nur keine Gedanken darüber. Sagte Jesus nicht: Was ihr dem Geringsten meiner Brüder tut, habt ihr mir getan?"

„Ich glaube, Gott hat uns diese Frau geschickt!", sagte Elisabeth zu Clara. Die stimmte ihr von Herzen zu.

So war es also abgemacht und die Stunde des Abschieds nahte. Clara trennte sich schweren Herzens von Leonard und Mechthild, aber sie wusste, dass sie nicht umkehren konnte. Ihr Weg lag so klar vor ihr.

Elisabeth fiel es noch viel schwerer, ihren Vater, Mutter, Bruder und Cousin ziehen zu lassen. Sie weinte bitterlich und Mechthild hielt sie fest im Arm, als wollte sie ihre Tochter nicht wieder los lassen.

„Du kannst immer noch mit uns zurückgehen, Tochter", sagte Leonard.

Aber Elisabeth schüttelte den Kopf. „Ich bleibe bei Clara. Aber ich komme zurück nach Paderborn. Weihnachten werde ich wieder bei euch sein."

Leonard blickte sie zweifelnd an.

„Ich verspreche es!", sagte sie feierlich.

„Und ich sorge dafür, dass sie sicher dort ankommt!", versprach Luzius.

Leonard blickte ihn mit einem abschätzenden Blick an, der deutlicher ausdrückte, als Worte, wie wenig er ihm vertraute.

Dennoch brachen sie in getrennte Richtungen auf.

Keiner von ihnen blickte noch einmal zurück.

Von Ulm nach Würzburg
Juli 1324

Kapitel 21
Auftritt der Gaukler

Gabriel verbrachte gezwungenermaßen einige Zeit in Ulm. Er musste unbedingt seinen Bargeldbestand aufbessern. Glücklicherweise fand er bald Arbeit als Bauarbeiter. Immerhin konnte er angeben, dass er bereits auf Baustellen gearbeitet hatte und von seinem Vater, einem Baumeister, gelernt hatte. Als er meinte, genug Geld beisammen zu haben, um die weitere Reise anzutreten, tauchte eine italienische Gauklertruppe in der Stadt auf. Gabriel war es wie ein Geschenk des Himmels erschienen, als er erfuhr, dass die Gruppe ausgerechnet nach Würzburg weiterziehen wollte. Genau in seine Richtung. Bernardo, der Chef der Gaukler, war sofort bereit, ihn mitzunehmen.

„Aber ich kann nur sehr wenig Geld bezahlen", meinte Gabriel. „Ich brauche es für die weitere Reise nach Dringenberg."

„Nach Dringenberg? Davon habe ich nie gehört."

„Nur ein kleines Dorf. Ich muss über Paderborn reisen. Von dort ist es noch ungefähr ein halber Tagesritt."

„Was zieht dich in ein so kleines Dorf? Du bist ein Baumeister, zieh in große Städte, wo Kirchen und Burgen gebaut werden." Bernardo sprach mit einem wundervollen Akzent. Gabriel mochte es, wie er die Worte auf eine ganz besondere Weise betonte.

„Auch in neuen Dörfern wird gebaut", warf Gabriel ein. „Aber in Wirklichkeit ist es ein Mädchen. Ich habe sie verlassen, als meine Familie weiter zog, aber ich muss sie einfach wieder sehen."

„Ah, ein Mädchen. Bellissimo. Die Liebe ist eine Himmelsmacht. Sei uns Willkommen auf unserer Reise. Du musst uns nur bei einigen Arbeiten helfen - beim Aufbau unserer Bühne zum Beispiel und beim Versorgen unserer Pferde."

Das war gerecht, fand Gabriel. Und in der Tat verhielten sich die Gaukler äußerst freundlich und nett.

Nach ein paar Tagen durfte er zum ersten Mal gemeinsam mit der Truppe in eine kleine Stadt einziehen. Gabriel kam sich furchtbar albern vor, denn Bernardo hatte darauf bestanden, dass er sich in eines der bunten Gewänder hüllte. Er trug eine enge, dunkle Hose und ein Oberteil, das links schwarz und rechts rot war. Über seinen Schultern lag ein gezackter roter Überwurf, der in einer Kapuze mit einem langen Zipfel endete, die er über den Kopf tragen musste.

Sicher, Gabriel hatte schon oft Schausteller und Gaukler gesehen, wenn sie vor einem begeisterten Publikum auftraten. Sie jonglierten, schlugen Salti, zeigten Zauberkunststücke und vieles mehr. Oh, Gabriel hatte das immer geliebt. Es war, als würde er in eine fremde Welt eintauchen.

Jetzt war er Teil dieser Welt.

Früher hatte Gabriel diese bunte Vielfalt geliebt. Sie verströmte Fröhlichkeit und Lebensfreude. Aber jetzt trug er sie selbst und das war etwas völlig anderes. Er fühlte sich nicht wohl darin. Während die Gaukler um ihn her tanzten und sangen und die Schellen klingen ließen, lief er gesittet mitten in der Truppe ganz dicht neben dem Wagen, den Bernardo lenkte.

Der Gaukler beugte sich etwas zu Gabriel hinunter und rief ihn an. „He, Gabriel, du wirkst zu ernst. Wir sind hier, um die Menschen zu erfreuen."

„Ich bin kein Gaukler. Es passt einfach nicht zu mir."

Bernardo lachte. „Tut mir leid für dich. Aber wie hätte es denn ausgesehen, wenn du als Einziger normale Kleidung getragen hättest, als würdest du nicht zu uns gehören."

„Ich hätte mich ja im Inneren des Wagens verbergen können."

„Ach komm, genieß es. Du hast gesagt, du mochtest Gaukler und Schauspieler immer gern. Nun gehörst du dazu. Nur für ein paar Tage. Das wird ein einmaliges Erlebnis."

Da hat er recht, dachte Gabriel etwas missmutig. Es wird bestimmt ein einmaliges Erlebnis.

Die Menschen strömten hinter der Truppe her.

Endlich blieben sie stehen. Das Volk bildete einen Halbkreis um die Gaukler und die begannen sofort, einige Kunststücke vorzuführen. Bernardo sprang von dem Wagen herunter und jonglierte mit Keulen. Ein anderer schlug Salti und Flickflacks auf der offenen Straße und lief auf seinen Händen. Ein dritter zauberte aus dem nichts kleine Münzen hervor.

Bernardo, der Chef der Truppe, erhob seine Stimme: „Heute Abend wird es hier ein außergewöhnliches Spektakel geben. Noch viel mehr unserer Kunst wollen wir euch darbieten."

Ein Flötenspieler spielte einige Töne. Gabriel glaubte, Bernardo wollte durch diese Pause seine Ansage noch spannender gestalten.

„Feuerschlucker erwarten euch und außergewöhnliche Akrobatik. Mein Bruder Alfredo wird vor ihren Augen eine Jungfrau zersägen."

Ein erstauntes „Ahhhh" und aufgeregtes Gemurmel ging durch die Menge.

Der Flötenspieler ertönte wieder.

„Keine Sorge, wir haben noch niemals eine Jungfrau verloren", redete Bernardo mit einem Augenzwinkern weiter. „Kommt her und seht. Und vergesst euren Geldbeutel nicht. Applaus ist das Brot der Künstler, aber wir werden nicht satt davon. Wir bitten um eine kleine Gabe…"

Der Artist schlug weiter seine Salti und der Zauberer ging zwischen die Zuschauer und zauberte Münzen hinter ihren Ohren hervor. Die Menschen lachten. Und sie verstreuten sich ganz allmählich wieder.

Bernardo und seine Truppe konnten in Ruhe in der neuen Stadt ankommen und ihren Auftritt vorbereiten und ihre Bühne aufbauen. Jetzt war Gabriel doch gespannt auf die große Vorführung. Er vergaß die alberne Kleidung, in Wahrheit war seine sogar noch am wenigsten bunt. Und er musste ja auch nicht auftreten. Er war schließlich kein Gaukler. Er würde nur dem Mädchen helfen,

Geld einzusammeln und vielleicht assistieren, wo Hilfe gebraucht wurde. Er hatte nur ein wenig Angst vor dem Zersägen der Jungfrau. So etwas hatte er noch niemals gesehen.

Der Abend wurde für Gabriel eine Reise in ein Märchenreich. Es war etwas vollkommen anderes, ob man den Kunststücken der Gaukler nur zusah oder sich mitten unter ihnen befand. Es war ein heller, warmer Sommerabend. Die Gaukler hatten eine Bühne gebaut, hinter der die beiden Wagen standen. Rund um die Bühne brannten Fackeln.

Noch mehr Menschen als am Nachmittag strömten zu dem Platz. Bernardo betrat die Bühne und ließ seine dunkle, kräftige Stimme ertönen. „Herzlich Willkommen liebe Leute! Es erwartet euch eine fantastische Darbietung. Lasst euch entführen in eine fremde Welt, lasst euch gefangen nehmen von einer Vorführung, die eure Vorstellungskraft übersteigt."

Noch während er sprach, kamen zwei Artisten auf die Bühne. Der eine lief im Handstand, der andere schlug schnelle Flickflacks. Und dann zeigten sie Kunststücke, die die Zuschauer - auch Gabriel - staunen ließen.

„Als wären sie aus Gummi", raunte Gabriel Bernardo zu.

Der lachte. „Ja, sie sind schon etwas ganz Besonders."

Auch eines der Mädchen kam dazu. Sie stellte sich auf die Schulter des einen und machte von dort einen Salto, um auf der Schulter des anderen zu landen. Gabriel staunte mit offenem Mund. Meine Güte, wenn sie auf den harten Boden fallen würde, könnte sie sich alle Knochen brechen.

Später jonglierte Bernardo mit Keulen und Bällen, der Zauberer zeigte seine Fingerfertigkeit und ein Mädchen tanzte auf einem Seil, das zwischen zwei Häusern gespannt war, als wäre es ein Tanzboden.

Besondere Aufmerksamkeit erhielt der Feuerschlucker. Die Menschen hielten den Atem an, als er eine Fackel vom Rand der Bühne nahm und sie sich in den Mund steckte, als wäre es ein Hühnerbein. Als er sie kurz darauf mit seinem Atem wieder neu entzündete, ging ein aufgeregtes Raunen durch die Menge.

Danach trat wieder Bernardo auf die Bühne.

„Als krönenden Abschluss wird mein Bruder Alfredo seine eigene Tochter zersägen!", kündigte er an. „Aber zuerst werden zwei junge Mitglieder unserer Truppe mit einem Beutel durch eure Reihen gehen und um eine milde Gabe bitten." Er verbeugte sich tief und wiederholte seine Worte vom Nachmittag. „Applaus ist das Brot der Künstler, aber wir werden nicht satt davon. Auch wir müssen essen. Bitte, gebt eine Kleinigkeit hinein."

Auf dieses Stichwort hin gingen Gabriel und Bernardos Tochter mit einem Jutebeutel durch die Reihen der Zuschauer. Fast alle gaben etwas.

Diejenigen, die es nicht taten, können es sich vermutlich wirklich nicht leisten, dachte Gabriel.

Auf der Bühne legte sich das Mädchen in eine lange Kiste, deren Deckel geschlossen wurde. An einem Ende sah der Kopf des Mädchens heraus, am anderen die Füße. Alfredo begann, seine Säge anzusetzen. Die Menschen flüsterten aufgeregt miteinander. Einige Kinder drückten sich an die Röcke der Mütter. Die Frauen schlugen entsetzt ihre Hand vor den Mund und die Männer blickten gebannt auf die Bühne.

Nun war die Säge komplett durch die Kiste gefahren und noch immer waren die Füße und der Kopf zu sehen. Alfredo schob die beiden Teile der Kiste auseinander. Die Anspannung schien etwas von den Menschen abzufallen.

Das Mädchen lächelte sogar noch, offenbar ging es ihr gut.

Dann schob Alfredo die beiden Kistenteile wieder zusammen, er öffnete den Deckel und das Mädchen kletterte unbeschädigt heraus.

Die Menge atmete erleichtert auf.

Mit diesem wunderbaren Abschluss ging die Vorführung zu Ende. Alle Artisten versammelten sich auf der Bühne und verbeugten sich tief. Dann trat Bernardo noch einmal hervor und verabschiedete die Menge.

„Vielen Dank, dass wir Gast bei euch sein dürfen. Danke für euren Applaus und natürlich auch für eure Gaben." Ganz allmählich verstreuten sich die Menschen lachend und schwatzend wieder.

Der Abend für die Gaukler war noch nicht vorüber. Sie saßen beieinander und redeten bis tief in die Nacht hinein. Es war dunkel und die Fackeln um die Bühne brannten noch immer. Es war eine ganz besondere Atmosphäre.

Gabriel fühlte sich unglaublich wohl. Er war so froh, ein Teil dieser Truppe sein zu dürfen, wenn auch nur für kurze Zeit. Auch die bunte Kleidung machte ihm inzwischen nichts mehr aus.

Er hatte dazu beigetragen, viele Menschen zu erfreuen, ihre Sorgen vergessen zu lassen. War das nicht eine wunderbare Aufgabe in diesen schweren, düsteren Zeiten?

„Könnt ihr mir nicht verraten, wie der Trick mit der zersägten Jungfrau funktioniert?", fragte er.

Aber da lachte Alfredo. „Natürlich nicht. Wir verraten unsere Tricks niemals."

Gabriel würde noch einige Zeit mit den Gauklern verbringen. Er würde es später noch einmal versuchen. Vielleicht würde er es ja bei dem nächsten Auftritt sogar selbst herausfinden? Wenn er Alfredo ganz genau beobachtete?

Aber irgendwie ahnte er schon, dass ihm das nicht gelingen würde.

Kapitel 22

Im Hause des Ratsherrn

Nach ein paar weiteren Tagen vertraute ihm Bernardo ein Geheimnis an. Er erzählte Gabriel, dass er überhaupt kein Italiener sei. Auch sein Akzent war auf einmal wie weggeblasen. „Die Menschen finden es irgendwie aufregender, wenn man aus einem fremden Land kommt. In Wahrheit heiße ich einfach Bernhard."

„Wo ist deine Heimat?", fragte Gabriel.

„Meine Heimat? Ach, Junge, das ist das ganze Land. Ich bin ein Reisender. Aber geboren wurde ich in Dresden."

Es ging Gabriel gut bei diesen Menschen. Es war etwas ganz anderes als mit dem Bader. Aber natürlich hielten auch sie in jedem Ort, um Vorführungen zu geben, machten Umwege und kamen so nur langsam voran. Gabriel wurde ungeduldig, er war schon seit Monaten unterwegs und hatte kaum die Hälfte der Wegstrecke geschafft. Also traf er die Entscheidung, alleine weiterzureisen.

„Wir sind schon sehr bald in Würzburg, bleib noch solange!", schlug Bernhard ihm vor.

Aber Gabriel schüttelte den Kopf.

„Ihr gebt noch in diesem Ort eine Vorstellung und im nächsten auch. Man kann in einem Tag in Würzburg sein, aber wenn ihr in jedem Dorf bleibt, dauert es vier oder fünf. Und von dort muss ich ja sowieso allein weiterreisen. Ich habe einfach keine Geduld mehr."

„Ich verstehe das. Aber du hustest, du wirst krank und bist dann ganz alleine. Das ist nicht gut."

Gabriel lachte: „Ach was, ist nur eine kleine Erkältung. Es ist Sommer, da wird man nicht krank."

Er machte sich keine Sorgen. Wenn er früh am Morgen aufbrach, würde er es in einem Tag bis Würzburg schaffen und musste keine Übernachtung einlegen. Das konnte er alleine wagen.

Also verabschiedete er sich herzlich von jedem Einzelnen der Gauklertruppe und machte sich auf den Weg. Die Richtung war ihm vollkommen klar, aber Bernhard hatte sie ihm trotzdem noch einmal ganz genau erklärt.

Gabriel hatte einen Trinkbeutel und etwas Essen dabei. Er kam gut voran, aber es war ein sehr heißer Tag und er fühlte sich mit jedem Schritt schlapper. Auf seiner Stirn standen Schweißperlen. Trotzdem begann er zu frieren.

Was ist nur los mit mir, dachte er.

Sein Kopf schmerzte.

Er lachte missmutig vor sich hin. „Wie dumm war ich doch, aufzubrechen. Ich hätte auf Bernhard hören sollen", sagte er laut zu sich selbst.

Jetzt kam ihm wieder in den Sinn, dass seine Mutter Odilia immer gesagt hatte, dass die Erkrankungen im Sommer oft sogar schlimmer und langwieriger waren, als die im Winter. Und es war auch nicht gesund, durch diese pralle Sonne zu wandern. Auch davor hatte Odilia immer gewarnt, wenn sie unterwegs waren. Die Haut wurde rot und brannte, wenn man den Sonnenstrahlen zu lange ungeschützt ausgesetzt war und man konnte sogar wirklich krank davon werden. Die Griechen, in deren Land die Sonne heißer schien, als in Deutschland, hatten immer eine lange Mittagsruhe gemacht. Und auch die Gaukler würden Schutz in ihren Wagen suchen oder im Schatten eine Rast einlegen.

Gabriel hustete auch schlimmer als noch am Morgen. Während dieses einen Tages hatte sich die Krankheit sehr verschlechtert. Er hatte sich überanstrengt. Ach, er war so dumm gewesen. Er hätte es wirklich besser wissen müssen.

Zum Glück war Würzburg schon in Sichtweite. Da vorne war schon die Stadt zu sehen. Gabriel schleppte sich weiter.

Wenn er erst in der Stadt war, würde er sicher jemanden finden, der ihm half.

Er lachte grimmig auf. Als wäre das so einfach. Wer wollte schon einen völlig fremden Kranken aufnehmen und womöglich noch gesund pflegen? Er musste sich Medizin besorgen und eine Gaststätte, in der er schlafen konnte. Auch das noch! Wenn er ein paar Tage eine Unterkunft bezahlen musste, würde er wieder Arbeit suchen müssen. Am Ende würde er mehr Zeit brauchen, als wenn er bei den Gauklern geblieben wäre. Verfluchte Ungeduld!

Die Stadt kam überhaupt nicht näher. Und die Mauer schwankte so merkwürdig in der Ferne. Das liegt bestimmt an der Hitze, dachte Gabriel. Es war wirklich heiß, die Sonne brannte unbarmherzig, obwohl es schon bald Abend war. Trotzdem fror Gabriel. Er schwitzte und fror gleichzeitig. Gar nicht gut, dachte er.

Gar nicht gut.

Ein unkontrollierbares Zittern durchlief seinen Körper. Schüttelfrost.

Er tastete nach seiner Stirn, aber das war völlig überflüssig. Er wusste längst, dass er Fieber hatte, hohes Fieber.

Ich muss bis zur Stadt kommen, dachte er, bevor die Mauern endgültig vor seinen Augen verschwammen und Gabriel kraftlos zusammensackte.

Das nächste, was er sah, waren rehbraune Augen und ein schmales Gesicht, das umrahmt war von haselnussbraunen langen Haaren.

Er versuchte zu sprechen, aber es kam kein Laut über seine Lippen. Sein Mund fühlte sich wie ausgetrocknet an.

Irgendetwas lag auf seiner Stirn. Er wollte danach tasten, aber diese einfache Armbewegung kam ihm unglaublich anstrengend vor. Sein Arm war viel zu schwer, er konnte ihn kaum heben.

Der Mund in dem hübschen schmalen Gesicht lächelte.

„Da bist du ja wieder", sagte das Mädchen. Ihre Stimme klang zart und erfreut. Er blickte sie fragend an. Was hatte das zu bedeuten? Wo war er überhaupt?

„Du warst sehr krank. Psst, du brauchst nichts sagen. Nicht jetzt. Und lass das Tuch liegen. Es kühlt deine Stirn, du hattest sehr hohes Fieber. Du hast sogar immer noch Fieber."

Gabriel ließ seinen Arm wieder sinken. Er versuchte Worte zu formen, die aber einfach nicht über seine aufgesprungenen, trockenen Lippen kamen. „W… Wo… bin…", brachte er angestrengt hervor.

„Oh, du bist hier in Würzburg. Bei der Familie des Ratsherrn Ekkehard von Dornau. Ich bin Adelaide, seine Tochter. Meine Brüder und ihre beiden Bediensteten haben dich vor den Toren der Stadt gefunden. Du warst zusammengebrochen. Oh, du warst wirklich sehr krank. Wie gut, dass sie dich gefunden haben, sonst hättest du sicher nicht überlebt. Wie bist du nur in dem Zustand vor die Stadttore gekommen?"

Gabriel versuchte, etwas zu sagen, aber Adelaide legte ihm den Finger auf den Mund. „Nein, sag nichts. Das kannst du uns alles noch später erklären. Jetzt musst du erst mal wieder zu Kräften kommen."

Sie nahm das Tuch von seiner Stirn, tauchte es in eine Schüssel mit Wasser, wrang es aus und tupfte sein Gesicht damit ab.

„wie… wie.. lange?"

Die Worte strengten ihn übermäßig an. Er fühlte sich so schwach und er hatte Kopfschmerzen, solche Kopfschmerzen. Er schloss die Augen.

„Es ist Vormittag des dritten Tages. Seitdem hast du zwar immer mal wieder die Augen aufgeschlagen, aber du schienst niemals richtig anwesend zu sein. Du hast phantasiert. Du hast um dich geschlagen. Wir wissen nicht, in welcher Welt du warst und welche Kämpfe du geführt hast. Vielleicht hast du den Tod selbst vertrieben."

Gabriel schauderte bei diesen Worten. „Drei – Ta – Tage?"

„Oh ja. Du erinnerst dich an nichts, oder?"

Er schüttelte in seinem Kissen den Kopf. Sofort verzog er sein Gesicht vor Schmerzen. Es war, als würde sich etwas durch seinen Kopf bohren.

„Das macht nichts, du hast nichts verpasst. Du hast ja nur hier gelegen. Wir haben dich abwechselnd gepflegt. Meine Mutter Helene, ich und unsere Hausmädchen. So, jetzt gehe ich und sage ihnen, dass es dir besser geht und dass sie dir etwas zu trinken bringen sollen. Trinken ist sehr wichtig, wenn man krank ist. Wusstest du das?"

Gabriel lächelte vor sich hin. Ihre Worte rieselten auf ihn ein wie Regentropfen. Ihre Stimme war angenehm weich und freundlich.

Ja natürlich wusste er, dass Trinken wichtig war. Hatte seine Mutter das nicht auch immer gesagt?

„Du konntest ja bisher nicht trinken, weil du gar nicht richtig wach warst. Wir haben deine Lippen befeuchtet und dir Wasser mit dem Löffel eingeflößt. Aber deine Lippen sind inzwischen trotzdem so trocken, dass sie aufgesprungen sind. Ach, bin ich so froh, dass es dir jetzt besser geht. Ich bin ganz sicher, dass es ab jetzt aufwärts geht. Dein Fieber scheint auch gesunken zu sein."

Gabriel fielen die Augen wieder zu. Er konnte sie einfach nicht aufhalten. Er bezweifelte, dass er noch wach sein würde, wenn sie mit einem Becher zurückkam. Aber das war ihm gleichgültig.

„Ja, schlaf nur", plauderte sie weiter. „Schlaf nur und erhole dich."

Sie schlich aus dem Zimmer. Gabriel sah ihr hübsches Gesicht noch im Schlaf. Ihre Gesichtszüge verwandelten sich allmählich, ihre braunen Augen wurden grün und ihr Haar bekam den leuchtenden roten Glanz von Kupfer.

Gabriel dämmerte weiter dahin, aber er war nicht mehr so abwesend wie in den ersten Tagen. Er konnte kaum fassen, dass er zweieinhalb Tage hier verbracht hatte – Tage, an die er nicht die geringste Erinnerung hatte. Das Letzte, an das er sich erinnerte, war, dass die Umrisse von Würzburg schwankten und er zusammengebrochen war.

Er wusste nicht, wie er hierher gekommen war und dass irgendjemand ihm die schmutzigen Sachen ausgezogen hatte. Er lag in einem weißen Nachtgewand in einem sauber bezogenen Bett. Meine Güte, wie konnte man von solchen Begebenheiten nichts mitbekommen? Sie mussten ihn doch von der Straße erst in die Stadt geschafft haben. Was für ein Aufwand - und er konnte sich beim besten Willen nicht erinnern.

Sein Kopf schmerzte immer noch.

Eine Frau mit den gleichen braunen Haaren und einem ebenso schmal geschnittenen Gesicht wie das Mädchen kam herein. Sie setzte sich auf den Bettrand und half ihm, sich ein wenig aufzurichten. Dann hielt sie ihm einen Becher an den Mund. Es schmeckte seltsam. Es war kein Wasser und kein Bier.

„Was – was ist…?", brachte er mühsam hervor.

„Es ist Alantwein. Eine gute Medizin bei Krankheiten der Atmung. Und du hast sehr schlimm gehustet."

„Wer – wer bist du?"

„Mein Name ist Helene. Ich bin die Mutter von Adelaide. Du weißt, das Mädchen, das vorhin bei dir war. Wir sind alle sehr froh, dass es dir etwas besser geht."

Gabriel nickte und bereute es sofort. Sein Kopf drohte zu zerspringen.

Ihre Stimme war so sanft wie die ihrer Tochter und sie hatte einen geringen, wunderschönen, fremden Akzent. nur wenig und anders als Bernardo ihn vorgespielt hatte.

Helene betupfte seine Stirn mit dem feuchten Tuch.

„Ich werde dir einen Kräutertee zubereiten lassen. Du hast schlimme Kopfschmerzen, nicht wahr?"

„Ja", krächzte er. Er wagte nicht mehr, den Kopf zu bewegen.

„Ja, du verziehst ja bei der kleinsten Bewegung das Gesicht vor Schmerz. Du hast noch immer hohes Fieber, aber nicht mehr so hoch wie vor drei Tagen, als meine Söhne dich herbrachten. Du hast geglüht vor Fieber."

„Ich – ich erinnere mich nicht."

„Das macht nichts. Du warst so krank. Du warst überhaupt nicht bei dir. Ehrlich gesagt…", sie brach ab.

Gabriel ahnte, was sie sagen wollte. Ehrlich gesagt, dachten wir nicht, dass du überlebst.

„Aber jetzt bist du auf dem Weg der Besserung. Mach dir keine Sorgen. Das Schlimmste ist überstanden, ich bin ganz sicher."

Helene lächelte auf ihn herab.

„Wie ist eigentlich dein Name, Fremder?", fragte sie lächelnd.

„Ga – Gabriel!"

„Gabriel. Ein schöner Name. Wie der Erzengel. Nur dass ich mir Engel immer blond gelockt vorgestellt habe." Sie lachte hell. Es klang fröhlich. Das gefiel Gabriel. So wie sie mussten Krankenpflegerinnen sein. Fröhlich und unbeschwert. Sie mussten Leichtigkeit verbreiten und nicht Sorgen und Düsternis.

Er versuchte zurückzulächeln.

„Weißt du, warum du so allein vor Würzburg herumgelaufen bist?"

Er nickte wieder und verzog sofort das Gesicht.

Helene machte eine beschwichtigende Geste mit der Hand. „Verzeih mir, ich bin dumm. Ich sollte dich nicht soviel fragen. Du kannst uns später immer noch davon erzählen. Morgen oder in ein paar Tagen - ganz gleich. Jetzt gehe ich erst einmal und besorge dir den Schmerztee."

Sie drückte seine Hand und erhob sich dann. Er lächelte ihr zu. Sie ist auch nicht blond gelockt, dachte er. Und trotzdem ist sie ein Engel. Was für ein gütiges Geschick hat mich in dieses Haus geführt, wo solche Menschen sich um mich kümmern? Er schickte ein kurzes Gebet zum Himmel und dankte Gott. Was hatte er auf seiner Reise nicht schon überstanden? Den Bader - Kerkerhaft und eine Anklage wegen Mordes - und nun diese Krankheit. Ach, es musste einen Engel geben, der ihn auf dieser Reise begleitete. Anders konnte Gabriel sich nicht vorstellen, warum er noch lebte.

Er drehte den Kopf auf die Seite und sank sofort wieder in einen tiefen Schlaf.

Kapitel 23

Das Gasthaus zum Goldenen Adler

Am Abend hatten Luzius, Clara und Elisabeth ein kleines Dorf erreicht. Luzius schlug vor, eine Herberge zu suchen, in der sie die Nacht verbringen konnten.

„Und wie stellst du dir das vor?", fragte Clara.

„Mm", Luzius knetete nachdenklich sein Kinn. „Du bist meine Frau und sie ist deine Schwester. Kein Problem."

„Doch ein Problem. Als Ehepaar werden sie uns ein gemeinsames Zimmer zuteilen."

„Nein, kein Problem. Wir werden alle gemeinsam ein Zimmer nehmen. Wir können doch nicht zwei bezahlen. Wir schlafen in unseren Kleidern und ich schlafe auf dem Boden, wenn es dich beruhigt."

„Tut es. Aber glaubst du, man wird Elisabeth für meine Schwester halten?"

Luzius blickte die beiden Mädchen an, sein Blick ging von Clara zu Elisabeth: Clara – mit ihrer schlanken, zierlichen Figur, ihren grünen Augen und dem dicken roten Haar. Und Elisabeth – größer, obwohl sie etwas jünger war, schlank, aber nicht zierlich, blauäugig und mit glattem Haar, dass die Farbe von Weizen hatte. Er lachte laut auf. „Nein, wirklich nicht. Sie ist wohl eher meine Schwester. Wenigstens sind wir beide blond."

„Ich schneide mir die Haare doch noch ab", schlug Clara vor. „Dann kann ich dein Page sein oder Knappe oder so was."

„Verbirg dein Haar unter der Haube, das reicht. In drei Tagen sind wir in Würzburg und finden sicher Unterkunft bei meinen Freunden. Trenn dich nicht von deinem wunderschönen Haar."

Er griff nach einer dicken Haarsträhne und ließ sie durch seine Finger gleiten. Clara sagte nichts dazu. Nach seinem Geständnis, dass er ein feiner Herr war und kein armer Waisenjunge, wusste sie nicht mehr, was sie von ihm halten sollte, was sie ihm glauben konnte.

„Dort!", rief Elisabeth. „Das ist doch eine Herberge, nicht wahr?" Am Ende eines kurzen Weges, der mit Bäumen umsäumt war, stand ein Haus, über dessen Eingangstür ein Messingschild mit den Worten *Zum goldenen Adler* baumelte.

„Versuchen wir es!", befahl Luzius. „Zumindest bekommen wir hier eine warme Mahlzeit!"

Schon wieder dieser Befehlston. Er ärgerte Clara von Stunde zu Stunde mehr.

„Wirt!", rief Luzius mit lauter Stimme, kaum dass sie den Raum betreten hatten. Ein dicker Wirt kam sofort angerannt und verbeugte sich ganz leicht.

Clara verzog den Mund. Er war verschwitzt und trug eine schmutzige Schürze. Und er roch unangenehm.

„Bekomme ich mit meiner Frau und meiner Schwester hier ein Zimmer für eine Nacht? Und eine warme Mahlzeit?", fragte Luzius.

Der Wirt nickte eifrig und machte eine Verbeugung nach der anderen. Wahrscheinlich hatte er hier in dem kleinen Ort nicht allzu oft Gäste. „Ja, natürlich. Gerne. Meine Frau wird euch sofort ein Zimmer zeigen."

Er rief nach seiner Frau, die ebenso dick war, aber längst nicht so untertänig. Die Wirtin beäugte Clara und Elisabeth von oben herab. „Ein Herr mit Eheweib und Schwester? Na hoffentlich stimmt das. Aber mir soll's egal sein. Macht was ihr wollt, wenn ihr nur bezahlen könnt."

„Frau!", rief der Wirt erschrocken. Aber es klang irgendwie so, als würde er sich nur lustig machen. Er ist auch nicht so untertänig, wie er tut, dachte Clara. Aber egal, es ist ja nur für eine einzige Nacht.

Die Wirtin zuckte gleichgültig die Schultern. Clara hatte das Gefühl, ihr stiege die Schamröte ins Gesicht, als ihr klar wurde, was die Frau andeuten wollte. Sie blickte zu Elisabeth, die überhaupt keine Reaktion zeigte. Wahrscheinlich verstand sie überhaupt nicht, was die Wirtin meinte, dass sie ihnen gerade unsittliches Verhalten unterstellt hatte. Luzius dagegen grinste breit. Dem gefällt die Vorstellung wohl noch, dachte Clara verärgert.

Das Zimmer war nicht besonders groß, es standen zwei breite Betten darin, nur einen schmalen Spalt breit auseinander und eine Truhe für Wäsche den Betten gegenüber. Die Laken waren nicht wirklich sauber, aber es musste wohl für die Nacht reichen. Sie würden ja sowieso in ihren Kleidern schlafen.

„Wenn ihr etwas essen wollt, kommt wieder in die Gaststube. Es gibt gute Rindersuppe oder Hühnchen mit Brot."

Luzius nickte begeistert. „Das nehmen wir alles."

„Luzius!", mahnte Clara. „Unser Geld reicht nicht für ewig."

„Was denn nun?", fragte die Wirtin.

„Stell uns etwas Fleisch und Brot mit ein wenig Brühe auf den Tisch. Und Bier", bestellte Luzius. „Wir kommen sofort!"

Am Tisch aßen alle Drei mit großem Hunger. Sie merkten kaum, dass das Hühnchen zu weich war und die Brühe viel zu wässrig. Das Brot dagegen war schon ein wenig hart, ohne die Brühe hätte man sich die Zähne daran ausgebissen. Aber was machte das schon? Ihre Mägen wurden gefüllt, das allein zählte.

Clara merkte wohl, dass der fette Wirt sie die ganze Zeit beobachtete. Sie schob ihren Zopf in den Kragen ihres Kleides und zog ihre Haube tiefer ins Gesicht. Luzius bemerkte es. „Was tust du da?", fragte er.

„Ich glaube, der Wirt starrt mich an. Vielleicht liegt es an meiner ungewöhnlichen Haarfarbe."

Luzius saß mit dem Rücken zum Wirt. Jetzt drehte er sich um und fing den Blick des dicken Mannes auf. „Ja, sei vorsichtig mit dem."

Als die Drei später auf ihrem Zimmer waren, fragte Luzius: „So, Clara, jetzt sag mir bitte noch, was mit dir los ist. Du bist früher anders mit mir umgegangen. Und wenn du mit mir sprichst, klingt alles irgendwie abweisend. Gibst du mir die Schuld, dass … an dem Überfall?"

Clara ließ sich auf das Bett fallen. Sie hatte nicht darüber sprechen wollen und sie hatte auch nicht gewusst, dass es so deutlich zu spüren war. „Nun ja, du sagtest es selbst: Wenn du nicht bei uns geblieben wärst…"

„Ja denkst du denn, ich mache mir nicht selbst die größten Vorwürfe?"

„Du hättest zumindest aufrichtig zu uns sein müssen."

„Ja, das hätte ich. Aber ich habe doch niemals mit so etwas gerechnet. Niemand wusste, wo ich war. Und im Grunde wissen wir auch nicht wirklich, ob es Häscher waren, die es auf mich abgesehen hatten. Ich bin noch hier. Ich lebe. Niemand hat versucht, mich gefangen zu nehmen."

„Du hast eben mehr Gegenwehr geleistet, als sie angenommen haben."

„Ich habe versucht, sie alle zu retten. Ich leide ebenso unter ihrem Tod. Gleichgültig, ob die hinter mir her waren oder nicht. Ich mache mir große Vorwürfe, dass ich sie nicht genug beschützen konnte."

„Ich mache mir auch Vorwürfe", sagte Clara kleinlaut. „Ich habe Leonard zugeredet, dass du uns begleiten darfst."

„Ja." Luzius nickte. „Aber dadurch trägst du keine Verantwortung an den Vorkommnissen. Du konntest nun wirklich nichts dafür. Du wusstest nicht, wer ich war – wer ich bin!"

Clara senkte den Kopf, um nicht zu zeigen, dass einzelne Tränen ihre Wange herunterkullerten. „Ich habe gefühlt, dass unsere

Schicksale verbunden sind. Deins, meins und auch das der Händler. Aber ich habe es falsch gedeutet. Deshalb bin ich auch Schuld. Ich bin hellsichtig, ich hätte es wissen müssen."

„Jetzt hört endlich auf! Beide!", schrie Elisabeth plötzlich lauter, als man es ihr ihrem sanften Äußeren zufolge zugetraut hätte. „Niemand von euch trägt die Schuld an dem, was geschehen ist. Einzig die Männer, die sie ermordet haben. Warum auch immer sie das getan haben, ist völlig gleichgültig. Mein Bruder und mein Onkel sind tot. Und diese Männer sind Schuld. Sie ganz alleine. Sie haben uns überfallen und sie haben die Waffen geführt. Wieso versteht ihr das eigentlich nicht?"

Clara und Elisabeth lagen gemeinsam in dem Doppelbett, während Luzius alleine in dem zweiten Bett lag. Flocke hatte sich ans Fußende von Claras Seite gekuschelt. Das Mädchen hatte deswegen kein schlechtes Gewissen. So schmutzig wie die Laken waren, machte es wohl auch nichts, wenn ein Hund darin schlief.

Elisabeth schlief schnell ein, doch Clara lag noch wach und dachte über alles Vergangene nach. Ihre Augen gewöhnten sich an die Dunkelheit und bald schien ihr das Zimmer nicht mehr ganz so finster. Sie sah, dass Luzius mit offenen Augen auf der Seite lag und sie ansah.

Es war ihr im Schutz der Dunkelheit und der Einsamkeit gar nicht so unangenehm, wie sonst immer. Clara fragte sich, ob sie so abweisend zu ihm war, weil sie seine Nähe und seine Blicke fürchtete und nicht, weil sie ihn für schuldig erklärte am Tod ihrer Freunde.

Einen kurzen Moment lang erwiderte sie schweigend seinen Blick.

„Luzius?", fragte sie dann flüsternd.

„Ja?"

„Ich wollte dich schon die ganze Zeit etwas fragen, seit ich deine wahre Herkunft kenne."

„Und was ist das?"

„Der Kamm, den du mir zum Geburtstag geschenkt hast..."

„...gehörte meiner Mutter", ergänzte er schnell.

„Dann kann ich ihn nicht behalten."

„Du musst!"

„Aber er ist sicher wertvoll für dich. Eine Erinnerung. Und ich werde irgendwann fort sein."

„Ich habe nicht nur diesen Kamm als Erinnerung. Ich werde meine Burg zurückbekommen. Ich hoffe, unsere Freunde in Würzburg haben Neuigkeiten für mich. Sie standen immer mit Vater auf der Seite von König Ludwig."

„Ach deshalb willst du uns dorthin führen? Du willst mir gar nicht helfen oder uns beschützen. Du denkst nur an deinen Kampf."

„Psst, sei leise. Elisabeth schläft." Sie hatte gar nicht bemerkt, dass sie lauter geworden war.

„Clara, so wie du auf der Suche nach deinem Gabriel bist und auf der Suche nach deiner Bestimmung, so bin ich auf der Suche nach meiner Vergangenheit. Es bedeutet mir soviel wie dir deine Suche."

Sie schwiegen beide einen Moment lang. Luzius blickte sie unverwandt an.

„Außerdem ist es der richtige Weg Richtung Süden. Und wir können bei ihnen übernachten und essen und vielleicht auch frische Kleidung bekommen. Du siehst, es fügt sich einfach wunderbar zusammen."

„Tut mir leid", flüsterte Clara. „Du hast recht."

„Ich kann dich sowieso nicht nach Griechenland bringen. Ich kann vielleicht auch nicht ertragen, wenn du Gabriel wieder siehst."

Clara antwortete nicht. Sie hatte eine entfernte Vorstellung davon, was das bedeuten sollte.

Er tastete über den Spalt, der ihre Betten trennte, hinweg nach ihrer Hand und drückte sie. Nur einen kurzen Moment, dann zog Clara ihre Hand fort.

Schlafen konnte sie jetzt erst recht nicht mehr.

Obwohl Clara schlecht geschlafen hatte, war sie froh, als die Nacht vorüber war. Es fiel ihr nicht schwer, früh aus dem Bett zu springen.

Elisabeth war sowieso gut ausgeschlafen und munter.

Flocke sprang, kaum dass Clara ihre Füße aus dem Bett streckte, an ihr hoch und rannte aufgeregt zur Tür.

Als Clara nicht reagierte, kam er zurückgelaufen, setzte sich schwanzwedelnd vor sie und lief wieder zur Tür.

„Ich glaube, er muss mal nach draußen", meinte Elisabeth.

„Ja, ich glaube auch. Erstaunlich, aber er hat auch bei uns früher nie ins Haus gemacht. Jetzt sind wir seit Monaten unterwegs, er konnte immer leicht aus den Wagen springen und trotzdem wartet er hier, bis ihn jemand hinauslässt. Ich gehe mal mit ihm vor das Wirtshaus", meinte Clara.

Während sie das sagte, ordnete sie ein wenig ihr Haar, versteckte den Zopf in ihrem Kleid und setzte ihre Haube auf. Sie hatte die Blicke des Wirtes von gestern Abend nicht vergessen.

„Ja, ist gut!", stimmte Luzius zu, der sich inzwischen auch aufgerichtet hatte. „Elisabeth und ich setzen uns schon mal in den Schankraum. Ein gutes Frühstück möchte ich mir nicht entgehen lassen."

Sie verließen also alle Drei ihr Zimmer. Während Clara mit Flocke das Haus verließ, gingen Elisabeth und Luzius in die Schankstube. Flocke rannte draußen sofort an den nächsten

Baum, um sein Geschäft zu erledigen. Clara ging ein paar Schritte weiter. Es war noch früh, die Luft war kühl, aber man merkte schon, dass es ein heißer Tag werden würde. Sie mochte diese frühen Stunden. Es würde gut sein, ein gutes Stück Weg vor dem Mittag zurückzulegen. Wenn es wirklich so heiß würde, müssten sie sich ein schattiges Plätzchen suchen und ein paar Stunden rasten. Es war gefährlich in der prallen Sonne zu reisen. Man konnte leicht von der Sonne krank werden und sogar Fieber bekommen.

So in Gedanken versunken, merkte Clara nicht, dass der dicke Wirt hinter sie getreten war.

„Hallo Mädchen!", bellte er. „So allein hier draußen?"

Clara machte automatisch einen Schritt zurück.

„Meine Freunde warten im Schankraum. Wir werden nach dem Frühstück weiterreisen."

„Nicht so eilig!", grölte er und kam näher. „Ein Küsschen und du bekommst dein Frühstück umsonst. Nur ein Kuss."

Clara fühlte sich angewidert. Der Mann war so ekelig. Und er stank. Wenn es gestern nicht so spät gewesen wäre und sie dringend eine Unterkunft gebraucht hätten, wären sie sicher nicht bei ihm eingekehrt.

„Nein!", schrie sie.

„Was denn, nicht mal ein einziger Kuss?"

„Ich bezahle mein Frühstück lieber mit Geld!", erwiderte sie.

Er griff nach ihr, aber sie war schneller und er griff ins Leere.

„Mädchen!", schrie er.

Sie wollte davon laufen, aber sie kam in dem schmalen Weg nicht an ihm vorbei. Flocke kam angelaufen und bellte ihn aufgeregt an. Er biss sich sogar in seiner Hose fest. Der Wirt schüttelte mit dem Bein, aber Flocke ließ sich nicht so leicht abschütteln.

„Hiiilfe!", schrie Clara so laut sie konnte. „Luzius!"

Der Wirt griff nach ihr und erwischte ihren Arm.

„Dumme Töle, lass das!", schrie er und trat mit dem anderen Fuß nach Flocke. Der Hund ließ endlich los. Der Wirt zog Clara näher an sich heran.

Sie wehrte sich. „Luzius!"

„Ich will doch nur einen Kuss. Wie kann man sich so anstellen!" Jetzt wurde er richtig ärgerlich.

Aber da kam Luzius. Mit Riesenschritten rannte er auf die beiden zu. Ohne viel Federlesen packte er den Wirt am Kragen und riss ihn von Clara fort. Sie schwankte, fiel hin. Flocke kam zu ihr, sprang in ihren Schoß und leckte ihr durchs Gesicht.

Luzius packte den Wirt und verpasste ihm einen Kinnhaken, dass er nach hinten taumelte, aber er blieb auf seinen Beinen. Nur einen Zahn spuckte er aus.

Verärgert rieb er sich sein schmerzendes Kinn.

„Was fällt dir ein, dich an meine Frau heranzumachen!", schrie Luzius.

Clara war einen Moment verwirrt, aber dann erinnerte sie sich, dass sie ja als Ehepaar das Zimmer gemietet hatten. Sie sah Elisabeth auf sich zukommen. Die Freundin half ihr hoch.

Clara hielt Flocke weiterhin auf ihrem Arm. „Du warst so mutig, wolltest mir helfen, nicht wahr?" Sie streichelte dankbar das Fell des Hündchens.

„Deine Frau, dass ich nicht lache. Habe ich euch keinen Moment geglaubt. Und mir schenkt sie nicht mal einen Kuss."

„Das muss sie auch nicht!", brüllte Luzius. „Du widerliches Schwein!"

Er verpasste ihm einen weiteren Schlag in die Magengrube.

Dieses Mal beförderte der Schlag den Wirt von seinen Beinen auf die trockene Erde.

Luzius drehte sich zu den Mädchen um.

„Tut mir leid, ich schätze, hier gibt es kein Frühstück mehr."

„Mir ist sowieso der Appetit vergangen", sagte Clara.

„Wir bekommen eins in der nächsten Stadt", meinte Elisabeth zuversichtlich. „Wir müssen noch unsere Sachen holen und dann brechen wir auf."

Clara streichelte noch immer Flocke.

Luzius nahm ihr den Hund aus dem Arm, setzte ihn behutsam auf die Erde und zog Clara an sich. Sie zitterte. Er streichelte ihr über das rote Haar. „Ist ja gut, nichts passiert. Es ist nichts passiert."

„Danke!", wisperte sie.

Sie lehnte ihren Kopf gegen seine Schulter.

Sie merkte, dass Luzius so aufgebracht war wie sie selbst.

Plötzlich hob er ihren Kopf etwas an. Sein Gesicht kam ganz nah und sein Mund traf ihren. Clara wehrte sich nicht.

Es fühlte sich gut an.

Es war so ganz anders als mit Gabriel. Damals waren ihre Berührungen vorsichtig, zurückhaltend und scheu gewesen.

Luzius' Kuss war leidenschaftlich.

Sein rauer Bart kratzte an ihrer Wange, aber sogar das fühlte sich gut an.

Er streichelte über ihren Rücken.

Gabriel war noch ein Junge gewesen, Luzius war ein Mann.

Clara umschlang seinen Hals. Sie spürte seine Muskeln. Er war gar nicht so schmächtig, er war schlank und durch und durch muskulös.

„Ach so eine bist du, küsst nur die schönen und jungen Männer!", grölte der Wirt und zerstörte damit den Zauber.

Clara schrak zusammen.

Was tat sie?

„Clara, weißt du es denn nicht?", flüsterte Luzius. „Ich liebe dich. Das tat ich vom ersten Moment an, als du dich dafür stark machtest, dass ich mit euch reisen durfte."

„A- aber…"

„Ich weiß ja - Gabriel. Aber vielleicht findest du ihn nie. Du kannst ja nicht allein bis Griechenland reisen."

„Oh Luzius!", rief sie aus. Mehr konnte sie nicht sagen. Sie wusste einfach nicht, was werden sollte. Nein, sie konnte nicht allein bis Griechenland reisen. Und wenn sie Luzius' Nähe so sehr genoss, war es dann überhaupt noch der richtige Weg für sie?

„Wir holen uns meine Burg zurück und du bleibst bei mir", schlug Luzius vor. Seine Stimme war ungewöhnlich sanft.

Clara konnte nicht antworten. Sie sah sich nach Elisabeth um, aber die spielte ein Stück weit entfernt mit Flocke. Sie hatte wohl nicht daneben stehen wollen, als...

„Wir sollten unsere Sachen holen und weiterziehen!", sagte Clara leise und senkte verschämt den Kopf. „Es ist sowieso gut, früh am Morgen aufzubrechen und eine gute Wegstrecke vor der Mittagshitze geschafft zu haben."

Luzius fasste unter ihr Kinn und hob ihr Gesicht, so dass sie ihn ansehen musste. „Ist schon gut, Clara. Ich hole unsere Sachen!" Er lächelte ihr so liebevoll zu, dass es ihr einen Stich versetzte. Sie wollte ihn nicht verletzen, aber sie war sich keineswegs sicher, ob sie es eines Tages nicht doch tun musste.

Clara lief zu Elisabeth und sie warteten, bis Luzius mit ihrem wenigem Gepäck zurückkam. Von dem Wirt drohte keine Gefahr mehr. Der war inzwischen davon gewankt. Einen weiteren Zusammenstoß mit Luzius wollte er wohl nicht riskieren.

„Geht es dir besser?", fragte Elisabeth. „Du bist sicher noch ganz verschreckt."

„Ja, wie gut, dass ihr mich gehört habt!", seufzte Clara.

Sie sah die Freundin fragend an. „Gehört?"

„Ja. Ich habe doch laut nach euch geschrien. Und dann seid ihr gekommen."

„Wir haben dich nicht gehört. Du warst viel zu weit entfernt. In der Schankstube hätten wir dich nicht hören können. Nein, ich hatte plötzlich so ein komisches Gefühl. Ich wollte unbedingt nach dir sehen."

Clara blickte Elisabeth wie versteinert an und konnte nicht antworten. Was hatte das zu bedeuten. Sie hatten sie überhaupt nicht gehört?

„Dort kommt Luzius!", rief Elisabeth und zeigte Richtung Haus, von wo er mit den wenigen Gepäckstücken näher kam.

Dann brachen sie auf, Richtung Süden. Der Sonne entgegen. Heute Abend würden sie wieder eine Gaststätte suchen müssen. Und Clara hatte ein wenig Angst davor, wieder im gleichen Zimmer schlafen zu müssen wie Luzius. Aber sie musste zugeben, dass es ihr keineswegs unangenehm war.

Clara lief neben Elisabeth her, ohne auch nur den Weg oder die Landschaft um sie herum wahrzunehmen. Sie war ganz sicher, ihr Großvater hatte Elisabeth eine Nachricht geschickt, so wie damals Adrian, als sie in Dringenberg von dem Pöbel gefangen genommen worden war.

Ach, sie war ein schlechter Mensch. Sie hatte solange nicht an Großvater gedacht. Und auch nicht an Gott. Sie war so fromm erzogen worden, doch auf ihrer Reise hatten sie nicht immer die Gelegenheit gehabt, die Sonntagsmesse zu besuchen.

Aber nun dankte sie Gott für ihre Rettung. Sie war froh, dass sie selbst, Elisabeth und Luzius noch lebten, sie bat für eine glückliche Weiterreise und sie betete auch um Schutz für Leonard, Mechthild, Norbert und Ulrich.

Ihre Lippen bewegten sich lautlos. „Es tut mir leid, ich habe dich etwas vernachlässigt. Ich habe seit Wochen nicht gebetet. Aber nun bitte ich dich, beschütze uns alle auf der Reise. Nicht nur auf der Straße, sondern auch auf unserem Lebensweg. Zeige mir, was der richtige Weg für mich ist, denn ich weiß es nicht mehr."

Sie schaute auf Luzius, der mit großen Schritten voran schritt. „Ich war noch niemals so durcheinander und noch niemals so unsicher, welches der richtige Weg für mich ist."

Hatte es jemals wirklich eine Möglichkeit gegeben, Gabriel wieder zu finden? Und wenn sie ihn fand, würde sie dann noch dasselbe empfinden, wie vor ein paar Monaten, als sie Dringenberg verlassen hatte? Und was war mit Gabriel selbst? Auch um seine Gefühle ging es schließlich und sie war sich ihrer nicht sicher.

Und wenn sie ihn nicht fand – was doch sehr wahrscheinlich war - sollte sie zurück nach Dringenberg gehen? Oder sollte sie bei Luzius bleiben? Aber sie konnte doch nicht bei ihm bleiben, nur weil sie sonst nicht wusste, was sie tun sollte. Andererseits gab es genügend arrangierte Ehen, die nicht aus Liebe entstanden. Eigentlich war das sogar das Übliche. Und wenn sie ganz ehrlich war, musste sie sich eingestehen, dass Luzius ihr nicht gleichgültig war.

„Ist mit dir alles in Ordnung?", fragte Elisabeth und griff nach ihrer Hand. „Du scheinst gar nicht richtig bei uns zu sein."

Clara lächelte, aber es wirkte ein wenig abwesend. „Ja, du hast recht. Ich habe geträumt."

„Es scheint aber kein schöner Traum gewesen zu sein."

Clara antwortete nicht.

„Du bist sicher noch ganz durcheinander, wegen dieser Sache."

„Dieser Sache?", fragte Clara verwirrt.

„Ja, du weißt schon – die Sache mit dem Wirt."

Sache nannte Elisabeth das. Sache!

„Ja, das wird es sein. Und wegen allem, was wir erlebt haben und noch erleben werden. Ich frage mich, wo unser Weg endet."

Da drehte Luzius sich abrupt um. „Er endet dort, wo wir das entscheiden! Und jetzt Schluss mit den trüben Gedanken, so können wir keine Entscheidungen treffen und nicht für unsere Ziele kämpfen."

Clara war es, als spräche er nur zu ihr.

Kapitel 24
Neue Freunde

Am Nachmittag des vierten Tages kamen sie in Würzburg an. Clara freute sich, endlich wieder in einer richtigen Stadt zu sein. Es kam ihr ewig vor, seit sie Marburg verlassen hatten. Waren es wirklich nur viereinhalb Tage? Besonders Elisabeth war erschöpft. Zwar war sie immer viel gereist, aber nie hatte sie so große Entfernungen in einem Stück zu Fuß zurückgelegt. Sie hatte auf dem Wagen fahren können, außerdem waren sie als Tross nur sehr langsam vorangekommen, weil sie in den Dörfern Aufenthalte zum Verkauf ihrer Waren eingelegt hatten. Diese letzten Tage waren wirklich etwas ganz anderes gewesen - ein ständiges Wandern, immer mit dem Ziel, möglichst schnell in Würzburg anzukommen. Jede Übernachtung kostete schließlich Geld. Sie hatten nur während der Mittagshitze gerastet und während der Nacht.

„Ich kann nicht mehr", heulte Elisabeth. „Wirklich, meine Füße tun so weh."

„Ich weiß", tröstete Clara. „Aber wir haben die Blase doch gut gepolstert mit etwas Leinen. Das müsste doch helfen?"

„Ein wenig schon. Aber es scheuert immer noch."

„Ich sehe es mir später noch mal an und streiche dir noch etwas von der Salbe auf. Es wird gewiss schnell heilen."

Clara hatte in Marburg gut und umsichtig in der Apotheke und einem Kräuterladen eingekauft. Und sie hatte eine gut wirksame Wundsalbe hergestellt. Sie sah noch immer Elisabeths komischen Gesichtsausdruck vor sich, als sie Speck und Wachs in einem kleinen Töpfchen schmolz und diese Masse zusammen mit Johanniskrautöl und Eigelb zu einer Salbe verrührte.

„Wir haben es gleich geschafft", sagte Luzius.

Endlich standen sie vor dem großen Fachwerkhaus, von dem Luzius sagte, es sei ihr Ziel. „Es ist ja fast wie ein Schloss", staunte Elisabeth.

„Ja, es sind sehr reiche Leute, obwohl sie nur dem unteren Adelsrang angehören", erwiderte Luzius.

„Trotzdem sind sie Freunde von dir?"

Luzius grinste. Der spöttische Unterton in Claras Stimme war ihm nicht entgangen. Er wies auf seine abgetragene, staubige Kleidung. „Adel ist Adel. Und ich bin doch nur ein Lumpengraf ohne Burg. Aber im Ernst, Ekkehard ist ein vornehmer Mann und seine Söhne haben ebenfalls bei Mühldorf gekämpft. Und Helene ist eine wirkliche Dame."

„Helene? Ein ungewöhnlicher Name!", warf Clara ein.

Luzius nickte. „Sie ist Französin. Als junges Mädchen ging sie am französischen Hof ein und aus. Man spricht den Namen auch etwas anders aus und muss Striche auf die „e" machen. Ganz genau weiß ich das nicht. Ich kann die Sprache nicht sprechen. Es klingt ungefähr so: Elänn."

Clara grinste.

„Ungefähr eben!", rief Luzius aus und betätigte gleichzeitig den gusseisernen Türklopfer.

„Wovon redet ihr da eigentlich? Was bedeutet das - ein „e" und Striche darauf?", warf Elisabeth ein.

Luzius lachte ihr zu. „Tut mir leid. Ein „e" ist ein Buchstabe. Und in Frankreich gibt es Varianten davon. Das kennzeichnet man durch Striche darauf. Aber so genau kenne ich mich da auch nicht aus. Es reicht wohl, wenn ich unsere Sprache schreiben kann."

Elisabeth lächelte etwas verlegen. Sie konnte nicht einmal das. Aber sie kam nicht dazu, darüber nachzudenken.

In dem Moment öffnete ein Mann mit sauberer Uniform das Portal.

„Ich wünsche einen guten Tag!", sagte er etwas steif.

„Auch einen guten Tag!", grüßte Luzius forsch.

Wie sehr er sich verändert hat, dachte Clara. Er ist viel selbstbewusster und forscher geworden. Wie ein Herr, trotz der zerschlissenen Kleidung und dem Bündel auf dem Rücken. Ein Lumpengraf mit Befehlston und Eleganz. Wo ist der kleine Dieb geblieben, den wir aufgenommen haben?

„Ich möchte zu Ekkehard von Dornau."

Der Diener taxierte Luzius mit einem abschätzenden Blick von oben bis unten, dann machte er eine sehr kleine, steife Verbeugung. „Der Herr ist nicht da. Es ist heller Tag, da ist er im Rathaus."

„Dann zu Helene von Dornau oder einem der Söhne."

„Ihr werdet erwartet?"

Es war nicht ganz klar, ob er Luzius mit der höflichen Anrede „Ihr" ansprach oder sie alle zusammen meinte. Er betrachtete die beiden Mädchen geringschätzig von oben bis unten. Dann blieb sein Blick auf Flocke hängen und er verzog verächtlich die Mundwinkel.

„Natürlich", sagte Luzius fest ohne auf seinen Blick einzugehen.

Elisabeth und Clara blickten sich grinsend an. Wie leicht ihm die Lüge von den Lippen ging.

Wieder die knappe Verbeugung, dann setze sich der Diener in Bewegung. Luzius folgte ihm auf dem Fuß und winkte den Mädchen, ebenfalls mitzukommen. Clara hob Flocke auf den Arm und sie folgten dem Mann durch einen langen Gang in ein kleines Empfangszimmer.

„Wartet hier einen Augenblick", sagte er schlicht.

Dieses Mal verbeugte er sich gar nicht, als er den Raum wieder verließ.

Flocke zappelte auf Claras Arm und sie setzte ihn wieder ab.

„Das wird nicht gut gehen", raunte Clara Elisabeth zu. „Wenn die Diener hier schon so arrogant sind…"

Luzius hatte ihre Worte verstanden. „Es wird", sagte er. „Dieser Diener ist noch von Ekkehards Großvater eingestellt worden. Damals war er noch ein Kind. Er lässt sich nichts zuschulden kommen, außer seiner Arroganz. Er kommt nicht gut damit zurecht, dass Helene und Ekkehard so – so volksnah sind."

Es dauerte eine ganze Weile, bis die Tür wieder aufging. Der Uniformierte trat wieder ein, aber direkt nach ihm flog eine Frau mittleren Alters ins Zimmer. Sie war vornehm gekleidet, war nicht größer als Clara, hatte aber eine etwas füllige Figur ohne wirklich dick zu sein. Ihre braunen Haare waren bereits von ersten grauen Strähnen durchzogen und ordentlich aufgesteckt. Ihr Gesicht war schmal und zeigte erste Falten um die Augen und den Mund herum.

Obwohl sie ihre Jugend hinter sich gelassen hatte, sah sie wunderschön aus, fand Clara. Ihr Gesicht leuchtete, als sie Luzius in die Arme schloss, ohne auf seine staubige Kleidung zu achten.

Clara bemerkte wohl, dass der Diener die Nase missbilligend kraus zog.

„Luzius. Mein Gott, welcher Engel hat dich hierher geschickt. Du lebst. Mon dieu, wir wussten nicht, ob du lebst oder tot bist."

Ihr Akzent war nur gering, aber unverkennbar vorhanden. Clara gefiel ihre Art zu reden.

„Ich lebe, Helene. Ich konnte fliehen, nachdem Martin die Burg übernommen hatte. Ich habe in Bielefeld gelebt. Vor ein paar Monaten habe ich mich einem Händlerzug angeschlossen und…

Ach, Helene, das ist eine lange Geschichte, die ich dir später in Ruhe erzählen muss. Diese beiden Mädchen haben mich begleitet. Das ist Elisabeth und das ist Clara."

Clara bemerkte, dass sein Gesichtsausdruck sich etwas veränderte, als er sie vorstellte. Er lächelte, wurde weicher.

252

Auch Helene bemerkte es. Ihre Stirn kräuselte sich, was Clara gut verstehen konnte. Ein lange vermisster Freund tauchte hier auf mit zwei Mädchen im Schlepptau. Das musste ihr sehr seltsam vorkommen.

Trotzdem begrüßte sie die beiden Mädchen herzlich.

„Ihr seid sicher sehr hungrig und durstig?", vermutete sie. „Ich lasse euch eine Kleinigkeit bringen und dann zeige ich euch eure Zimmer. Eins für dich, Luzius und eins für euch. N'est pas? Ist das richtig?"

„Das ist richtig, vielen Dank." Clara knickste leicht, was Helene zu einem belustigten Lächeln brachte.

„Was für ein niedliches Hündchen habt ihr bei euch!", bemerkte sie dann und hockte sich hin, um Flocke zu streicheln. Der Hund drehte sich sofort auf den Rücken und ließ sich behaglich kraulen.

„Das gefällt ihm aber!", lachte Helene.

„Er gehört mir und heißt Flocke", erklärte Clara.

„Na, das passt ja gut. Ihr möchtet euch sicher zuerst frisch machen?", fragte ihre Gastgeberin.

„Du kannst ja Gedanken lesen", erwiderte Luzius.

Helene lachte laut auf. „Oh nein. Aber wenn man euch anschaut... Ich lasse in eure Zimmer Zuber mit Wasser stellen."

„Oh, das ist ja wunderbar", rief Elisabeth aus.

„Dann bleibt einfach hier. Ich veranlasse alles. Gleich wird euch etwas zu Essen und zu Trinken hierher gebracht. Und später unterhalten wir uns. Oh, ich komme um vor Neugier. Aber ich lasse euch erst einmal in Ruhe ankommen. Und Ekkehard möchte sicher auch dabei sein, wenn du von den beinahe zwei Jahren erzählst, die seit Mühldorf vergangen sind. Oh, sie werden sich alle freuen. Bis bald. Fühlt euch alle wohl in unserem Haus."

Damit rauschte sie hinaus.

Clara und Elisabeth sahen sich ein wenig überrascht an.

„Was für ein herzlicher Empfang, obwohl sie Elisabeth und mich gar nicht kennt", meinte Clara.

„Ihr kommt mit mir, das reicht."

„Sie nimmt uns auf, ohne Fragen zu stellen."

„Das ist eben Helene. Und so ist die ganze Familie. Nehmt Platz, ihr beiden."

Es dauerte nicht lange, bis die Tür wieder aufging und ein Mädchen die versprochene Stärkung brachte. Es gab Wasser und Wein, Brot und Käse und Früchte, das auf einer kleinen Truhe abgestellt wurde.

Sogar für Flocke wurde eine Schale mit Wurst und eine mit Wasser bereitgestellt.

Den Dreien kam es so vor, als sei es das vornehmste Mahl, das sie seit Langem gegessen hatten.

Sie verbrachten die nächsten Stunden auf ihren Zimmern und ruhten sich aus. Sie hatten es verdient nach den anstrengenden Tagen. Es waren erst wenige Tage vergangen, seit sie Marburg verlassen hatten, aber Clara und Elisabeth kam es viel länger vor.

Helene war freundlich, aber sie hatte doch ihren Haushalt fest im Griff. Was sie befahl, war Gesetz. Die Dienstmägde liefen deshalb auch eifrig hin und her, um alle Wünsche zu erfüllen. Sie richteten die Betten, schleppten Zuber in die Gemächer der Gäste, legten sie mit Tüchern aus und schleppten dann warmes Wasser.

Schon bald versanken Clara und Elisabeth in den beiden Holzwannen im warmen Wasser. Sie genossen das Gefühl auf ihrer Haut und die Vorstellung, wie das Wasser und die Seife den Schmutz der Straße von ihren Körpern spülten.

„Ich glaube, Luzius ist ein bisschen in dich verliebt", meinte Elisabeth leise. Sie hatte den Kopf nach hinten gelegt und die Augen geschlossen. Sie sagte es fast mehr zu sich selbst als zu Clara.

Auch die war tief entspannt und hatte keinerlei Interesse, über nahende Probleme nachzudenken.

„Kann sein", erwiderte sie deswegen nur abwehrend.

„Wie ist es mit dir?"

„Elisabeth, lass uns etwas entspannen. Ich will nicht darüber nachdenken."

„Mmm."

Elisabeth sagte nichts weiter. Auch sie verspürte keine Lust, den Zauber dieses Ortes zu brechen. Denn so empfand sie es. Sie befanden sich an einem wundervollen, luxuriösen Zauberort - nach all dem Furchtbaren, das sie erlebt hatten.

Nein, dachte Clara, nein, ich bin nicht verliebt in ihn. Aber es war, als kämen diese Gedanken aus einer weit entfernten Welt. Sie konnten sie kaum erreichen. Im Augenblick war ihr alles gleichgültig. Sie wollte nicht darüber nachdenken. Nicht über Luzius, nicht über ihre Familie zu Hause und auch nicht über Gabriel.

Erst am Abend, als sie zum Speisen hinuntergingen, lernten sie die anderen Mitglieder der Familie kennen. Clara und Elisabeth standen etwas abseits, als Luzius alle freudestrahlend begrüßte.

Da war Ekkehard, der Herr des Hauses. Er war ein großer, etwas stämmiger Mann, der sicher zehn Jahre älter war als seine Frau, also etwa fünfzig Jahre alt sein musste. Sein Haar und Bart waren bereits vollständig ergraut. Er hatte eine volltönende Stimme und lachte laut und fröhlich.

Die Söhne hießen Erhard und Clemens.

Erhard hatte braunes Haar und dunkle Augen, zweifellos das Erbe seiner Mutter. Er war nicht sehr groß, ungefähr wie Luzius, aber ein bisschen älter, schätzte Clara, gewiss einundzwanzig oder zweiundzwanzig Jahre alt.

Clemens, der etwas Jüngere, sah ganz anders aus. Er war blond und groß und seine Augen waren von einem undefinierbarem graugrün. Er glich viel mehr seinem Vater, wenn er auch nicht so stämmig war. Zumindest noch nicht, dachte Clara.

„Oh Mädchen!", rief Helene aus. „Ihr müsst euch ja furchtbar fühlen. So, als wollten wir nichts von euch wissen. Verzeiht uns, aber wir haben Luzius so lange nicht gesehen und nichts von ihm gehört."

Aber Clara und Elisabeth winkten ab. Sie verstanden das.

Da kam Ekkehard auf die beiden zu und streckte ihnen seine Hände entgegen. Sie waren ungewöhnlich groß, fand Clara, was aber zu seiner sehr imposanten Erscheinung passte.

Jedes der Mädchen ergriff eine Hand und er lachte erfreut darüber. „Helene hat recht. Wir sind schlechte Gastgeber. Seid uns willkommen."

„Oh nein, ihr seid ganz wundervolle Gastgeber", platzte Clara heraus. „Wir haben gegessen und getrunken und haben gebadet, ach es war so wunderbar."

„Nach allem, was wir erlebt haben", ergänzte Elisabeth.

Ekkehard zog seine Augenbrauen in die Höhe. „Ihr habt Schlimmes erlebt?"

„Sehr Schlimmes", bestätigte Elisabeth.

„Kommt, setzt euch und erzählt uns, was euch geschehen ist. Können wir euch irgendwie helfen?"

„Aber das tut ihr ja schon!", sagte Clara.

Sie setzten sich an die Tafel in der Halle und Helene nahm eine Glocke in die Hand, mit der sie nach den Dienern klingeln konnte, die die Speisen auftrugen.

„Wo ist eigentlich schon wieder Adelaide?", fragte plötzlich Clemens.

„Ach!" Helene seufzte. „Adelaide ist ja noch gar nicht da."

„Wie immer. Sie vergisst die Zeit bei ihren Pferden", erklärte Ekkehard. „Wir beginnen trotzdem mit dem Essen!"

Helene lächelte und läutete jetzt wirklich.

In dem Moment kam das Mädchen herein geflogen.

Sie war wie ein Morgenwind, der frisch und lebhaft durch den Raum wehte. Fröhlich, lachend. Sie war das Ebenbild ihrer Mutter - ihre langen braunen Haare umrahmten ein schmales Gesicht, in denen braune Augen strahlten. Sie war nur schlanker, geradezu zierlich, wie Helene es sicher auch in ihrer Jugend gewesen war.

Ja, genauso muss Helene ausgesehen haben, als sie jung war. Adelaide war bestimmt nicht viel älter als sie selbst, meinte Clara.

„Du kommst zu spät, mein Kind. Hast du vergessen, dass wir Gäste haben?", rügte Ekkehard. Aber er schien überhaupt nicht richtig böse zu sein. Er liebt seine Tochter sehr, dachte Clara. Sogar jetzt, während er sie tadelt, lächelt er sie an.

„Es tut mir leid, Vater. Aber ich habe noch nach unserem Patienten gesehen. Es geht ihm immer besser, aber er ist noch sehr schwach."

„Patient?", hakte Clara nach.

„Oh ja", Adelaide nickte eifrig. „Clemens und Erhard haben den jungen Mann halbtot vor der Stadt gefunden. Er hatte es auf den Bronchien und sehr hohes Fieber. Ein paar Tage war er gar nicht recht bei Bewusstsein. Wir dachten schon, er stirbt. Aber jetzt hat er es geschafft. Er ist nur noch sehr schwach."

„Jetzt setz dich zu uns und lass uns essen!", bat Helene.

Die Diener brachten bereits die Speisen herein. Hühnchen und Braten, Brot, Wein und Bier.

Clara teilte sich ihren Becher mit Elisabeth.

„Clara ist eine Heilerin", erzählte Luzius. „Sicher würde sie den Kranken gerne besuchen."

„Ich bin keine Heilerin!", widersprach Clara. „Ich wollte nie eine sein."

„Dafür kennt sie sich allerdings hervorragend aus. Wenn jemand beim Händlertross etwas kränkelte oder verletzt war, musste Clara sich darum kümmern. Und das hat sie auch getan.“

„Nun“, sagte Helene mit einem Blick auf Clara, „sie kann ihn ja gerne besuchen. Aber ihre Dienste als Heilerin werden wir nicht brauchen. Der junge Mann wurde wirklich bestens gepflegt.“

„Natürlich, Mutter. Wie du meinst“, antwortete Adelaide unbekümmert und plauderte sofort weiter. „Habt ihr es schon gehört? Gaukler sind vor der Stadt. Sie sollen morgen in Würzburg einziehen und werden dann sicher Vorstellungen geben. Ach, es wäre so wunderbar, ihnen zuzusehen. Dürfen wir, Mutter?“

Helene lächelte ihrer Tochter zu. Adelaide hatte eine so fröhliche Art, dass man ihr kaum böse sein konnte. Auch wenn es eigentlich ein wenig unhöflich war, ihre Gäste überhaupt nicht zu Wort kommen zu lassen.

„Woher weißt du denn das schon wieder?“, fragte Helene.

„Das hat einer von Erhards Freunden erzählt, als er vorhin kurz hier war. Dürfen wir Mutter? Bitte! Es ist bestimmt auch eine wunderbare Zerstreuung für unsere Gäste.“

„Nett, dass du endlich auch einmal an unsere Gäste denkst“, erwiderte Erhard.

„Das sollen sie selbst entscheiden“, beschloss Helene. „Wenn sie Freude daran haben, gehen wir hin.“ Sie wandte sich an Luzius, Clara und Elisabeth. „Aber nun erzählt ihr erst einmal. Was habt ihr erlebt? Wie habt ihr euch kennen gelernt?“

Luzius berichtete bei Tisch von seiner Rückkehr nach Hause, nachdem er bei Mühldorf gekämpft hatte. „Vater war gefallen, aber Mutter erwartete mich und war froh, mich wieder zu sehen. Bald kamen Martin und seine Frau in die Burg. Sie spielten sich auf wie die Burgherren persönlich. Mutter wollte die Burg nicht mit mir verlassen, weil sie sie damit Martin überlassen hätte und sie wollte mir mein Erbe erhalten. Doch den Kampf verlor sie und bezahlte ihn mit dem Tod."

„Ich wusste, dass deine Mutter gestorben ist, aber du glaubst, sie wurde ermordet? Davon sprach niemand", warf Ekkehard ein.

Luzius erzählte von dem Tod seiner Mutter und seiner Flucht von der Burg, weil auch er um sein Leben gefürchtet hatte. Er berichtete, dass er Zuflucht bei einer Schwester seiner Mutter am Rhein gesucht hatte, wie sein Onkel ihn dort aufgetrieben hatte und er wieder geflohen war.

„Ich besaß eine Liste der Verschwörer, die König Ludwig vom Thron stürzen wollen. Und Martin wusste, dass ich sie besaß."

„Du hättest sie ihm geben können, dann hätte er dich in Ruhe gelassen", warf Adelaide erstaunt ein.

„Das glaube ich bis heute nicht. Er wusste ja, dass ich die Namen auch ohne Liste kannte. Außerdem wollte er die Burg. Und so lange ich lebe, bin ich der wahre Erbe."

Er wandte sich an Elisabeth und Clara. „Habe ich erwähnt, dass ich der einzige Sohn bin? Ich habe nur noch eine Schwester, die im Norden des Landes lebt."

„Nein, das sagtest du nicht!", erwiderte Clara.

„Nun, ich war also bei meinen Verwandten am Rhein nicht mehr willkommen und trieb durchs Land. Eines Tages kam der Händlerzug nach Bielefeld. Dort haben wir uns kennen gelernt."

Clara verzog den Mund, als sie daran dachte. Aber wenn Luzius nicht selbst erzählen wollte, dass er sich als Dieb versteckt gehalten hatte – sie würde es nicht tun. Und Elisabeth wohl auch nicht.

„Und dann bist du also mit dem Tross weitergereist, aber wie kam es dazu, dass ihr beide mit ihm hier seid? Wo ist der Rest eures Trosses? Warum habt ihr euch von ihm getrennt?", sprudelte Adelaide hervor.

Also erzählten die Drei abwechselnd und stockend von dem schrecklichen Überfall auf den Händlerzug.

Clara schnürte es die Kehle zu, als sie daran dachte, wie sie die Toten bei den brennenden Wagen gefunden hatten. Und Elisabeth liefen plötzlich wieder die Tränen aus den Augen. Helene stand auf und nahm sie in den Arm.

„Ach Kind, wie furchtbar!", sagte sie. „Es tut mir so leid, dass du - dass *ihr* alle das durchmachen musstet."

Es dauerte eine Weile, bis sich alle beruhigt hatten und sich auch Helene wieder auf ihren Stuhl setzte.

Dann fragte Adelaide: „Und warum sind nun Clara und Elisabeth hier? Habe ich es nicht mitbekommen oder hat das noch niemand erklärt?"

Luzius begann zu lachen. „Du hast dich kein bisschen verändert, Adelaide. Du bist immer noch das fröhliche, unbeschwerte, neugierige Mädchen von damals."

Die anderen fielen in das Lachen mit ein und die traurigen Gedanken wurden wieder vertrieben.

„Nun Clara, möchtest du uns eine Antwort auf die Frage meiner Tochter geben?", fragte Helene. „Hat es mit deiner Heilkunst zu tun?"

Clara sah sich um und blickte in gespannte Gesichter. Sie wollte gerne antworten, aber sie wollte ihnen nicht von ihrer Suche nach Gabriel erzählen. Sie war hier Gast bei netten Menschen, aber sie waren ihr so wenig vertraut und sie wollte dieses Thema heute nicht anschneiden.

„Es gab mehr als einen Grund. Ja, meine Heilkunst hat damit zu tun. Unser Medicus klagte mich an, eine Hexe zu sein. Ich musste fort aus meinem Heimatdorf. Aber ich erfüllte mir damit gleichzeitig einen großen Traum, als ich mich dem Händlertross anschloss. Ich wollte so gerne die Welt kennen lernen und ich wollte darüber schreiben."

Ekkehard zog die Augenbrauen hoch. „Du hast viel durchgemacht. Aber du hegst auch einen ungewöhnlichen Wunsch für eine Frau."

„Also ich bewundere sie!", rief Adelaide aus. „Und was ist mit dir, Elisabeth?"

„Nach dem – dem Überfall habe ich Clara aus Freundschaft begleitet", antwortete sie.

Einen Moment schwiegen alle.

„So, ich bin gut gesättigt", verkündete Adelaide dann munter.

„Ich sehe noch einmal nach unserem Patienten. Clara, möchtest du mich begleiten?"

Clara erschrak richtig über das Angebot. Nein, das wollte sie nicht. Sie hatte genug Krankheit und Tod gesehen in den letzten Monaten, seit die Fieberwelle über Dringenberg hereingebrochen war.

Helene beobachtete sie genau. „Ich glaube, Clara möchte das zumindest heute Abend nicht mehr. Und er ist ja auch auf dem Wege der Besserung. Geh nur Adelaide, geh und bring ihm noch etwas zu Essen und zu Trinken."

Adelaide sprang davon.

Und Clara überlegte, wie sie sich möglichst schnell verabschieden konnte, ohne unhöflich zu erscheinen. Sie war müde und erschöpft. Und sie freute sich darauf, in diesem schönen Zimmer in sauberer Bettwäsche schlafen zu dürfen.

Kapitel 25

Eine unerwartete Begegnung

Sie schliefen wunderbar, tief und fest und zum ersten Mal seit über einer Woche wirklich entspannt.

Nach einem reichhaltigen Frühstück fragte Helene, ob Clara und Elisabeth sie in die Stadt begleiten wollten, während Luzius zusammen mit den Männern der Familie eine Strategie zur Rückeroberung seiner Burg ausarbeitete. Ekkehard würde extra deswegen heute nicht ins Rathaus gehen. Luzius Angelegenheit schien ihm wirklich sehr wichtig zu sein.

Clara und Elisabeth stimmten begeistert zu, Helene zu begleiten. Besonders Clara war gespannt auf die Stadt.

„Adelaide möchte uns nicht begleiten", sagte Helene. „Aber das macht ja nichts. Wir werden nicht länger als zwei Stunden fort sein. Flocke kann hier bleiben. Du kannst ihn ohne Sorge in der Obhut meiner Tochter lassen."

Adelaide wirbelte durch das Haus. Wo immer sie auftauchte, war es, als rausche ein frischer Sommerwind durch den Raum. Sie leuchtete vor Freude. Aber da war mehr, viel mehr. Sie ist verliebt, dachte Clara. Aber sie war sich nicht sicher, in wen. Lag es an Luzius? Oder an jenem kranken Gast, der eines der abgelegenen Gästezimmer in der obersten Etage bewohnte? Oder gab es Jemanden in ihrer Umgebung, den Clara nicht kannte?

Aber sie hatte keine Zeit darüber nachzudenken und es ging sie ja auch gar nichts an. Schon bald rief Helene zum Aufbruch.

Die drei Frauen fuhren mit einer Kutsche in die Stadt. Ein junges Dienstmädchen begleitete sie.

„Ich habe euch nicht gebeten, mitzukommen, weil ihr mir bei Besorgungen helfen sollt", plauderte Helene los. „Ich will euch gerne die Stadt zeigen. Wir sind ziemlich stolz auf unsere Stadt. Ihr müsst wissen, im Jahre 1156 – am 17. Juni um genau zu sein –

hat der alte Kaiser Friedrich Barbarossa hier in Würzburg die wunderschöne Beatrix von Burgund geheiratet."

„Barbarossa?", hakte Clara nach.

„Oh ja. Kennst du den Namen nicht? Friedrich nennt man wegen seines roten Bartes so. Aber den Spitznamen hat er erst nach seinem Tod bekommen. Wie auch immer – außerdem wurde auf dem Reichstag hier in Würzburg im Jahre 1168 der damalige Bischof mit der Herzogswürde belehnt. Seither dürfen sie sich Herzoge in Franken nennen. Na, das ist doch was, nicht wahr? Ein wahrhaft geschichtsträchtiger Ort unser Würzburg."

„Oh ja, das ist sehr interessant. Bitte, erzählt mehr davon."

„Das tue ich gerne. Aber als Freunde von Luzius ist es an der Zeit dass ihr mich beim Vornamen nennt und Du zu mir sagt."

Adelaide betrat mit einem Tablett voll Brot, Eier, Getreidebrei und Bier das Krankenzimmer ihres Gastes.

Gabriel stand am Fenster und wandte ihr den Rücken zu.

„Gabriel!", tadelte sie. „Du sollst doch nicht aufstehen. Du bist noch ganz schwach und wirst dich durch die Zugluft nur wieder neu erkälten."

Er wandte sich um und lächelte sie an. Seine Haare waren ganz strubbelig und ein bisschen zu lang und seine Figur war zu schmal. Er hatte stark abgenommen während seiner Krankheit, aber das würde er schon wieder zunehmen.

„Es ist schön hier oben. Nun bin ich schon fast eine Woche hier und habe noch nicht ein einziges Mal den wundervollen Ausblick genossen. Aber du hast recht, ich fühle mich wirklich noch wackelig auf den Beinen."

„Es wird dir jetzt jeden Tag besser gehen. Komm her und iss dein Frühstück."

Gabriel blickte auf das voll belegte Tablett. „Soll ich das etwa alles essen?"

Adelaide nickte kräftig. „Natürlich. Du musst wieder zu Kräften kommen. Bist ganz dünn geworden."

„Aber ich kann mein verlorenes Gewicht nicht an einem einzigen Tag wieder zunehmen!", lachte er.

„Es ist schön, dich lachen zu sehen. Ich bin sehr froh, dass es dir schon wieder so gut geht."

Er begann wirklich zu essen. Er verspürte durchaus Hunger. Ein gutes Zeichen.

„Du und deine Mutter kümmern sich sehr gut um mich. Und ihr tut soviel selbst anstatt es Dienstboten zu überlassen."

Adelaide machte eine wegwerfende Handbewegung. „So krank wie du warst, wollten wir es niemand anderem überlassen, für dich zu sorgen. Allerdings haben zwei Mädchen schon ab und zu geholfen. Ehrlich gesagt, haben wir in den ersten Tagen sogar in der Nacht Wadenwickel gemacht und deine Stirn gekühlt. Das hätten Mutter und ich nicht völlig alleine geschafft."

„Ich kann euch gar nicht genug danken."

„Dass du gesund geworden bist, ist unser Dank. Wirklich, mach dir keine Sorgen. Wir haben nicht mehr getan als die Nächstenliebe verlangt."

Er lachte auf. Diese steifen Worte passten so gar nicht zu dem fröhlichen jungen Mädchen. „Oh doch, das habt ihr. Viel mehr habt ihr getan!", sagte er und biss kräftig in sein Brot.

Adelaide zog sich einen Stuhl näher und setzte sich zu ihm.

„Wir haben gestern noch weitere Gäste aufgenommen!", erzählte Adelaide im Plauderton. „Ein Freund von uns, den wir bereits tot glaubten, ist zurückgekehrt. Er war über ein Jahr untergetaucht. Nun ist er mit zwei Mädchen hier angekommen, die einem Händlerzug angehörten. Die Mädchen haben den Tross verlassen, um die Welt kennen zu lernen. Ein ungewöhnlicher Wunsch, nicht wahr?"

Gabriel lächelte. „Da musst du jemand anderen fragen. Ich bin schon sehr weit herumgekommen. Als Kind habe ich sogar in Griechenland gelebt."

Adelaide starrte ihn erstaunt an. „Oh, dann sollte ich die Mädchen einmal zu dir führen. Das wird sie sicher interessieren."

Er nickte. „Tu das."

„Also Luzius – unser Freund – hat so lange im Verborgenen gelebt, weil seine Burg von seinem eigenen Onkel besetzt ist. Sie liegt nicht sehr weit von hier entfernt. Ich glaube, er will sie sich wiederholen. Ach Gabriel, Schuld daran sind die Kämpfe zwischen den beiden Königen - Ludwig und dem Habsburger Friedrich."

„Vorsicht!", mahnte Gabriel. „Du redest von zwei Königen, aber nur Ludwig ist König."

„Ja, ich weiß. Und du weißt, was ich meine."

Sie schlug spielerisch mit der Hand nach ihm.

„Wir dachten, Luzius wäre tot. Und plötzlich stand er gestern Mittag vor unserer Tür. Du kannst dir nicht vorstellen, wie schön das war..."

Sie plauderte und plauderte.

Gabriel bekam nicht alles mit. Aber ihm fiel auf, wie wichtig Adelaide das Thema war. Und wie sich ihr Gesichtsausdruck veränderte, wenn sie diesen fremden Namen aussprach - Luzius.

Sie ist verliebt in ihn, dachte er.

Und er konnte sich nicht vorstellen, wie es ist, einen verloren geglaubten Menschen wieder zu sehen? Ausgerechnet er? Und ob er das konnte.

„So und jetzt bist du dran. Ich rede und rede, dabei hast du sicher viel mehr zu erzählen."

„Was?" Gabriel schüttelte sich, um wieder in die Gegenwart zurück zu kommen.

„Ach, ich glaube, du hörst gar nicht richtig zu!", tadelte Adelaide. Aber es klang nicht wirklich böse.

„Verzeih."

„Bist du erschöpft? Soll ich dich allein lassen?"

Er schüttelte den Kopf. „Nein, erzähl ruhig weiter."

„Nein, jetzt bist du dran. Erzähl mir von Griechenland. Es muss ein großartiges Abenteuer sein. Immerhin, ich war schon in Frankreich, denn meine Mutter kommt ja aus dem Land, aus Reims."

Einen kurzen Moment schwiegen beide. Dann begann Gabriel zu erzählen. Von seiner Kindheit in Griechenland, die ihm so lang zurück zu liegen schien, als wäre er schon ein alter Mann. Aber je mehr er erzählte, desto mehr fing der Zauber dieses Landes ihn wieder ein. Und seine Familie schien ihm gegenwärtiger, als seit vielen Monaten.

Clara und Elisabeth waren begeistert von der Stadt.

Als sie nichts mehr einzukaufen hatten und ihre Füße müde waren, setzten sie sich an das Mainufer und sahen dem Fluss zu.

Clara genoss es, dort zu sitzen. Sie hätte stundenlang einfach dem Wasser zusehen können.

Gleich neben ihr führte eine Steinbrücke auf die andere Seite des Flusses. Und auf einem Hang war eine Burg zu sehen.

Helene war Claras Blick gefolgt.

„Das ist die Festung Marienberg", erklärte sie. „Sie ist die Residenz der Würzburger Fürstbischöfe."

Clara nickte versonnen vor sich hin. „Sie leben vornehm, die Kirchenmänner."

„Die hohen Kirchenmänner schon, ja", bestätigte Helene.

„Ach, ich könnte ewig hier sitzen!", rief Elisabeth aus.

So kam es, dass Helene, Clara und Elisabeth später als geplant - erst kurz vor Mittag - wieder zu Hause ankamen.

Adelaide lief ihnen entgegen. „Mutter! Ich habe mich schon gefragt, wo ihr bleibt."

Helene umarmte ihre Tochter. „Nun sind wir ja wieder da. Du wolltest ja nicht mitkommen."

Luzius kam gerade aus Ekkehards Arbeitszimmer und trat zu ihnen.

Er strahlte Clara an. „Hat dir Würzburg gefallen?"

„Oh ja, sehr. Schau, was ich mir gekauft habe.", Sie hielt ein schmales grünes Haarband in die Höhe. „Das wird wundervoll zu dem Kamm deiner Mutter passen. Schau, es hat genau die gleiche Farbe wie der Stein auf dem Kamm."

Adelaide schielte missmutig von Luzius zu Clara.

„Du hast ihr einen Kamm deiner Mutter geschenkt?", fragte sie und ihre Stimme hatte nichts mehr von der Leichtigkeit und der Fröhlichkeit wie sonst immer.

Luzius zuckte leichthin die Schultern. „Ja, zu ihrem Geburtstag."

„Ein Schmuckstück deiner Mutter?"

„Es ist nur ein Kamm und ich habe viele Erinnerungsstücke an meine Mutter. Die Burg ist voll davon."

„Die musst du erst mal zurückerobern."

„Adelaide!", mahnte Helene streng. „Luzius kann mit diesen Dingen tun, was er will."

„Ich habe ihm angeboten, ihm den Kamm zurückzugeben", verteidigte Clara sich müde.

„Nein, das will ich nicht. Es war ein Geschenk!" Luzius griff kurz nach ihrer Hand und drückte sie.

Adelaide beobachtete die Geste argwöhnisch.

Clara bemerkte es ebenso wie den veränderten Tonfall. Sie liebt ihn, dachte sie. Adelaide liebt Luzius. Deshalb war sie so überschwänglich. Sie war glücklich, als er plötzlich auftauchte. Und jetzt hat sie Angst, dass sie ihn an mich verliert.

„Ach, was stehen wir hier immer noch in der Halle herum",
meinte Helene betont fröhlich. „Kommt, setzen wir uns und
lassen wir das Essen auftragen."

Adelaide hielt Clara am Arm zurück. „Clara, du bist doch so
interessiert an der Welt. Du willst sie bereisen und alles aufschreiben."

„Ja."

„Dann solltest du vielleicht doch unseren Patienten besuchen. Ich
habe es auch erst vorhin erfahren, aber er ist wirklich weit herum
gekommen. Er war sogar in Griechenland."

Clara war es, als drehe sich das Zimmer um sie her.

„Clara, was ist mit dir?", fragte Elisabeth. Auch Helene sprang
sofort hinzu.

„Gott, wird sie auch krank?", fragte Adelaide besorgt.

„Griechenland?", krächzte Clara. Es kam kaum ein Wort aus ihrer
Kehle.

„Ja. Warum regt dich das so auf?"

„Sie kannte einmal einen Jungen, der dort lebte", berichtete
Luzius gequält.

Clara dachte nur immer: Kann es wirklich sein? Kann er es sein?
Aber solche Zufälle gibt es doch gar nicht.

Sie hatte es plötzlich sehr eilig. „Bring mich zu ihm, Adelaide.
Bitte."

„Sofort? Schau, das Essen wird schon hereingebracht."

„Bitte!"

Sie hatte nicht das Gefühl, noch länger warten zu können. Nicht
bis nach dem Essen, nicht einmal mehr eine Minute.

Adelaide sah hilflos zu ihrer Mutter. Aber auch Helene war ratlos.

Was war denn plötzlich mit diesem Mädchen los?

Luzius und Elisabeth wussten es. Doch während Elisabeth hoffte, dass sie sich nicht täuschte, war Luzius voller Unruhe. Wenn sie diesen Jungen gegen alle Erwartungen wieder fand, war sie für ihn verloren. Das spürte er in diesem Moment ganz deutlich. Warum sonst wäre sie so aufgeregt?

„Dann komm mit!", forderte Adelaide Clara auf.

Clara folgte dem Mädchen zwei Treppen hinauf, eine Etage über ihren eigenen Gästezimmern. Hier oben hatte er wirklich Ruhe, um gesund zu werden. Sicher hatten sie ihn deshalb so weit abseits untergebracht.

Adelaide blieb stehen und legte die Hand auf den Türknauf zu ihrer linken. Clara kam alles unendlich langsam vor. Aber Adelaide bewegte sich ganz normal.

Sie öffnete die Tür. Sie knarrte ein bisschen.

Clara betrat hinter ihr den Raum. Es war ein schönes Zimmer, nicht sehr groß, aber behaglich, mit dicken Vorhängen an dem Fenster. Es roch nicht nach Krankheit, die Luft war klar. Es wurde also gut gelüftet.

Clara starrte auf die Gestalt im Bett. Er war größer, männlicher und viel hagerer, als sie ihn in Erinnerung hatte. Aber die schwarzen Haare kräuselten sich immer noch ungebändigt um sein Gesicht.

Er hob den Kopf, kräuselte die Stirn und kniff die Augen zusammen - ungläubig - zweifelnd. Es konnte nicht sein. Er träumte. Aber es war ein wunderschöner Traum.

„Gabriel!", sagte sie leise.

Er schüttelte den Kopf. Nein, es konnte nicht sein. Er hatte wohl doch noch hohes Fieber.

„Gabriel!"

Jetzt kam sie zu ihm, setzte sich auf den Bettrand.

„Clara!", hauchte er.

„Ja, ich bin es." Tränen rannen ihr die Wange hinunter. Er hob die Hand und wischte sie fort.

„Aber - aber das gibt es doch gar nicht."

„Doch, das gibt es!", schluchzte sie.

„Wie kommst du hierher?"

„Das ist eine lange Geschichte. Und sie ist völlig unwichtig. Wichtig ist nur, dass du hier bist. Ach Gabriel, ich bin schon seit gestern Mittag hier. Wie konnte ich vierundzwanzig Stunden in diesem Haus verbringen, ohne deine Nähe zu fühlen?"

Er richtete sich auf. Sie umarmten sich.

Jeder Zweifel, den Clara gefühlt hatte, war verschwunden. Es hatte nur an der langen Zeit gelegen, die sie getrennt waren und an den Gefahren, die sie überstehen musste. Aber in dem Augenblick, in dem sie Gabriel wieder sah, wusste sie, dass ihr Herz nur bei ihm war. Nicht bei Luzius.

Sie merkten beide nicht, dass die Menschen sich in der Zimmertür versammelten.

Adelaide hatte sie verwundert beobachtet, aber jetzt freute sie sich, denn sie sah das Glück der beiden Menschen.

Und sie erkannte, dass Claras Herz nicht Luzius gehörte.

Elisabeth strahlte. Sie wusste am besten, was hier gerade geschehen war. Und sie freute sich unbändig für die Freundin.

Helene sah ihnen verwundert zu. Sie verstand noch nicht ganz, was geschah. Nur, dass ihre beiden Gäste sich offensichtlich kannten.

Luzius Gesicht war starr. Er blickte auf die kleine Szene und wusste sofort, dass er Clara nicht für sich gewinnen konnte.

Aber er fing auch Adelaides Blick auf. Ihre Augen leuchteten. Sie freute sich so sehr über seine Ankunft. Noch etwas mehr als die anderen Familienmitglieder.

Er nickte ihr zu und brachte ein Lächeln zustande.

„Kommt!", flüsterte Helene. „Lasst uns hinausgehen."

Sie schob ihre Tochter, Elisabeth und Luzius hinaus und schloss die Tür hinter sich.

„Was ist dort gerade geschehen?", fragte sie draußen.

„Das kann ich euch erzählen", erwiderte Luzius. „Clara hat euch nicht den ganzen Grund erzählt, warum sie Dringenberg verlassen hat. Lasst uns essen gehen. Ich erzähle es euch bei Tisch. Es wird ihr sicher recht sein.

Clara schwebte wie auf Wolken. Sie verbrachte die meiste Zeit des nächsten Tages bei Gabriel. Sie hatten sich soviel zu erzählen. „Stell dir vor", erzählte sie heute. „Wir gehen heute alle zusammen in die Stadt. Gaukler sind dort. Und die sollen einfach umwerfend sein. Angeblich gibt es sogar einen Feuerschlucker. Und einer zersägt ein Mädchen. Kannst du dir das vorstellen? Wie schade, dass du nicht auch mitkommen kannst. Soll ich vielleicht doch lieber bei dir bleiben?" Sie kräuselte die Nase. Ein deutliches Zeichen, dass sie nur das schlechte Gewissen Gabriel gegenüber plagte. Sie wollte wirklich zu gerne zu dem Auftritt gehen.

Zu Claras Überraschung begann Gabriel laut zu lachen. „Oh, die darfst du dir nicht entgehen lassen."

Clara sah ihn irritiert an. „Was hat denn das zu bedeuten? Kennst du die Gruppe?"

„Das erzähle ich dir ein anderes Mal."

Dabei dachte er, wie schade es in Wahrheit war, nicht mitgehen zu können. Er hätte die Gaukler gerne noch einmal gesehen. Und er hätte ihnen sogar Clara vorstellen können.

„Bellissimo!", hätte Bernardo ausgerufen. „Die Liebe - Ach, noch einmal so jung sein!"

271

Kapitel 26
Aufbruch in die Zukunft

Die nächsten Tage vergingen wie im Flug. Gabriel wurde schnell gesund und auch kräftiger. Er nahm wieder an Gewicht zu und wurde dem alten Gabriel, den Clara von früher kannte, ähnlicher. Allerdings war er wirklich größer geworden seit er Dringenberg verlassen hatte. Und sein Gesicht war männlicher geworden. Trotzdem sah er Odilia noch immer unglaublich ähnlich.

Clara und Gabriel machten anfangs nur kleine Spaziergänge in der Nähe des Hauses, wagten sich aber bald in die Stadt. Hier saßen sie am Ufer des Mains und erzählten sich endlich ihre Erlebnisse auf ihren Reisen.

Als Gabriel von seiner Gefangenschaft erzählte, weil er verdächtigt wurde, den Bader ermordet zu haben, hielt Clara den Atem an. Es war genau zu jener Zeit, als sie schreiend aus dem Schlaf geschreckt war und gesagt hatte: Gabriel ist in Gefahr.

Als Clara von dem furchtbaren Überfall auf den Händlerzug berichtete, legte Gabriel seinen Arm um sie und zog sie zu sich heran. Sie bettete ihren Kopf auf seine Schulter und so saßen sie beide im Gras und blickten verträumt auf den Main.

Nach einer Weile fragte Gabriel: „Und du bist sicher, dass es Häscher waren, die Luzius ermorden wollten?"

Clara richtete sich wieder auf und schüttelte fast unmerklich den Kopf. „Wir dachten es alle, sogar Luzius selbst."

„Aber jetzt glaubst du es nicht mehr?"

„Nein. Wenn es so wäre, wären sie doch längst hier. Es kommt mir merkwürdig vor, dass sie ihn in einem Händlerzug vor Marburg aufspüren können und dann nicht mitbekommen, dass er hier ist – nicht einmal einen Tagesritt von seiner eigenen Burg entfernt."

„Aber wer war es dann?"

272

Sie hob die Schultern.

„Wegelagerer?"

„Die alles verbrennen, was sie erbeuten könnten?"

Er seufzte.

Clara wollte nicht darüber nachdenken, was ihr seit ein paar Tagen durch den Kopf ging. Aber es quälte sie. Es ängstigte sie.

„Es könnten Leute des Medicus gewesen sein", flüsterte sie. „Er hat mich doch auch nach Paderborn verfolgt."

„Wie sollten sie dich gefunden haben?"

Wieder hob sie ratlos die Schultern.

„Ich weiß es nicht. Aber eines ist klar - ich kann nicht zurück nach Dringenberg. Nicht im Moment."

Gabriel zog sie wieder zu sich. „Das musst du auch nicht. Wir werden uns doch jetzt nicht wieder trennen. Wir werden uns gemeinsam irgendwo niederlassen. Ich kann als Bauarbeiter arbeiten und später vielleicht sogar als Baumeister. Vielleicht können wir sogar hier bleiben. Es gefällt mir hier und wir haben sogar schon Freunde. Oder wir gehen nach Griechenland. Zu meiner Familie."

„Ja!", hauchte sie.

„Ja?" Er war selbst überrascht über ihre Antwort. „Es ist ein sehr weiter Weg, Clara. Du hast bisher so gut wie nichts zurückgelegt."

„Ich weiß. Aber ich muss Odilia etwas erzählen. Ich weiß nicht, warum ich es nicht damals schon getan habe, aber ich fürchtete mich."

„Wovor?"

„Zwischen uns besteht eine besondere Verbindung, Gabriel. Meine Urgroßmutter Antonia war jene Frau, die Odilia zur Welt gebracht hat. Deswegen wurde sie als Hexe verbrannt."

Er fuhr sich erschüttert mit der Hand über das Gesicht.

Aber er sagte nichts. Er drückte sie einfach nur fest an sich.

„Luzius wird einen Kampf um seine Burg führen!", meinte Gabriel schließlich. „Ekkehard und seine Söhne rufen überall ihre Freunde und Verbündete zusammen. Sie tun das alles im Verborgenen, es soll noch niemand mitbekommen, dass Luzius hier ist. Sie hecken einen Plan aus, damit die Rückeroberung mit möglichst wenig Blutvergießen einhergeht. Aber es wird doch einen Kampf geben. Soll ich ihm helfen, seine Burg zurückzuerobern?"

„Nein!" Es war ein Aufschrei.

„Schulden wir ihnen das nicht? Sie haben mir das Leben gerettet."

Sie schüttelte den Kopf.

„Die Familie von Dornau, aber nicht Luzius. Und selbst wenn er es gewesen wäre, schuldest du ihm nicht, dass du dein Leben gleich wieder einsetzt und vielleicht verlierst." Sie lächelte. „Du schuldest mir, dass du lebst. Sie werden es schaffen, Gabriel. Eines Tages kommen wir zurück und Luzius wird in seiner Burg wohnen und der Herr über seine Ländereien sein. Und er wird ein gerechter Herr für seine Pächter und seine Arbeiter sein."

„Das glaube ich auch."

„Und er wird glücklich sein mit Adelaide."

„Du denkst das nicht nur, du bist sicher, dass es so kommt?"

Sie nickte und lachte befreit.

„Ganz sicher."

Es dauerte noch einige Wochen, bis sie aufbrachen. Es gab viel vorzubreiten und zu planen. Man durfte es nicht überstürzen.

Eines Tages überraschte Erhard sie beim Abendessen mit der Nachricht, dass zwei junge Männer aus der Stadt - Endres und Konrad - sie gerne begleiten würden.

„Es ist reine Abenteuerlust", erzählte Erhard. „Aber es ist bestimmt gut, wenn noch jemand bei euch ist. Und sie bringen Pferde und einen Wagen mit."

Luzius schielte zu Clara hinüber. „Dann ist also wirklich alles entschieden?"

Sie nickte. „Es ist richtig so."

„Was ist mit Flocke?", fragte Helene. „Der Hund kann gerne hier bleiben. Wir würden gut für ihn sorgen."

„Oh, da bin ich sicher. Aber ich werde mich auf keinen Fall von ihm trennen. Ich liebe dieses Hündchen. Aber was ist mit dir, Elisabeth? Du möchtest wirklich nicht mitkommen?"

Sie schüttelte den Kopf. „Nein, das möchte ich nicht. Ich gehe bald zurück. Luzius hat versprochen, dass er mich zurückbringt."

„Und das werde ich auch tun!", sagte Luzius.

„Aber eine Weile bleibe ich noch hier. Ich fühle mich wohl hier. Ekkehard schickt meinem Vater eine Nachricht. Dann weiß er wenigstens, dass es mir gut geht."

„Gleich morgen wird der Bote los reiten, allerdings wird er sicher eine Woche brauchen, bis er in Paderborn ankommt", bemerkte Ekkehard.

Nach dem Essen zog Adelaide Clara auf die Seite.

„Clara, ich möchte dir noch etwas sagen. Ich - ich habe dich immer gemocht, aber ich habe mir anfangs gewünscht, dass du wieder fort gehst. Weil - weil…"

Clara umarmte Adelaide liebevoll und sagte: „Ich weiß, wegen Luzius."

„Ist es so deutlich?"

„Für mich schon. Hab keine Angst, du wirst sehr glücklich werden mit ihm."

Adelaide sah Clara verwirrt an.

„Vertrau mir", lachte Clara.

„Ich hoffe du hast recht", sagte Adelaide. „Ich dachte wirklich, er ist in dich verliebt."

„Er hat dich lange nicht gesehen. Und die Situation war schwierig. Wir waren lange unterwegs, in Todesgefahr. Wir mögen uns, aber es ist keine Liebe."

Sie verschwieg, dass Luzius ihr vor jenem Gasthaus *Zum goldenen Adler* seine Liebe gestanden hatte. Clara war sicher, sogar er selbst sah es inzwischen anders. Obwohl sie sich auch an den Blick erinnerte, den er ihr an Gabriels Krankenlager zugeworfen hatte.

Sie schüttelte die Erinnerung ab. Sie war sicher, Adelaide und Luzius würden zueinander finden.

Und dann kam der Morgen, an dem sie Würzburg verließen.

Konrad und Endres erschienen früh mit vier Pferden und dem Wagen.

Konrad war ein breiter, etwas grobschlächtiger Mann mit langen dunklen Haaren. Endres dagegen war ziemlich klein und so blond wie Haferähren.

Clara hatte ihre Haare an den Seiten zurückgekämmt und mit dem neuen Band zusammengehalten. In den Scheitelpunkt hatte sie sich den Kamm von Luzius Mutter gesteckt. Es war unsinnig, sich für eine solche Reise, wie sie sie vorhatten, so zurecht zu machen. Aber sie wollte Luzius damit eine Freude machen. Sie sah an seinem anerkennenden Gesichtsausdruck, dass es ihr gelungen war.

Helene streichelte Clara über das Haar. „„Du siehst wunderschön aus."

Clara lächelte.

Sie umarmten sich alle, als wären sie alte Freunde, die sich schon seit ewiger Zeit kannten.

„Wir werden uns wieder sehen!", sagte Clara.

„Wenn Gott es will", erwiderte Helene.

„Ich hoffe es", sagte Adelaide.

„Ihr könnt es ihr glauben. Was sie sagt, tritt meistens ein", sagte Luzius ohne den Blick von Clara zu lösen.

276

Clara sah, dass Adelaide verstört zu ihm hinüber sah. Sie selbst hatte ja auch schon etwas Ähnliches angedeutet. Für den Bruchteil einer Sekunde hatte Clara das Gefühl, Adelaides Gedanken lesen zu können. Sie erriet ihre Hellsichtigkeit.

Dann zogen sie los.

Konrad lenkte den Wagen, vor den zwei Pferde gespannt waren. Endres führte ein drittes Pferd am Zügel mit sich und Gabriel ein viertes. Clara lief neben Gabriel her.

Flocke sprang aufgeregt zwischen den Leuten herum und kläffte. Er spürte, dass etwas Aufregendes passierte.

Clara dachte daran, wie sie mit den Händlern aus Paderborn aufgebrochen waren. Auch das war ein fröhlicher Aufbruch in ein neues Leben gewesen. Es hatte ein schlimmes Ende genommen.

Aber daran wollte sie jetzt nicht denken.

Die Zeit der Wanderschaft war noch nicht vorüber. Zumindest nicht die Wanderschaft durch das Land. Aber auf ihrer Wanderschaft auf ihrem Lebensweg hatte sie ihr Ziel erreicht. Sie hatte das Gefühl, sie war angekommen.

Clara fühlte sich fröhlich und beschwingt und stark.

Diese Reise war nicht nur ein Aufbruch in ein anderes Land.

Diese Reise führte sie in ein anderes Leben, in ein Leben an Gabriels Seite.

In die Zukunft.

Dringenberg
1986

Epilog

Carolin und Nick klappten das große Ringbuch zu, das aus Claras Aufzeichnungen entstanden war. Auch das kleine Büchlein, in das sie auf ihrer Reise ihre Aufzeichnungen notiert hatte, war gefunden worden. Doch das lag gut und sicher aufbewahrt in Vaters Arbeitszimmer. Wenn die Renovierung der Burg fertig gestellt war, würde es einen Ehrenplatz in dem Museum bekommen.

Carolins Magen krampfte sich zusammen. Sie konnte kaum richtig durchatmen. Es war, als läge ein Stein auf ihrem Körper.

„Alles in Ordnung?", fragte die Mutter und legte sanft ihre Hand auf Carolins Schulter.

„Ja", seufzte sie. „Es ist nur so schrecklich, was sie auf ihrer Reise erlebt haben. Besonders der Überfall auf den Händlerzug."

„Ja, es war eine raue Zeit damals", meinte die Mutter. „Überfälle waren an der Tagesordnung."

„Clara imponiert mir", meinte Nick. „Sie war ein echt starkes Mädchen. Wie sie gekämpft hat – und das unter den Bedingungen damals – mit der Angst, als Hexe verbrannt zu werden."

„Ja, so mutige Menschen haben viel für die Weiterentwicklung der Menschheit getan", meinte der Vater. „Sonst würden wir noch heute nach den alten Regeln von damals leben. Auch Roswitha von Gandersheim war so eine mutige Frau."

„Oh Gott, das wäre nicht auszudenken. So wie damals möchte ich wirklich nicht leben", seufzte die Mutter.

„Ob Clara wieder zurückgekehrt ist nach Dringenberg?", fragte Carolin verträumt.

„Das steht doch wohl außer Frage. Wir haben schließlich ihr Büchlein in dem Geheimversteck gefunden, wo früher der hohle Baum stand. Wie wäre es sonst dorthin gekommen?", warf der Vater ein.

„Stimmt. Das hatte ich ganz vergessen."

„In diesem Erdloch – was damals Odilias Geheimgang war – lagen übrigens noch weitere Aufzeichnungen. Sie hat wirklich das Schreiben zu ihrem Lebensinhalt gemacht. Und sogar das Portrait eines Mädchens. Wir glauben, dass es Clara zeigt, aber genau wissen wir das noch nicht.", berichtete der Vater.

„Ich hoffe, sie ist glücklich geworden mit Gabriel. Eine Weile dachte ich, sie kommt mit Luzius zusammen."

„Ich auch!", meinte Nick. „Aber der arme Gabriel hätte dann ganz umsonst seine Familie verlassen und hätte all die Strapazen und Gefahren durchlebt."

Carolin seufzte tief. „Ja, das war echte Liebe. Wie kamen eigentlich seine Erlebnisse in das Buch?"

„Sie standen nicht in dem Büchlein", berichtete der Vater. „Clara muss sie später aufgeschrieben haben nach Gabriels Erzählungen."

„Ich freue mich schon darauf, weiter zu lesen. Hoffentlich ist sie glücklich geworden mit Gabriel. Ach, ich fühle mich Carolin so nahe, ich kann euch gar nicht beschreiben, was das für ein Gefühl ist."

„Das liegt sicher auch daran, weil du ein bisschen hellsichtig bist", meinte Nick.

Carolin hob die Schultern. „Schon möglich, ich weiß nicht."

Doch, sie wusste, dass es nicht das allein war. Es war, als würde sie Clara kennen, als wäre sie mit ihr verbunden. Aber das konnte ja gar nicht sein. Deshalb schwieg sie. Diese Gedanken kamen ja sogar ihr selbst wirr vor.

„So, jetzt ist es erst mal genug!", beschloss die Mutter plötzlich etwas zu spontan und betont fröhlich. „Jetzt kommt bitte in die Gegenwart zurück und helft mir, den Abendbrottisch zu decken. Ich habe Hunger. Ihr nicht?"

„Oh Mama! Wie kannst du nur jetzt an Essen denken.", rief Carolin aus. Die Mutter war immer so bodenständig. Sie selbst war da ganz anders. Sie verlor sich so gerne in ihren Träumen.

Aber als sie die Mutter ansah, erkannte sie, dass auch sie ergriffen war vor dem, was sie gelesen hatte. Dass auch sie mit Clara fühlte und erlebte.

Carolin lächelte vor sich hin, ging zum Schrank und räumte klirrend die Teller heraus.

Wahrheit oder Erfindung?

Alle handelnden Personen sind frei erfunden, ebenso die Geschichte selbst. Allerdings basiert sie auf einigen realen geschichtlichen Daten:

Dringenberg wurde wirklich in den Jahren 1318 bis 1323 von Bischof Bernhard, Fürstbischof von Paderborn erbaut. Rathaus, Brunnen und Burg stammen aus der Zeit der Gründung.
In den 1980er Jahren wurde die Burg wirklich umfangreich renoviert. Alte Schriften aus der Gründungszeit wurden dabei aber nicht gefunden.

Die Anrede unter den Menschen war normalerweise „Du." Höhergestellte Personen wurden mit „Ihr" angesprochen. So ist das „Ihr" in der Geschichte nicht immer als Mehrzahl gemeint, sondern als Anrede – vergleichbar damit, wenn man heute jemanden siezt.

Das **Frauen**bild im Mittelalter war ein völlig anderes als heute. Frauen galten als minderwertig, Bildung hatten sie normalerweise nicht und die stand ihnen auch nicht zu. Frauen, die besondere Fähigkeiten hatten, galten schon alleine deshalb im Mittelalter schnell als **Hexen**. Man glaubte, der Teufel habe ihnen diese Fähigkeit gegeben.

Roswitha von Gandersheim, Claras großes Vorbild, hat wirklich gelebt (ungefähr 930 – 980). Sie entsprach nicht dem allgemeinen Rollenverständnis. Sie gilt als erste weibliche Schriftstellerin der christlichen Welt. In ihren Werken erzählte sie von eigenwilligen Frauen, wie es damals unüblich war. Ihre Frauengestalten wurden zu Heldinnen.

Hunde sind die ältesten Haustiere überhaupt, bereits in der Steinzeit lebten sie mit den Menschen zusammen. Aber natürlich sind Hunde nicht geistersichtig. Besonders dem Adel galten sie als hervorragende Jagdgefährten und Hütetiere. Auf der anderen Seite sah man sie auch als Seuchen- und Krankheitsüberträger. Das ist auch sehr wahrscheinlich, denn es gab ja noch keine Tiermedizin, keine Impfen, Wurmkuren oder Flohmittel wie heute.

Die erwähnte **Bartholomäuskapelle** des Dorfes wurde bereits 1250 auf den bewaldeten Berg erbaut. Viel später wurde sie die Sakristei der Kirche. Inzwischen steht dort der Marienaltar, vor dem Gläubige Kerzen anzünden können. Man nimmt an, dass die Kapelle dem heiligen Bartholomäus geweiht war.

Bereits im Jahre 354 wurde das erste **Weihnachtsfest** am 25. Dezember in Rom gefeiert. Im Jahr 381 verkündete Kaiser Theodosius auf dem zweiten Konzil von Konstantinopel den 25. Dezember als offizielles Datum für Christi Geburt.
Im 11. Jahrhundert gab es die ersten Weihnachtslieder, die zuerst nur ein priesterlicher Sologesang waren.
Weihnachtsumzüge, Märkte und Krippenspiele fanden tatsächlich statt. Durch Krippenspiele wollte man der Bevölkerung die Geschichte um Christi Geburt näher bringen.
Die erste Krippe wurde im 13. Jahrhundert aufgestellt.
Die Klöster und Kirchen wurden wirklich mit Tannengrün geschmückt.
1419 soll der erste mit Süßigkeiten geschmückte Baum in Freiburg gestanden haben. Den ersten mit Lichtern geschmückten Baum zeigt ein Kupferstich aus dem Jahr 1509.
Anfangs wurden Weihnachtsbäume nur in Kirchen oder im Freien aufgestellt. Erst viel später hielten sie auch Einzug in die Wohnungen. Im 19. Jahrhundert verbreitete sich der Brauch,

einen Nadelbaum mit Lichtern, Kugeln, Lametta usw. zu schmücken.

Galgant ist eine Ingwerpflanze, die in Südostasien beheimatet ist. Die Wurzel wurde in China schon im Altertum als Gewürz und zu medizinischen Zwecken genutzt. In Deutschland wurde sie durch die heilkundige Ordensfrau Hildegard von Bingen im 12. Jahrhundert bekannt, danach aber wieder vergessen. Galgant wurde eingesetzt bei Magen- und Verdauungsbeschwerden, Bauchschmerzen, zur Steigerung der Abwehrkräfte, gegen Erkältungs- und Grippebeschwerden, Herzbeschwerden und Appetitlosigkeit.

Alant ist ein altes Heilmittel gegen Fieber und Beschwerden der Bronchien.

Fahrende Händler gehörten im Mittelalter keiner sehr geachteten Bevölkerungsschicht an. Auch der Begriff „Fahrende" sollte nicht allzu wörtlich genommen werden. Oft waren sie zu Fuß mit Handkarren unterwegs.

Im Mittelalter gab es eine Vielzahl von **Maßeinheiten**, um die Länge einer Wegstrecke zu vermitteln. Obendrein differenzierten die regional sehr stark. Ich habe mich hier entschieden, die Entfernungen in Tagesmärschen bzw. Tagesritten anzugeben. Die Entfernung von Dringenberg nach Paderborn beträgt etwa 20 Kilometer. Das sind 0,67 Tagesmärsche oder 0,44 Tagesritte.

Der **Paderborner Dom** stammt im Wesentlichen aus dem 13. Jahrhundert. Auch der mächtige romanische Westturm stammt aus dem frühen 13. Jahrhundert. Er ist 93 Meter hoch.

Garküchen sind Restaurants des Mittelalters. Der Name der Paderborner Garküche, in der Clara und Adrian nach dem Weg fragen „*Zu den drei Hasen*" ist natürlich eine Anspielung auf das Dreihasenfenster des Paderborner Doms. Das Fenster selbst wurde jedoch erst von einem Steinmetz im 16. Jahrhundert gemeißelt.

Bader gab es wirklich im Mittelalter. Es waren eigentlich Besitzer von Badehäusern. Aber sie wirkten auch als Heiler. Menschen, die sich die Dienste eines studierten Medicus nicht leisten konnten, gingen häufig zu ihm. Bader nahmen auch chirurgische Eingriffe vor, was ein Medicus nicht tat.

Wundbrand ist eine historische Bezeichnung für Wundinfektionen.

Es ist natürlich fraglich, ob der **Dieb Luzius** bei der Flucht vor seinen Anklägern im Mittelalter wirklich so leicht davon gekommen wäre. Ob es Clara und den Händlern gelungen wäre, ihn aus den Fängen der Menge zu befreien? Vermutlich hätten die sich in Wirklichkeit auf keine Diskussionen eingelassen und Luzius als Dieb verurteilt. Im Mittelalter herrschten sehr raue Sitten.

Eulen sind bekanntermaßen nachtaktive Tiere. Deshalb ist es natürlich, dass man sie in der Nacht hören kann. **Aberglauben** um Eulen gibt es einige. Sie gelten als Hexenvögel, die auf Hexenversammlungen erscheinen und Hexen Botschaften überbringen. Auch beispielsweise bei Harry Potter überbrachten Eulen die Nachrichten.
Eulen kommen in vielen Märchen vor. Des Teufels Großmutter verwandelt sich in eine Eule, in Italien kann der Blick einer Eule töten. So gelten sie als dämonische Tiere.
Bereits im antiken Griechenland galt die Eule als Unglücksbote.
Im Alten Testament galt sie als Bild der Zerstörung.

Ist eine Eule am Tag zu hören oder zu sehen, ist das ein Vorbote für Seuchen oder für eine Feuerbrunst.

Aberglaube ist aber auch regional unterschiedlich. Z. B. in Bern kündigt der Ruf einer Eule nicht den Tod, sondern eine Geburt an. Es soll auch Glück bringen, wenn sich eine Eule in den Taubenschlag flüchtet.

Außerdem gilt die Eule in der westlichen Welt als weiser Vogel. Der Steinkautz gilt als Begleiter der Göttin Athene.

In vielen Kinderbüchern tritt die Eule als kluges Tier auf, z. B. in „Puh, der Bär" oder in meinem Buch „Das kleine Gespenst GISO."

Elisabeth von Thüringen hat wirklich gelebt. Sie war mit dem Landgraf Ludwig von Thüringen verheiratet. Dieser schloss sich einem Kreuzzug nach Jerusalem an und starb während der Reise mit nur 27 Jahren an einer Fiebererkrankung. Elisabeth zog sich mit ihren drei Kindern nach Marburg zurück. Dort errichtete sie ein Hospital und pflegte selbst Kranke und Gebrechliche.

Elisabeth ist eine Heilige der katholischen Kirche. Ihr wird unter anderem das Rosenwunder zugeschrieben:

Als Elisabeth eines Tages in die Stadt gehen wollte, um den Armen Brot zu geben, obwohl ihr dies verboten war, tritt ihr Mann ihr in den Weg. Auf die Frage, was sie in dem Korb trüge, antwortete Elisabeth, es seien Rosen. Ihr Mann bat sie, das Tuch zu heben. Elisabeth hob das Tuch und im Korb lagen tatsächlich Rosen statt des Brotes für die Armen.

Elisabeth starb im Jahre 1231 mit nur 24 Jahren. Schon vier Jahre nach ihrem Tod, im Jahr 1235, wurde sie von Papst Gregor heilig gesprochen.

Graphitstifte enthalten eine Mine aus Graphit und wurden erstmals von dem Florentiner Maler Cennino Cennini (1370 – 1440) erwähnt. Graphit war allerdings sehr bröckelig und es war schwierig, damit zu schreiben. Erst 1760 erfolgte durch Caspar Faber in Nürnberg eine Aufarbeitung des Graphits. Durch Beimengen von Tonerde wurden die Minen gleichmäßiger und haltbarer gemacht. Der Begriff Bleistift ist bis heute geblieben, weil die Menschen im Mittelalter dachten, Graphit enthalte Blei. Die Bleistifte waren bis ins 19. Jahrhundert hinein sehr teuer.

Dass Clara im Jahr 1324 einen solchen Stift besaß, war also unmöglich. Wahrscheinlicher wäre ein Silberstift, mit dem man allerdings nur auf beschichtetem Papier schreiben konnte.

Auch das **kleine Büchlein**, das Clara zum Geburtstag geschenkt bekommen hat und in das sie ihre Erlebnisse schrieb, hätte sie vermutlich im wahren mittelalterlichen Leben nicht gehabt. Selbst wenn es so etwas gegeben hätte, wäre es vermutlich unerschwinglich teuer gewesen, denn Papier war ja noch kein übliches Produkt, das so wie heute, jeder ganz selbstverständlich besitzt.

Marburg wurde 1319 wirklich durch einen Brand fast vollständig zerstört.

Gaukler waren die Unterhaltungskünstler des Mittelalters. Heute verwendet man den Begriff nicht mehr. Sie waren wirklich Artisten, Zauberer, Jongleure, Feuerschlucker. Auch das Becherspiel, bei dem man unter einem Becher eine Perle versteckt und dann die Becher verschiebt, gab es damals schon.

Unter den Gauklern gab es aber auch viel unehrliches Volk, die den Menschen das Geld aus den Taschen zogen. So ist der Beruf teilweise negativ besetzt. Auch der heutige Begriff „etwas vorgaukeln" leitet sich von Gaukler ab.

Den kleinen **Fluss Aisch** gibt es wirklich. Es ist ein kleiner Nebenfluss der Regnitz. Die Burg **Wiesenstein**, das Dorf und die Grafen mit demselben Namen sind aber frei erfunden.

Luzius' Tante **Jutta** war natürlich keine Verwandte von dem Habsburger Friedrich dem Schönen. Das ist reine Erfindung.

Die **Schlacht bei Mühldorf** gab es wirklich. Allgemein wird sie als letzte Ritterschlacht angesehen. Im September 1322 besiegte Ludwig von Bayern den Habsburger Friedrich, der gefangen genommen wurde.

Ludwig heiratete am 15. Februar 1324 **Margarete von Holland.**

Am 23. März 1324 sprach Papst Johannes XXII wirklich den **Bannspruch** gegen ihn aus.

Was danach für Kämpfe unter den Anhängern der Thronanwärter ausgetragen wurden, weiß ich nicht. Es ist für mich vorstellbar, dass es im Land weiter brodelte. Vielleicht konnten sich wirklich einige nicht leicht mit einem König abfinden, der sich im Kirchenbann befand. Aber die in dieser Geschichte beschriebenen Kämpfe entspringen meiner Fantasie.

Tatsache ist, dass der Thronstreit noch nicht endgültig beigelegt war: 1325 wurde der Habsburger Friedrich freigelassen, am 13. März 1325 verzichtete er in geheimen Verhandlungen in Trausnitz auf die Krone. Doch Friedrichs Brüder akzeptierten den Vertrag nicht. Nach weiteren Geheimverhandlungen rückte Ludwig von seinem Anspruch auf Alleinherrschaft ab. Im Münchner Vertrag vom   5. September 1325 verpflichteten sich Friedrich und Ludwig auf ein Doppelkönigtum

Friedrich Barbarossa (geb. 1122) hat wirklich Beatrix von Burgund in Würzburg geheiratet. Auch die Ernennung des Bischofs zum Fürstbischof auf dem Reichstag in Würzburg ist historisch belegt.

Den Namen Barbarossa (Rotbart) erhielt der Kaiser tatsächlich erst im 13. Jahrhundert. Er ist übrigens 1190 auf einem Kreuzzug ertrunken.

Quellen:

Das Buch: Dringenberg –
             Stadt, Burg und Kirche im Wandel der Jahrhunderte
             von Pfarrer Diether Pöppel

Buch: Daten der Weltgeschichte

<u>verschiedene Internetseiten</u>
<u>unter anderem:</u>

Internetseite der Entstehung Dringenberg
Leben im Mittelalter
Ludwig IV
Medizin im Mittelalter und Kräuter zum Räuchern und Zaubern
Eulen – Aberglaube Eulen
diverse Seiten zu Bader und Gaukler

Von Rotraud Falke-Held außerdem bei BoD erschienen:

Geheimnis im Moor

Eine Abenteuergeschichte, die am Steinhuder
Meer spielt mit vielen schwarz-weiß Bildern
von Evelin Grewe
für Kinder von 7 bis 10 Jahren
ISBN 978-3-7357-9199-3
Das Buch hat 156 Seiten

Lynn und Marius machen wie jedes Jahr Urlaub am Steinhuder
Meer. Gemeinsam mit ihren Freunden Emma und Felix streifen
sie am See entlang, durch den Wald oder durchs Moor. Dort
kommen sie eines Tages einer Diebesbande auf die Schliche und
geraten in große Gefahr.

Das verlorene Land

Eine spannende Geschichte für Kinder ab
10 Jahren
ISBN: 978-3-73224629-8
Das Buch hat 248 Seiten

Die friedlichen Völker des Rubinsterns und des Zaubermondes
werden von dem diabolischen Herrscher Cyprian überfallen und
unterjocht. Doch der Wunsch nach Freiheit weckt auch den
Kampfgeist. Eine kleine Gruppe Jugendlicher macht sich auf den
Weg zum Garten der Freiheit, um Hilfe für ihre Völker zu finden.
Doch der Weg ist gefährlich und Cyprian lässt sie verfolgen, denn
auf ihm lastet ein Fluch.

Die Hexenschülerin –
die Zeit des Neubeginns

Eine spannende Zeitreise ins Mittelalter
Für Jugendliche ab 10 Jahren
Das Buch hat 256 Seiten
ISBN: 978-3-73224629-8

Die Geschichte beginnt in den 1980er Jahren.
Bei der Renovierung der Burg Dringenberg machen Carolin und Nick in den 1980er Jahren einen ungewöhnlichen Fund. Im Rittersaal sind alte Aufzeichnungen aus der Gründungszeit des Ortes versteckt. Geschrieben wurden sie von dem Mädchen Clara, die 1322 als Zwölfjährige mit ihrer Familie in den neuen Ort zog. Clara hat eine gefährliche Gabe – sie ist hellsichtig. Aus Angst, als Hexe angesehen zu werden, versucht Clara ihre Gabe geheim zu halten. In dem neuen Dorf zieht die mysteriöse Odilia sie in ihren Bann. Sie bestärkt Clara darin, ihren eigenen Weg zu gehen. Doch der ist gefährlich. Odilia gerät bald in den Verdacht, eine Hexe zu sein. Und auch Clara als ihre Schülerin befindet sich in großer Gefahr.

Die Hexenschülerin –
die Zeit der Rückkehr

für Jugendliche ab 12 Jahren
und für Erwachsene
Das Buch hat 300 Seiten

ISBN: 978-3-7412-9578-2

Im Jahr 1326 lebt Clara zusammen mit Gabriel in Griechenland bei Gabriels Familie. Odilia ist sehr glücklich darüber und auch Clara genießt das Leben am Meer. Nach all den Kämpfen der letzten Jahre kommt sie hier endlich zur Ruhe und ist vor Anfeindungen und Verfolgungen sicher.

Dennoch brechen sie und Gabriel im Juni 1326 wieder auf und kehren nach Deutschland zurück.

Ihr erstes Ziel ist die Burg Wiesenstein, das Zuhause von Claras ehemaligem Reisegefährten Luzius. Durch ihre Hellsichtigkeit kann Clara den Überfall auf die Burg durch Luzius' Onkel Martin verhindern.

Als sie nach Dringenberg zurückkehren, sieht sich Clara alten und neuen Feinden gegenüber und auch gegen Gerüchte, sie sei eine Hexe ist, muss sie sich erneut wehren.

Doch auch auf Wiesenstein hat sie sich Feinde gemacht, die jetzt Intrigen gegen sie spinnen.

Clara und Gabriel geraten in große Gefahr und müssen schließlich sogar um ihr Leben fürchten.